Lia Collister liebt es Geschichten zu erzählen. Es hilft ihr der Realität zu entfliehen und in Welten einzutauchen, die vielleicht nicht besser sind, aber in denen es immer ein Happy End gibt. Sie liebt Bücher und Musik und lange Spaziergänge in der Natur.

Lia Collister

und wenn es wahr wird

Roman

2. Auflage

deutsche Erstausgabe Januar 2017

Copyright© 2017 by Lia Collister
Umschlaggestaltung: V. Münstermann
Lektorat: Nina C. Hasse / texteule

Alle Rechte vorbehalten, einschließlich das des vollständigen oder auszugsweisen Nachdrucks in jeglicher Form. Dies ist eine fiktive Geschichte. Alle Ähnlichkeiten mit lebenden oder verstorbenen Personen, Orten oder sonstigen Begebenheiten sind rein zufällig und nicht beabsichtigt.

Herstellung und Verlag:
BoD – Books on Demand, Norderstedt
ISBN: 978-3-743-19343-7

mail@liacollister.de
www.liacollister.de

für dich

am Rande einer Wahrheit
gibt es viel zu erkennen

WEISHEIT DER SUFI

Prolog

Es fühlte sich beinahe so an, als würde der Geräuschpegel, der auf dem Jahrmarkt herrschte, jedes Jahr lauter. Wahrscheinlich, weil immer mehr waghalsige Maschinen aufgebaut wurden. Immer höher, immer weiter, immer besser, da konnte keiner mehr still halten oder nicht mitkreischen. Ja, auch Angstschreie waren darunter, aber spätestens, wenn man wieder ausstieg, war all das vergessen. Man erinnerte sich nur noch an das Kitzeln in der Magengegend und den Spaß und wollte eine neue Runde drehen.

Nach einem zehnminütigen Fußmarsch waren Sofia und ich vor dem Haupteingang angekommen. Überall prangten knallig bunte Plakate und Schilder. Ich schaute mich um. Riesenrad, Achterbahn, Spukkabinett, verschiedene Artisten, die Shows veranstalteten, und natürlich überall etwas zu essen und zu trinken. Wir schlenderten durch die Reihen. Ich ließ mich von Sofias Stimmung mitreißen und wir sprangen und tanzten zu den verschiedenen Songs, die gespielt wurden. Wir fuhren Achterbahn und wurden vom *Crazy Dancer* durch die Gegend gewirbelt, bis uns schwindelig wurde und ich nur noch im Slalom laufen konnte. Wir kreischten lauter als alle anderen und ausnahmsweise war es mir nicht peinlich. Wir zogen von einer Attraktion zur nächsten, bis Sofia abrupt stehen blieb.

»Schau mal ein Wahrsagezelt.«

»Ja, und?« Doch Sofia war direkt Feuer und Flamme. »Komm, das probieren wir aus. Das wollte ich schon immer mal.«

»Was, dich veräppeln lassen?«, zog ich sie auf.

»Nein, meine Zukunft wissen.«

»Das glaubst du doch selber nicht. Die erzählen dir irgendeinen Humbug. Die sehen ein Katzenhaar auf deiner Schulter und wissen, dass du Katzen magst. So sind die.«

»Ach, verdirb mir doch nicht den Spaß.« Sofia wollte sich nicht davon abbringen lassen, in das Zelt zu gehen.

Ich war da ja eher skeptischer Natur. Buchhalterin eben. Ich vertraute nur den harten Fakten. Zahlen, schwarz auf weiß. Etwas, das sich logisch erklären ließ. Aber Wahrsagerei? Jemand, der in einer Glaskugel meine Zukunft sehen konnte? Oder im Kaffeesatz? Nee, bestimmt nicht. Wie gesagt, alles Humbug.

Wir traten in das Zelt. Es dauerte ein paar Sekunden, bis sich meine Augen an die Dunkelheit gewöhnt hatten und ich Umrisse erkennen konnte. Ich schaute mich um. Wir waren in einer Art Vorzelt gelandet. Vor uns machte ich einen weiteren Eingang aus, der von einem schweren Vorhang mit orientalischen Mustern verdeckt war.

Wir standen ratlos da und wussten nicht so recht, was wir tun sollten. Einfach durch den Vorhang gehen? Zum Glück wurde uns diese Entscheidung abgenommen, denn nach einigen Minuten wurde der Stoff zur Seite geschoben und eine kleine Frau, die in bunten Tüchern gehüllt war, schaute hindurch.

»Willkommen, willkommen«, sagte sie mit einer rauchigen Stimme. Sie machte eine ausladende Geste, bei der ein ganzes Bataillon silberner und goldener Armreifen klirrend zusammenstießen. »Ich habe euch schon erwartet.«

Das sagt sie sicher zu jedem, der hier eintritt, dachte ich. Sofia nickte begeistert. Glaubte sie wirklich, dass die Frau uns hatte kommen sehen?

»Kommt herein«, fuhr die Frau fort und winkte uns durch. Wir traten in das nächste Zelt. Die Frau ließ den Vorhang zufallen und bedeutete uns mit einer weiteren klangvollen Geste, dass wir uns hinsetzen sollten. In der Mitte des Zimmers standen ein Tisch und drei Stühle. Jetzt hatte ich definitiv einen Anlass, überrascht zu sein. Hatte sie uns wirklich erwartet oder empfing sie die Leute immer zu zweit?

Auf dem Tisch stand eine Glaskugel, in der eine Art Rauch hing. Ich blickte durch den Raum, wenn man das so nennen konnte. Überall hingen Tücher mit orientalischen Mustern, hier und da glitzerte es. An den Seiten waren ein paar Kerzen aufgestellt und … Räucherstäbchen. Kein Wunder, dass ich mich plötzlich ein bisschen benommen fühlte in der Enge dieses Zelts. Auf einem kleinen Schränkchen an der Seite lagen verschiedene Dinge, wie Tarotkarten, irgendwelche Glücksbringer und so weiter. Darüber hing ein riesiger Traumfänger. An der Wand daneben stand ein lebensgroßer Spiegel. Ich warf einen Blick hinein und erschrak vor mir selbst. Das schummrige Licht ließ mein Gesicht geisterhaft erscheinen. Die dunklen Haare, die mein bleiches Gesicht umrahmten, unterstützten diesen Effekt noch.

Ein eisiger Schauer lief mir den Rücken herunter. Ich wandte mich schnell ab und setzte mich neben Sofia, die bereits abwartend auf den Tisch trommelte. Ihr schien diese seltsame Atmosphäre nichts auszumachen. Sie war begierig darauf, ihre (vermeintliche) Zukunft zu erfahren. Die Frau glitt auf ihren Stuhl und wartete, bis sie unsere volle Aufmerksamkeit hatte.»Mein Name ist Madita. Ich kenne die Zukunft – ich kenne auch eure Zukunft«, sagte sie mit groß aufgerissenen Augen und machte seltsame Verrenkungen mit ihren langen, knochigen Fingern, an denen sie jede Menge Ringe trug, die mit riesigen, funkelnden Klunkern besetzt waren. »Was wollt ihr wissen?«

Müsste sie das nicht eigentlich schon selber wissen?

»Ich möchte es aus eurem Mund hören. Ich weiß alles, was ihr wissen wollt, aber entscheidet euch für eines«, sagte sie, als hätte sie gerade meine Gedanken gelesen.

»Ich dachte, Sie würden uns die ganze Zukunft erzählen«, meinte Sofia ein bisschen enttäuscht. »Und nicht nur eine Sache.«

»Die nahe Zukunft, die ferne Zukunft, die Liebe in der Zukunft, der Job in der Zukunft, entscheidet euch.« Es hörte sich fast an, als würde sie einfach nur einen Text abspulen, den sie schon tausendmal wiederholt hatte. »Ich kann aus der Hand lesen, Kaffeesatz, Tarotkarten ...«

Ich rutschte ungeduldig auf meinem Stuhl hin und her. Ich wusste nicht genau, was ich hier sollte. Sie konnte mir so viel erzählen, wie sie wollte. Für mich stand definitiv fest, dass ich nicht daran glauben würde. Plötzlich ergriff sie meine Hand und ich wollte sie erschrocken zurückziehen. Doch, obwohl diese Frau so klein und schwach aussah, hatte sie Kräfte wie ein Stier und ließ nicht mehr los. Im selben Moment kam Schwung in das Glas und der Rauch wirbelte durch die Kugel. Was war das denn für ein Trick? Jetzt wechselte der Rauch die Farbe. Von Weiß zu Grau und dann zu Rot. Die Wahrsagerin hielt ihre andere Hand über die Kugel und schloss die Augen. Um uns herum herrschte eine unheimliche Stille, die mir plötzlich erst bewusst wurde. War es vorher auch schon so still gewesen? Ich war irritiert und warf einen kurzen Blick auf Sofia. Die starrte fasziniert auf die Glaskugel. Ich wusste nicht, ob ich lachen oder weinen sollte. Die Situation verunsicherte mich. Ich war überzeugt davon, dass das alles nur Hokuspokus war, nur ein Trick. Aber es war so gut gemacht, dass ich kurz davor war, doch daran zu glauben.

»Caroline, ich spüre deine negativen Schwingungen. Ich sehe, dass du nicht glaubst, was ich dir sage. Einer Ungläubigen kann ich leider nicht weiterhelfen«, sagte die Frau plötzlich und schüttelte den Kopf. Sie hatte ihre Augen wieder geöffnet. Ich starrte sie erschrocken an. Irgendwie hatte ich gar nicht mehr damit gerechnet, dass sie überhaupt noch etwas sagte. Auch Sofia sah so aus, als wäre sie aus einer Art Trance erwacht.

»Aber eines kann ich dir sagen. Mach dir nicht so viele Sorgen. Du wirst schon einen neuen Job finden«, lächelte sie und tätschelte mir die Hand.

Wie bitte? Hatte ich das gerade richtig verstanden? Ich lachte auf. Das war doch ein Witz, oder? Was faselte die alte Frau da? Ich hatte einen Job. Warum sollte ich mir Sorgen machen? Ich brauchte keinen anderen Job.

Blitzartig verwandelte sich mein Lachen in Ärger. Ärger darüber, für einen Moment geglaubt zu haben, dass an dieser Wahrsagerei tatsächlich etwas dran sein könnte.

»Ich gehe jetzt. Das ist doch alles Quatsch.« Sofia schaute mich mit großen Augen an. Ich wusste nicht, ob sie so guckte, weil ich aufgestanden war oder wegen dem, was die Frau gesagt hatte.

Bevor ich rauslaufen konnte, hielt mich die Frau am Arm fest. »Das macht dann 40€«, krächzte sie.

Wie bitte? Für den Quatsch sollte ich auch noch so viel Geld ausgeben? Ich starrte die Frau einfach nur an. Sofia stellte sich neben mich mit gezücktem Portemonnaie.

»Ich mache das«, sagte sie.

»Nein, das ist doch Quatsch«, warf ich ein.

»Doch, ich habe dich hier hereingeschleppt. Ich bezahle das.« Und bevor ich sie davon abhalten oder noch irgendwie anders reagieren konnte, hatte Sofia der Frau das Geld schon in die Hände gedrückt. Die Frau nahm es mit der einen Hand entgegen und hielt Sofia dann mit der anderen Hand am Arm fest. Sofia schaute genauso erschrocken wie ich. Panisch wollte sie ihren Arm zurückziehen.

»Was soll das? Sie haben doch ihr Geld!«, rief ich.

»Sofia, nicht wahr?« Doch sie erwartete gar keine Antwort. Ich wunderte mich, woher sie unsere Namen kannte, schließlich hatten wir uns gar nicht vorgestellt. »Gib der Liebe noch eine Chance. Niemand ist perfekt. Man macht viele Fehler im Leben. Man muss auch Fehler machen, um zu erkennen, was man braucht, um glücklich zu sein. Und wenn man einmal etwas sehr,

sehr Wichtiges verloren hat, gibt man danach umso mehr acht darauf.«

Jetzt war Sofia genauso verwirrt wie ich. Schließlich hatte Sofia einen Freund. Und ich kannte Jonas schon länger, als die beiden zusammen waren. Was sollte das Gefasel von Liebe also? Jonas würde sich mit Sicherheit nicht von Sofia trennen. Und so wie ich Sofia kannte und ihren Blicken glauben durfte - so verliebt, wie sie ihn immer anschaute – würde sie Jonas auch nicht gehen lassen. Diese Wahrsagerin musste verrückt sein! Bisher hatte ich immer gedacht, diese Möchtegernwahrsager würden alles tun, um wahre Dinge über die Personen herauszufinden. Wie gesagt, Katzenhaare auf den Klamotten. Oder Ehering am Finger: »Sie sind sicherlich verheiratet«. Aber einfach etwas erzählen, das so gar nicht stimmte? Die Frau war offensichtlich verrückt. Hoffentlich wollte sie für diesen Spruch nicht nochmal Geld sehen. Bevor sie noch etwas sagen konnte, packte ich Sofia am Arm und zog sie hinter mir her. Raus aus den ganzen Zelten, der Dunkelheit, den Räucherstäbchen, die einen mit ihrem Duft einlullten, weg von dieser Durchgeknallten.

Kapitel 1

Ich ließ mich auf das Sofa fallen.

»Endlich mal wieder ein Abend für uns«, seufzte ich und griff nach den DVDs, die auf dem Couchtisch vor mir lagen. Voller Vorfreude lehnte ich mich zurück und sank in das alte, gemütliche Sofa ein. Dabei stieß ich leicht gegen die Stehlampe neben mir, die ich angeschaltet hatte, da es draußen bereits dunkel wurde. Das Licht flackerte ein wenig, beruhigte sich aber schnell wieder.

»Worauf hast du Lust? Lieber *Scream* oder *World War Z*?« Jakob kam ins Wohnzimmer. Er hatte seine Arbeitstasche in der einen und seine Jacke in der anderen Hand.

Verdutzt setzte ich mich auf und sah ihn mit großen Augen an. »Gehst du noch weg?«

»Ja, ich muss noch mal zur Arbeit. Tut mir leid.«

»Muss das sein? Ich habe mich so sehr auf einen gemeinsamen Abend gefreut. Was ist denn jetzt schon wieder? Können die das nicht einmal alleine auf die Reihe kriegen?«

Doch er ging nicht darauf ein. »Sorry Caro, aber ich muss«, sagte er und eilte aus der Tür.

Toll! Mal wieder alleine. Die Lust auf einen Film war mir vergangen. Alleine machte das keinen Spaß. Vor allem nicht, da es sich um Horrorfilme handelte, die ich nur deshalb ausgeliehen hatte, um mich bei den gruseligen Szenen in Jakobs starke Arme kuscheln zu können. Ich dachte noch ein paar Sekunden wehmütig daran, wie ich mir den Abend vorgestellt hatte. Dann verdrängte ich den Gedanken schweren Herzens. Was konnte ich sonst tun? Mein Blick schweifte über den Buchhaltungsordner, den ich aus der Firma mitgenommen hatte. Nein. Dazu hatte ich gerade so gar keine Lust. Vor allem hatte ich im Moment nicht das Bedürfnis aufzustehen und meine Arbeitstasche zu holen, die ich im Schlafzimmer stehen gelassen hatte. Außerdem hatte ich Feierabend. Wobei – den hatte Jakob ja eigentlich auch … Ich verdrehte die Augen, ließ mich noch tiefer ins Sofa sinken.

In dem Moment klingelte das Telefon und ich schrak aus meinen Gedanken hoch.

»Caroline Mertens am Apparat. Hallo.«
»Hi Caro, hier ist Sofia.«
»Hey Sofia. Wie war der Urlaub?«
»Gut, toll«, sagte sie ein bisschen zu schnell. »Aber Jonas … Alles erinnert mich an ihn. Die ganze Wohnung …«
»Soll ich vorbeikommen?«, fragte ich mitfühlend.
»Das würdest du tun?«
»Klar«, sagte ich, froh eine sinnvolle Beschäftigung zu haben und meine Wut auf Jakob verdrängen zu können. »Ich komme zu dir.«
»Okay, bis gleich.«

Sofia und ich kannten uns schon seit der Grundschule. Wir hatten gemeinsam das Abitur absolviert und uns anschließend eine WG geteilt. Wir waren immer schon ein Herz und eine Seele gewesen, beste Freundinnen eben. Und mittlerweile arbeiteten wir sogar in der gleichen Firma. Ich in der Buchhaltung und sie in der Produktion.

Ich sprang ins Auto und fuhr los. Eine Viertelstunde

später stand ich vor ihrer Tür. Mit rotgeränderten Augen öffnete Sofia. Auch verheult bot sie noch immer einen umwerfenden Anblick. Wir umarmten uns, als hätten wir uns Monate nicht gesehen.

»Na, wie geht es dir?«, fragte ich.

»Besser. Aber alleine hier in der Wohnung zu sein, ist mir immer noch unheimlich.«

»Dann hat dein Urlaub nicht geholfen?« Mitfühlend legte ich eine Hand auf ihren Arm.

»Doch, die Auszeit hat mir gut getan, aber ich muss immer noch an ihn denken. Wie konnte er mir das nur antun?«

»Das hätte ich auch nie von ihm gedacht.«

Ich zog meine Jacke aus und hängte sie in den Kleiderschrank im Flur. Dann gingen wir ins Wohnzimmer und setzten uns auf das weiße Sofa. Im Gegensatz zu meiner Wohnung, wo alles wie zusammengewürfelt aussah, war ihre eher schlicht eingerichtet. Hier war fast alles weiß, die Möbel, die Wände, der Teppich. Nur die Bilder an der Wand standen im extremen Kontrast zum Rest der Wohnung. Wobei die knalligen, farbenfrohen Kunstwerke meiner Meinung nach Sofias wahre Natur widerspiegelten - nicht dieser farblose Raum.

Doch im Moment zeigte sich ihre Stimmung eher in einem düsteren Grau.

»Kannst du heute Nacht hierbleiben?«

Ich schaute sie prüfend an. So schlimm? Aber Jakob war ja auch nicht zu Hause und wie ich ihn kannte, würde er vor Mitternacht nicht wiederkommen.

»Kein Problem.«

»Echt?« In das Grau mischten sich kleine helle Tupfer.

Doch dann kam ihr ein anderer Gedanke. »Was ist mit Jakob?«

Ich zögerte kurz, doch warum sollte ich ihr nicht die Wahrheit sagen? Sie war schließlich meine beste Freundin.

»Er ist wieder zur Arbeit. Ich dachte echt, das wäre vorbei und hätte sich mittlerweile geregelt. Wir hatten eigentlich einen Abend für uns geplant, aber daraus ist mal wieder nichts geworden«, sagte ich, immer noch enttäuscht.

»Aber doch hoffentlich nicht meinetwegen?«, fragte Sofia entsetzt.

»Ach, nein«, winkte ich ab. »Er war schon weg, bevor du angerufen hast.«

»Jakob hat wohl viel Arbeit im Moment.«

»Ja, sie haben so ein neues Projekt. Aber viel erzählt er ja nicht darüber. Er fehlt mir. Wir sehen uns in letzter Zeit echt selten, deshalb habe ich mich ja so auf den Abend gefreut. Aber Pustekuchen.«

»Dafür machen wir beide es uns jetzt gemütlich.«

Sofia nahm die Flasche Wein vom Couchtisch und füllte zwei Gläser, wovon sie mir eins in die Hand drückte. Ihre Laune hatte sich schlagartig gebessert. »Auf uns. Auf die Männer ist ja doch kein Verlass.«

»Ja, Frauenpower.«

Wir schauten Filme, tranken Wein, knabberten Salzstangen und lachten miteinander. Irgendwann, als ich schon mehrmals leicht weggenickt war, legten wir uns schlafen. Sie in ihrem Bett, ich auf das Sofa, das man ausziehen und zu einem Bett umfunktionieren konnte.

Keine zwei Minuten später war ich bereits ins Land der Träume gesunken.

Kapitel 2

Natürlich hatte ich keinen Wecker gestellt. Als die Sonnenstrahlen mich durch das Wohnzimmerfenster an der Nase kitzelten, wusste ich erst gar nicht, wo ich mich befand. Auch die dröhnenden Kopfschmerzen machten es mir nicht gerade leichter die Orientierung wiederzufinden. Als ich dann mit einem lauten Knall auf dem Boden aufschlug, weil ich von einem fremden Bett - noch so etwas, was ich mir nicht erklären konnte - gerollt war, war ich wenigstens wach. Ich versuchte gerade in meinem Kopf alles so zusammenzupuzzeln, dass es einen Sinn ergab, als ich ein lautes »Oh nein!« hörte. Sofia war aufgewacht. Sie hatte es wohl auch nicht als nötig erachtet, den Wecker zu stellen.

In Windeseile sprangen wir nacheinander unter die Dusche, schlüpften in unsere Sachen, nahmen ein Frühstück to go und eilten zur Arbeit. Wobei ich noch schnell bei mir in der Wohnung vorbeischauen musste, um meine Arbeitstasche zu holen.

Als ich in unsere Wohnung trat, fiel mir direkt auf, wie still und unberührt alles war. Alles in dem Raum war noch so, wie ich es gestern Abend verlassen hatte. Ich schlich auf leisen Sohlen durch das Zimmer, versuchte so wenig Krach, wie möglich zu verursachen. Nach dem langen Arbeitstag wollte Jakob sicher ausschlafen. Wenn ich ihn jetzt weckte, war die Hölle los. Mir fiel ein, dass ich meine Arbeitstasche gestern ausgerechnet im Schlafzimmer stehen gelassen hatte. Ich ging leise zur Tür und warf beim Vorbeigehen nochmal einen prüfenden Blick in den Spiegel. Alles saß perfekt, wie mein Chef es wollte. Ich arbeitete in einer Kosmetikfirma und da wurde auch das Aussehen honoriert. Schließlich repräsentierten wir die Firma. Das war eigentlich nur auf Messen wichtig und wenn ein Großkunde oder Investor uns besuchte, aber vor allem letzteres wurde selten angekündigt.

Mein Blick wanderte weiter. Hinter den Rahmen des Spiegels war ein Foto von Jakob und mir geklemmt und ich musste jedes Mal lächeln, wenn ich es sah. So auch heute. Es war ein Urlaubsfoto, das im richtigen Moment festgehalten worden war. Wir sahen so glücklich aus und schon rutschten meine Gedanken wieder in die Realität und ich schaute zur Seite. Ich musste meine Tasche holen, erinnerte ich mich. Ich stand jetzt vor der Tür und horchte. Nichts. Ganz sanft drückte ich die Türklinke runter. Dunkelheit kam mir entgegen und absolute Stille. Das einzige Atemgeräusch, das ich hörte, war mein eigenes. Nichts rührte sich.

»Jakob?«

Keine Reaktion.

»Jakob?«, zischte ich nochmal.

Immer noch nichts. Schlief er so fest oder … war er etwa gar nicht da? Ich schaltete das Licht an und musste die Augen schließen. Mehrmaliges Augenzwinkern, bis ich richtig sehen konnte. Das Bett war unberührt. Es sah so aus, als hätte in dieser Nacht niemand darin geschlafen. Entweder hatte er das Laken schon soweit wieder straffgezogen, dass es frisch schien, oder er war gar nicht erst nach Hause gekommen. Wobei mir die zweite Möglichkeit wahrscheinlicher erschien. Jakob war nicht gerade jemand, der als super ordentlich einzuordnen war. Er räumte nur so weit auf, dass es für Außenstehende sauber schien. Was niemand sehen konnte, wurde auch nicht aufgeräumt. Ich war diejenige, die unsere Betten lüftete und auch wieder straffzog.

Ich nutzte die Gelegenheit und zog frische Klamotten an. Dabei fiel mein Blick auf meinen Wecker, der gerade die volle Stunde anzeigte und kurz aufleuchtete. Acht Uhr. Ein Schreck durchfuhr mich und riss mich aus meinen Gedanken. Ich musste zur Arbeit! Um viertel nach acht war eine Versammlung angesetzt worden und es war für jeden Mitarbeiter Pflicht zu erscheinen, wenn er nicht gerade durch Malaria oder irgendeine andere ansteckende Krankheit verhindert war. Und so verdrängte ich den Gedanken an Jakobs Aufenthaltsort erst mal. Würde schon alles seine Richtigkeit haben. Jetzt musste ich mich beeilen.

Meine Tasche stand immer noch dort, wo ich sie gestern hatte stehen lassen. Schnell packte ich die Papiere, die ich mir zum Lesen auf meinen Nachttisch gelegt hatte, in die Tasche, fegte dabei den Wecker vom Tisch, lief Richtung Tür, musste noch mal zurück, den Wecker an seinen angestammten Platz stellen, weil ich den ja nicht mitten im Raum liegen lassen konnte und lief dann endlich los. Raus aus dem Schlafzimmer, raus aus der Wohnung, rein ins Auto und ab durch den Verkehr Richtung Arbeit.

Als ich vor dem Firmengelände angekommen war und auch noch - oh Wunder - einen Parkplatz ergattert hatte, war ich leider schon eine halbe Minute zu spät. Jetzt musste ich nur noch in die Versammlungsräume laufen und würde mal wieder zehn Minuten zu spät dort aufkreuzen.

Ich stürzte über den kleinen Hof, durch die Eingangstür, stempelte mich ein und sprang in den Fahrstuhl. Es dauerte gefühlt ewig, bis ich endlich auf der zweiten Etage angekommen war. Ich ging durch den leeren Büroraum. Die Stille war unheimlich. Sonst wurde hier geredet, die Computer brummten, der Drucker quietschte und alles zusammen verursachte einen dröhnenden Lärm. Aber jetzt hörte ich nur meine eigenen Schritte, die durch den Raum hallten, was aber den Effekt hatte, dass ich immer schneller wurde, bis ich schließlich zu rennen begann. Sah ja zum Glück keiner. Mit Zehn-Zentimeter-Absätzen, Minirock und der vollen Tasche unterm Arm sah das sicher nicht besonders elegant aus. Ich war froh, als ich endlich vor Halle 2 ankam. Hier fanden alle Großveranstaltungen statt, ob Versammlungen, Firmenfeiern oder die alljährliche Verkaufsmesse. Vor der Tür musste ich kurz anhalten und tief durchatmen. Mein Herz schlug kräftig gegen meine Brust. Ich sollte dringend mal wieder Sport machen. Ich horchte. Doch kein Geräusch ließ vermuten, dass hinter der Tür eine Versammlung für die ganze Firma abgehalten wurde. War ich hier falsch? Eine andere Halle? Eine andere Uhrzeit? Ein anderer Tag? Ich verfluchte meine Unkonzentriertheit, wenn es um Firmenzusammenkünfte ging.

Vorsichtig öffnete ich die Tür und blickte in den riesigen Raum, in dem reihenweise Stühle im Halbkreis um die kleine Bühne aufgestellt waren. Mit einem Ruck drehten sich hunderte Köpfe zu mir. Wenn es nicht so peinlich gewesen wäre, hätte ich laut losgelacht. Es wirkte wie einstudiert. Aber im Augenblick war mir nicht zum Lachen zumute. Ich fühlte mich ertappt und war kurz davor die Tür wieder zuzuknallen und wegzurennen.

»Die Frau Mertens ist auch da. Dann können wir ja endlich anfangen«, begrüßte mich eine Mikrofonstimme, die laut durch den Raum schallte.

Ich fühlte die Röte in mein Gesicht steigen, meine Wangen begannen zu glühen. Sekunde für Sekunde wurde mir mein Zuspätkommen unangenehmer. Ich schloss die Tür hinter mir und bewegte mich so unauffällig wie möglich an der Wand entlang. Ich hatte gesehen, dass da noch ein paar Stühle frei waren. Dabei schaute ich die ganze Zeit über peinlich berührt zu Boden und traute mich kaum mehr aufzusehen. Trotzdem fühlte ich die Blicke der anderen auf mir ruhen, wie tausend kleine Nadelstiche. Aus dem Augenwinkel sah ich plötzlich ein kräftiges Winken und ich erkannte, dass Sofia mir einen Platz freigehalten hatte. Geduckt schlich ich zu ihr und war dankbar, endlich in der Menge untertauchen zu können.

Jetzt erst ließ ich meinen Blick durch den vollen Raum schweifen. Die Veranstaltung musste besonders wichtig sein, ich erkannte viele meiner Kollegen. Leider wusste ich nicht mehr, worum es ging, aber das würde ich sicher gleich erfahren. Vorne auf der Bühne machte sich ein Mann bereit und Herr Klinke, unser Chef, übergab ihm das Mikrofon. Er räusperte sich und sofort erstarb das Geraune, das sich nach meinem Auftritt ausgebreitet hatte. Es war mucksmäuschenstill.

»Guten Morgen, meine Damen und Herren. Wie Sie wissen, ist die Wirtschaftslage im Allgemeinen sehr schwierig. Und ja, auch wir haben zu kämpfen. Aber, meine lieben Kollegen und Kolleginnen …«

»Hört hört, er hat gemerkt, dass auch Frauen mitarbeiten.« flüsterte Sofia. Sie hatte sich schon oft darüber beschwert, dass sie nicht für voll genommen wurde. In der Produktionsabteilung arbeiteten sonst nur Männer und sie wurde meistens übergangen.

»Ich habe es geschafft, die Krise von unserem Unternehmen abzuwenden.«

»Da bin ich ja mal gespannt, wie er das ganz alleine gemacht hat«, sagte Sofia mit einem sarkastischen Unterton in der Stimme.

»Glücklicherweise hat die Firma Sonaflor unseren Mehrwert erkannt und einer Zusammenarbeit zugestimmt.«

»Zusammenarbeit?«, rief jemand, der auf der anderen Seite des Raums saß.

»Gemeinsam mit Sonaflor werden wir einen neuen Aufschwung erleben.«

»Ja, klar, die andere Firma soll uns aus dem Loch ziehen, das glaubt der doch selber nicht«, zischte Sofia.

»Wer ist der Kerl überhaupt?«, rief jemand.

Ich zuckte zusammen und auch ein paar andere blickten sich verdutzt um. Er hatte zwar recht, hätte sich aber etwas gewählter ausdrücken können. Was sollte der Mann von uns denken? Doch ihn schien das gar nicht zu beeindrucken.

»Sie haben ja recht. Ich habe mich noch gar nicht vorgestellt. Mein Name ist Mälzer. Unternehmensberater.

Ich bin beauftragt worden, das Unternehmen wieder ins Gleichgewicht zu bringen, nachdem es nach der Finanz- und Wirtschaftskrise in eine finanzielle Schieflage geraten ist. Meine Aufgabe war es, nach einer Lösung zu suchen, um das Unternehmen vor der Insolvenz zu bewahren.«

»Und was ist mit unseren Arbeitsplätzen?«, rief einer dazwischen und alle anderen brummten und nickten zustimmend. Da waren wohl auch noch andere, die dem Braten nicht trauten.

»Keine Sorge. Die Abteilungen bleiben natürlich erhalten.«

Sofia zog die Augenbrauen hoch. »Die Abteilungen, was soll das heißen? Alles bleibt, wie es ist? Keine Zusammenlegung?«

»Natürlich werden wir da genau sezieren und einige Veränderungen vornehmen ...«

»Was für Veränderungen?«, fragte jemand von weiter hinten.

»Lassen Sie mich doch bitte ausreden. Ich habe Ihnen eine genaue Übersicht angelegt.« Er warf den Overheadprojektor an und legte eine Folie auf. Er nickte in Richtung Tür und jemand legte den Lichtschalter um. Der Raum verdunkelte sich und die Wand neben Herrn Mälzer begann zu leuchten. Alle blickten gebannt auf das Wandbild und versuchten zu lesen, was dort stand.

»Gibt's das auch schriftlich?«, murrte einer, der anscheinend genauso wenig erkennen konnte wie ich. Auf der Wand zeichnete sich ein Plan mit mehreren Rechtecken ab, die umkreist waren. Daneben führten bunte Pfeile zu Texten, die beim besten Willen kaum zu erkennen waren.

»Natürlich. Im Anschluss …«

»Sehe ich das richtig, dass die Abteilungen an verschiedene Orte verlegt werden?«, rief jemand, der ganz vorne saß und eine bessere Position hatte, um das Wirrwarr zu entziffern.

»Ja, also. Wie gesagt, die Wirtschaftslage zwingt uns, Einsparungen vorzunehmen. Es liegt auf der Hand, dass zwei Abteilungen, die das Gleiche machen, in einem Unternehmen völlig sinnlos sind. Ein Unternehmen braucht nur eine Chefetage, nur ein Marketingteam und nur eine Buchhaltung. Die Aufgaben werden zusammengefügt, gebündelt und an einem Ort bearbeitet. Die Zentralisierung der Aufgabenbereiche führt zu einer optimalen Zusammenarbeit beider Unternehmen. Die perfekte Lösung!« Er grinste, als hätte er soeben den Beweis für die Richtigkeit der Relativitätstheorie erbracht.

»Sie wollen uns weißmachen, dass die Aufgaben gebündelt werden, aber das ganze Personal erhalten bleibt?«, rief Sofia.

»Liebe Frau Sonntag, Sie brauchen sich keine Sorgen zu machen. Die Produktion bleibt an den jeweiligen Standorten erhalten, schließlich wollen wir die Produktlinien beibehalten.«

»Unsere Büros in der Buchhaltung sind voll, wie sollen denn da noch Leute aus einer anderen Firma reinpassen?«

»Ich glaube, da steht, dass die Abteilungen nach Leipzig verlegt werden. Hier bleibt nur die Produktion und der Verkauf«, beantwortete jemand meine Frage, der näher an der beleuchteten Wand saß.

Bitte was? Meine Abteilung ging weg? Ich sollte nach Leipzig? Auf keinen Fall. Aber blieb mir etwas anderes übrig? Plötzlich wurde mir klar, dass ich ja nicht mal mit Sicherheit wusste, ob ich meinen Job behielt. Was, wenn da in Leipzig kein Platz für alle war?

Ich war wie erstarrt. Und auch die anderen schienen in eine Art Schockstarre verfallen zu sein, denn es war im Raum wieder völlig still geworden.

Herr Mälzer schien das alles nichts anzugehen. Er nickte nur zustimmend. Er wollte gerade noch etwas sagen, doch plötzlich begann ein solcher Tumult, dass man selbst durch das Mikrofon nicht genau verstehen konnte, was er da redete. Dafür hörte man umso lauter die Entsetzensrufe und Flüche meiner Kollegen.

»Das können Sie nicht machen.«

»Sie wollen uns rausschmeißen?«

»Das kriegen Sie nicht durch.«

»Ich habe Familie!«

Doch Herr Mälzer hatte sein Mikrofon bereits an Herrn Klinke zurückgegeben.

»Ruhe!«, brüllte der. »Das ist das Beste fürs Unternehmen. Sie alle haben die Möglichkeit nach Leipzig zu wechseln. Das wird mit Sicherheit eine Umstellung, aber eine Alternative gibt es nicht.«

Kapitel 3

»Mach dir keine Sorgen, das wird schon wieder.«

Jakob und ich saßen zusammen in der Küche. Er war heute ausnahmsweise pünktlich von der Arbeit gekommen und kurz nach mir eingetroffen. Und bisher hatte er auch noch nicht erwähnt, dass er wieder weg musste, wofür ich unheimlich dankbar war. Es war gut, ihn bei mir zu haben. Trotz des unguten Gefühls würde es mir guttun, meinen ganzen Frust rauszulassen und alles zu erzählen. Und so hatte ich ihm gerade unter Tränen von unserer Betriebsversammlung berichtet. Dann hatte ich mich schluchzend in seine Arme geworfen und er hatte mich liebevoll festgehalten und versucht, mich zu trösten. Doch dieser Gefühlsausbruch hielt nur einige Minuten an, danach verfiel Jakob wieder in seine rationale Denkweise und analysierte die Situation. In seinen Augen schien alles nicht ganz so schlimm zu sein, wie ich es darstellte.

»Wie kannst du so etwas sagen?«, antwortete ich entrüstet. »Ich werde meinen Job verlieren. Ich werde auf keinen Fall nach Leipzig gehen oder hast du etwa auch ein neues Jobangebot?«

»Du findest schon eine neue Stelle. Auch hier in der Umgebung«, versuchte er mich zu ermutigen. »Mit deinen Referenzen.« Er beugte sich leicht nach vorne und küsste mich auf die Wange. »Es ist vielleicht ganz gut, wenn du auch mal eine andere Firma kennenlernst.«

»Aber ich will gar nicht in eine andere Firma«, sagte ich trotzig und schluchzte noch mal auf. »So einen Job finde ich nirgendwo anders.«

»Natürlich. In jeder Firma gibt es eine Buchhaltung«, sagte Jakob.

»Ach, das meine ich doch nicht«, seufzte ich. »Meine Kollegen und Kolleginnen. So eine Gemeinschaft findet man nicht überall. Wir waren ein so tolles Team und jetzt werden wir uns nicht mehr wiedersehen«, jammerte ich.

»Du machst so ein Theater wegen deiner Kollegen?«

»Du verstehst das nicht. Ich will nicht in eine andere Firma. Ich habe mich da wohlgefühlt.« Ich musste an die Pausen denken, in denen wir immer viel gelacht hatten. Oder wenn ein Prüfer im Haus stand und wir zitternd die Unterlagen für ihn zusammenstellten. Oder wenn wir angestoßen hatten, nachdem die Jahresendbilanz endlich fertig war. Und das sollte jetzt alles vorbei sein? Wie würde es in einem anderen Unternehmen sein? Und was, wenn ich gar keine andere Stelle finden würde?

»Du weißt doch gar nicht, ob ich etwas anderes finde. Hast du in der letzten Zeit mal die Nachrichten gesehen? Nur Arbeitslose«, fauchte ich deprimiert.

»Ach Schatz, mal doch nicht den Teufel an die Wand. Du weißt doch, das ist ein ständiges Auf und Ab. Natürlich findest du etwas.«

»Mmh.« Ich wusste nicht mehr, was ich noch darauf sagen sollte. Und streiten wollte ich auch nicht.

»Komm, wir schauen uns einen Film an«, sagte Jakob

plötzlich. »Du wolltest doch gestern ein paar DVDs schauen.«

Er gab mir einen flüchtigen Kuss und schob mich dann sanft zur Seite. Anschließend sprang er auf und verschwand im Wohnzimmer. Ich blieb verdutzt zurück. Sofort fühlte ich mich wieder einsam und verlassen.

»Kommst du?«, rief Jakob.

Ich wollte schon. Alleine, um wieder in seinen Armen zu versinken und seine Nähe zu spüren. Aber nach einem Horrorfilm war mir gerade so gar nicht zumute. Der Tag war schon gruselig genug gewesen. Ich stand auf und machte ein paar Schritte Richtung Wohnzimmer, blieb jedoch im Türrahmen stehen.

»Ich glaube, ich gehe lieber schlafen. Der Tag war echt anstrengend.«

»Okay.« Er kam auf mich zu und gab mir einen Gute-Nacht-Kuss. »Schlaf gut. Ich lese noch ein paar Dokumente durch, dann komme ich nach.«

Also wieder kein Abend zu zweit, aber im Augenblick war mir das egal. Ich wollte mich jetzt in mein Bett kuscheln und den grässlichen Tag einfach vergessen.

***

Arbeitslos! Ich starrte ungläubig auf das Papier vor mir. KÜNDIGUNG prangte in riesigen, schwarzen Lettern auf dem Schreiben. Natürlich hatte ich geahnt, dass es dazu kommen würde, aber es jetzt schwarz auf weiß in den Händen zu halten, war noch etwas anderes. Es machte alles so wirklich. Ich, arbeitslos, gefeuert, nach all den Jahren. Gut, es waren genau genommen fünf

Jahre, aber das war doch auch schon viel. Und es war die längste Zeit, die ich jemals für ein Unternehmen gearbeitet hatte. Was sollte ich denn jetzt machen? Keine Arbeit, kein Geld, kein Grund mehr morgens aufzustehen. Und all meine Kolleginnen …

Ich fühlte, wie mir die Tränen kamen und versuchte, sie zu unterdrücken. Ich hatte mich jeden Morgen gefreut, meine Mitarbeiterinnen, meine Freundinnen zu sehen. Mit ihnen konnte ich einfach alles bequatschen. Bei Stress unterstützten wir uns gegenseitig und bei Ärger mit dem Chef trösteten wir uns. Was sollte ich nur ohne sie machen? Wir waren wie eine kleine Familie. Jakob hatte das nie verstanden.

Neben mir hörte ich Juliane aufschluchzen. Normalerweise wäre ich jetzt aufgesprungen und hätte ihr gut zugeredet. Alles wird gut. Aber jetzt … Wir saßen alle im gleichen Boot. Ein paar meiner Kollegen hatten die Möglichkeit wahrgenommen, nach Leipzig zu wechseln, aber der Großteil wollte oder konnte nicht. Und so hielten achtzig Prozent der Abteilung den gleichen Brief in der Hand.

Wie konnte ich jemand anderen trösten, wenn ich doch selbst nicht wusste, wie es weitergehen sollte? Da, wo sich eine Tür schließt, öffnet sich ein Fenster. Aber wie glaubhaft würde das klingen, wenn ich selber am liebsten mitheulen würde?

Ich las den Brief wieder und wieder. Vielleicht gab es irgendwo einen Hinweis darauf, dass doch nicht alles so schlimm war. Aber das einzig Positive, das ich finden konnte, war die Abfindung von 9.000€, die mich jedoch gleich wieder deprimierte.

Je länger ich darüber nachdachte, desto mehr merkte ich, wie mir ein dicker Kloß im Hals die Luft abdrückte. Das würde mein letztes Gehalt für eine unbestimmte Zeit sein.

Plötzlich, ganz die Buchhalterin, musste ich an all meine Ausgaben denken und daran, was am Ende des Monats unterm Strich übrig blieb. Das war nicht viel. Mich hatte immer schon gewundert, wie schnell das alles weg war. Essen, Klamotten, Miete … Oh Gott, allein schon die Miete hatte immer knapp die Hälfte meines Gehalts verschlungen. Vielleicht musste ich jetzt in eine kleinere, billigere Wohnung an den Stadtrand ziehen? Da hatte Jakob bestimmt noch nicht dran gedacht. Was konnte ich mir überhaupt noch leisten?

Die Gedanken wirbelten wild durch meinen Kopf. Immer wieder kam mir ein neues Problem in den Sinn. Diese Entlassung war der absolute Albtraum. Ich schloss die Augen und zählte bis zehn. Doch als ich sie wieder aufschlug, hatte sich nichts verändert. Um mich herum heulte immer noch jeder Zweite und das dumme Papier lag immer noch vor mir. Kurzerhand griff ich zum Telefon und wählte die Durchwahlnummer.

»Oh Sofia, es ist vorbei«, jammerte ich.

»Wie bitte, wovon redest du? Habe ich dir etwas getan?«

»Ich bin gefeuert, arbeitslos. Mein Leben ist am Ende.«

»Was? Mensch, Caro. Das weiß ich doch. Und du weißt es doch auch schon seit drei Wochen.«

»Ja, aber jetzt … Ich habe heute Morgen einen Brief bekommen. Die Kündigung. Ich dachte …« Ja, was hatte ich gedacht? Dass das alles nur ein dummer Scherz war, und jemand kommen und »April, April« rufen würde? Nein, sicher nicht, es war schließlich September. Aber ich hatte mir immer wieder eingeredet, dass das nicht wahr sein konnte. Und jetzt hatte mich die Realität eingeholt.

»Caro, du atmest jetzt einmal tief durch. Das ist nicht das Ende, das ist ein Neuanfang. Mach dir eine Tasse Tee und beruhige dich«, redete Sofia mir gut zu.

»Ja, also ich weiß nicht«, erwiderte ich. Ich fühlte mich komisch hier am Schreibtisch. Ich war entlassen worden und musste dennoch weiter arbeiten.

»Du, ich muss jetzt Schluss machen. Wir reden heute Abend«, sagte Sofia und beendete damit unser Gespräch.

***

Und tatsächlich, kurz nachdem ich die Wohnungstür aufgeschlossen hatte, stand Sofia auch schon vor der Tür. Sie umarmte mich und hielt dabei in der einen Hand eine Schachtel Meeresfrüchte aus belgischer Schokolade, die ich so liebte, in der anderen einen Stapel Zeitungen. Wie sie das mit der Umarmung hinbekam, wusste ich selber nicht, doch es tat auf jeden Fall gut und für ihre tröstenden Worte »Es wird alles gut« war ich dankbar.

Wir gingen ins Wohnzimmer und ich machte für uns beide schnell eine Tasse Tee, die ich anschließend auf das kleine Wohnzimmertischchen stellte. Sofia hatte eine der Zeitungen vor sich aufgeschlagen und las fleißig darin.

»Bist du hergekommen, um Zeitung zu lesen?«, fragte ich irritiert.

»Quatsch. Die sind für dich«, antwortete sie ohne aufzublicken.

»Was soll ich denn damit?« Ich holte den Teebeutel aus der Tasse, wrang ihn mithilfe des Löffels aus und legte ihn auf den Untertassenrand.

»Mensch Caro, du brauchst doch einen neuen Job.« Mit dem Blick folgte ich ihrem Fingerzeig. Stellenmarkt, las ich, Stellenangebote und eine Reihe von Anzeigen wie »Saubere und ordentliche Putzfrau und Haushaltshilfe gesucht« oder »Sekretärin in Teilzeit mit Masterabschluss gesucht.«

Nein, nie im Leben. Ich wollte weder als Putzfrau noch als Sekretärin arbeiten und ganz bestimmt nicht in Teilzeit. Ich wollte meinen Job zurück und nichts anderes. Die Kollegen, die gewohnte Routine, die schönen Zahlen. Naja, am Ende waren sie schon länger nicht mehr schön gewesen, aber hier ging es ums Prinzip. Panik stieg in mir auf. Jetzt musste ich wieder Bewerbungen schreiben, Vorstellungsgespräche meistern und einen Chef nach dem anderen abklappern. Ich dachte daran, wie frustriert ich direkt nach dem Studium gewesen war, als ich Bewerbungen geschrieben und nur Absagen erhalten oder - noch schlimmer - überhaupt keine Antwort bekommen hatte.

Ich will das nicht mehr, dachte ich. Andererseits war da mein Kontostand. Keine rosigen Aussichten. Und so nahm ich eine Zeitung zur Hand und schlug den Stellenmarkt auf.

Kapitel 4

Seit drei Wochen war ich nun arbeitslos und wurde langsam immer depressiver. Anfangs hatte ich noch jede Menge Bewerbungen geschrieben, hatte mit Sofia Stellenannoncen durchgesehen, in Zeitungen geblättert, Internetanzeigen gelesen. Aber in den letzten Tagen war meine Motivation abgeflaut. Stattdessen war ich immer tiefer in Selbstmitleid versunken. Anfangs hatte mich Jakob noch unterstützt, mich getröstet und mir gut zugeredet. Genauso Sofia. »Alles wird gut«, sagten sie immer wieder. Aber nichts war gut geworden. Ich war immer noch ohne Arbeit, niemand hatte mich zurückgerufen. Und auch Jakob und Sofia sagten immer weniger. Beziehungsweise sie sagten schon etwas, aber es hatte immer mehr einen negativen Unterton. Von Trost war nicht mehr die Rede. Die Worte wurden immer mehr zu Vorwürfen und waren immer öfter von einem Kopfschütteln begleitet und manchmal hatten unsere Wortwechsel sogar in einem handfesten Streit geendet.

Langsam sah auch ich ein, dass Warten nicht viel brachte, vor allem kein Geld. Damit ich wenigstens Anrecht auf Arbeitslosengeld hatte, musste ich beim Jobcenter vorstellig werden. Da war ich nämlich noch nicht gewesen. Davor hatte mir immer gegraust. Die Erzählungen von anderen und wahrscheinlich auch das TV hatten mich wohl negativ beeinflusst. Andere hatten Angst vor dem Zahnarzt, ich vor dem Jobcenter.

Schweren Herzens hatte ich mir den Wecker gestellt und machte mich um neun Uhr auf den Weg.

In meiner Vorstellung liefen auf dem Amt nur ältere graue Damen mit streng zurückgebundenen Haaren, dicken Hornbrillen und mürrischen Blicken umher. Während der Busfahrt stellte ich mir vor, wie der Termin ablaufen würde: Ich hockte in einem kleinen, altmodisch eingerichteten Büro und eine dieser grauen Damen saß mir gegenüber. Sie tippte die ganze Zeit etwas in ihren Computer und ignorierte mich, bis sie sich dann endlich mir zuwandte.

»Aha, die Frau Mertens, mal wieder zu spät. Alle anderen waren längst da. Sie haben also in der Buchhaltung gearbeitet. Was machen wir bloß mit Ihnen? Wären Sie doch nur früher da gewesen, aber jetzt ... Schauen Sie sich die Reihe an.«

Und die Dame zeigte kopfschüttelnd durch die offene Tür auf eine lange Schlange von arbeitslosen Buchhaltern.

Als ich vor dem Jobcenter stand, hatte sich das flaue Gefühl in meinem Magen noch verstärkt. Ein riesiges Gebäude ragte vor mir auf. Es liefen nur wenige Leute draußen herum. Umso besser, dann sah mich auch keiner. Als ich durch die Drehtür in das Gebäude trat, blickte ich mich staunend um. Die Eingangshalle war riesig. Vielleicht kam mir aber auch alles nur so groß vor, weil hier absolute Stille herrschte und meine Schritte auf dem Boden hallten.

Die Einrichtung war schlicht und modern. Links führte ein Gang Richtung Aufzug und schließlich an weiteren Türen vorbei. Rechts führte eine Wendeltreppe nach oben. Dahinter waren ein paar Schalter versteckt. Die ganze Halle wirkte wie ausgestorben. Was sollte ich tun? Wie war die richtige Vorgehensweise? Erst zum Schalter oder doch direkt weiter durch den Gang, in der Hoffnung, dass ich jemandem begegnete, der mir weiterhelfen konnte? Ich entschied, erst einmal zu den Schaltern zu gehen. Hier musste doch jemand arbeiten. Mittlerweile war es kurz vor zehn Uhr. Ich blickte durch die Scheibe, doch da war niemand. Nur ein paar herrenlose Computer und Unmengen von Akten, die einerseits ordentlich in einem Schrank aufgereiht standen, andererseits wild auf dem Schreibtisch verteilt lagen. »Hallo?«, rief ich, leiser als ich beabsichtigt hatte. Irgendwie schüchterte mich dieses scheinbar verlassene Gebäude ein. Mein Blick fiel auf eine kleine Klingel und ich drückte darauf. Der durchdringende Ton, der erklang, ließ mich zusammenzucken. Er hallte laut durch die Stille. Dann ein Rascheln, Schritte und endlich ein Mensch.

Ich musste all meine Formulare, Ausweise und Daten vorlegen und bekam eine Nummer. Dann wurde ich weiter durch den Gang geschickt, in eine Art Wartesaal. Und hier waren sie: Die Menschen, die ich zuvor so leidlich vermisst hatte, saßen hier in Reih und Glied. Ein paar Kinder spielten an einem Tisch in einer Ecke, auf und neben dem jede Menge Spielzeug aufgebaut war. Hier war es laut und voll. Die Leute unterhielten sich in allen möglichen Sprachen. Sie nahmen kaum Notiz von mir. Ich war nur eine weitere, die sich hinten anstellen und um Beihilfe betteln musste. Und in dem Moment beschloss ich, dass ich jede Gelegenheit annehmen würde, die mir begegnete, nur, um nicht mehr hierherkommen zu müssen.

Nach geschlagenen zwei Stunden war ich wieder draußen. Anderthalb Stunden musste ich warten, bis ich endlich dran war. Dann hatte ich erst mal ein ellenlanges Formular mit Fragebogen ausfüllen müssen. Anschließend ein Gespräch mit einem Sachbearbeiter (der nicht aussah wie in meiner Vorstellung), während er die ganze Zeit auf die Computertastatur einhämmerte und mir Fragen stellte. Die gleichen Fragen, die ich kurz zuvor auf dem Fragebogen beantwortet hatte. Zum Schluss noch eine Ermahnung, dass ich jeden Monat mindestens zwei Bewerbungen schreiben musste, dann konnte ich gehen.

Irgendwie hatte ich mir das alles ganz anders vorgestellt. Wenigstens einen klitzekleinen Hinweis darauf, wo gerade Buchhalter gesucht werden. Aber nichts. Nicht den kleinsten Tipp.

Ich war völlig fertig und von der ganzen Rederei total ausgetrocknet. Da kam mir das kleine Café auf der Straße gegenüber ganz recht. Ich setzte mich an den letzten noch freien Tisch. So viele Menschen, die Kaffee tranken, Kuchen aßen und sich unterhielten. Fast wie im Arbeitsamt, nur mit besserer Laune. Dazwischen liefen ein paar gestresste Kellner hin und her.

Ich bestellte einen Kaffee und versuchte meine Gedanken zu sammeln. Blitzschnell hatte ich eine heiße Tasse vor mir stehen. Mein Blick streifte umher, vielleicht lag hier ja irgendwo eine Zeitung, in der ich ein paar Stellenangebote durchsehen konnte. Der Typ vom Jobcenter hatte mir jedoch nicht sehr viel Hoffnung gemacht. Er hatte mir geraten, mich nicht nur im nahen Umfeld zu bewerben, sondern auch weiter außerhalb.

Schließlich entdeckte ich eine Zeitung auf einem Stuhl am Nebentisch. Niemand beachtete sie. Ich rückte ein bisschen näher ran, stand auf und wollte mich gerade nach vorne recken, um an das Tagesblatt zu gelangen. In dem Moment fühlte ich einen starken Stoß von der Seite, zuckte zurück und fühlte gleichzeitig etwas Heißes, Nasses auf meiner Brust. Ich schrie auf, wollte nach hinten ausweichen, wurde dabei von dem Stuhl gestoppt, der immer noch hinter mir stand, verlor das Gleichgewicht und war gezwungen mich zu setzten. Erschrocken starrte ich zur Seite und erblickte einen großen Mann, etwa in meinem Alter. Unter einem dunklen Haarschopf leuchteten mir blaue, ein wenig erschrocken dreinblickende Augen entgegen. Ich hätte ihn vielleicht für gutaussehend gehalten - wenn ich nicht so wütend gewesen wäre.

»Oh mein Gott, der Kaffee!«, rief er.

»Bitte?«, stieß ich hervor.

»Tut mir leid. Haben Sie sich etwas getan? Ihre Jacke ist ganz nass.«

Er griff nach einer Serviette und trat einen Schritt näher. Ich wich weiter zurück, so dass der Stuhl gefährlich zu kippen begann. Der wollte mir doch nicht an die Brust mit dem Tuch? Ich riss ihm das Papier aus der Hand und zischte. »Danke, das geht schon.«

Der Mann stand nun reichlich hilflos neben mir. Er schaute immer wieder in eine andere Richtung und machte seltsame Gesten. Da wartete wohl jemand auf ihn.

Ich versuchte verzweifelt, den Fleck zu entfernen,

der sich halb auf meiner Jacke und halb auf der Bluse darunter befand. Doch das war gar nicht so einfach. Ich konnte so viel rubbeln wie ich wollte, der Fleck blieb.

Zwei Minuten später stand eine Angestellte mit einem Tuch neben mir und begann direkt den Boden zu wischen. Als ob da noch etwas wäre, dachte ich. Mir schien, dass die ganze heiße Brühe auf meiner Kleidung gelandet war. Zum Glück hatte meine Jacke größeren Schaden von mir abgehalten. Nicht auszudenken, wenn ich nur die dünne Bluse getragen hätte ... Dann durfte ich mich jetzt vermutlich noch mit einer Verbrennung zweiten Grades herumschlagen.

Mittlerweile hatte ich die Jacke ausgezogen und rubbelte weiter. Ich dachte an das viele Geld, das ich für die fast neue Jacke ausgegeben hatte.

»Äh, kann ich Ihnen noch weiterhelfen?«, fragte der Mann.

»Ja, verschwinden Sie«, antwortete ich mürrisch.

Ich hatte echt die Schnauze voll, dieser Tag war für mich gelaufen. Ich packte meine sieben Sachen zusammen, bezahlte und ging.

Zu Hause befreite ich mich als erstes von den nassen Klamotten und nach einer Dusche fühlte ich mich gleich besser. Die Busfahrt war grauenhaft gewesen. Gefühlt hatte mir jeder auf die Brust gestarrt. So ein Fleck schien eine willkommene Aufforderung zu sein.

In einem neuen T-Shirt und Pullover setzte ich mich ausgelaugt auf das Sofa und überlegte, was ich tun sollte. Ich benötigte irgendetwas, das mich ablenkte. Nur nicht mehr an den Vormittag denken. Ich könnte Bewerbungen schreiben, aber das würde mich sicher zu sehr an das Jobcenter erinnern. Oder shoppen, ja, shoppen war eine gute Ablenkung!

Ich sprang auf, schnappte meine Tasche, langte nach meiner Jacke und griff ins Leere. In dem Moment fiel mir ein, dass auf meiner Jacke ja der riesige Kaffeefleck prangte und ich sie in die Wäsche geschmissen hatte. Mist. Da musste wohl oder übel die alte Jacke her, die soweit ich mich erinnerte, irgendwo unten im Schrank lag. Ich durchwühlte den Kleiderschrank, fand dabei das eine oder andere vermisste T-Shirt, einen einzelnen Ohrring und sogar noch einen Zehneuroschein, juhu.

Schließlich holte ich die alte Jacke hervor. Ich hatte sie eigentlich längst wegwerfen wollen. Aber das war jetzt ein Notfall. Mit einem kritischen Auge begutachtete ich die Jacke von oben bis unten. Ein wenig zerknittert, aber sonst ging es, bis auf das kleine Loch am Ärmel. Aber da guckte sowieso keiner hin. Ich zog die Jacke an und ging los. Ich nahm den nächsten Bus und steckte mir vorsichtshalber schon mal 4,50€ für die Rückfahrt in die Tasche, schließlich war für den Nachmittag Regen angesagt. In meinem Portemonnaie war genau so viel Geld, wie ich maximal ausgeben wollte bzw. konnte.

***

Der letzte Cent war ausgegeben - und ich hundemüde. Shoppen konnte echt anstrengend sein, aber es hatte sein Ziel erfüllt. Ich hatte kein einziges Mal an den furchtbaren Morgen gedacht. Jetzt konnte ich zufrieden nach Hause gehen. Ich nahm beide Taschen in die Hände und machte mich auf dem Weg zur Bushaltestelle. Und ich hatte Glück. Kaum dass ich dort stand, kam auch schon der richtige Bus. Ich trat in die Reihe der einsteigenden Mitfahrer und tastete nach meinem Geld. Ich stutzte. Da war nichts. Ich stellte beide Einkaufstüten ab und griff erneut in den Jackenstoff, aber da war kein Geld. Dafür entdeckte ich etwas anderes. Ein Loch. In meiner Jackentasche war ein Loch!

Mittlerweile war mein Vordermann eingestiegen und ich an der Reihe dem Busfahrer mein Ziel zu nennen und mein Ticket zu bezahlen. Doch ich schaute ihn nur mit großen Augen an, er starrte genervt zurück und startete den Motor. Ein Wink, dass ich bezahlen oder aussteigen sollte. Kaum, dass ich mit beiden Beinen wieder auf der Straße stand, schlossen sich die Türen und der Bus fuhr ohne mich ab.

Ich schaute vorsichtshalber noch mal in mein Portemonnaie, aber da waren nur noch 2,50€ drin. Das reichte nicht für ein Ticket. Und auch der Blick auf mein Handy brachte keine besseren Nachrichten. Es verabschiedete sich gerade mit einem letzten Aufleuchten. Akku leer. Ich musste zu Fuß nach Hause. Und ausgerechnet jetzt fing es auch noch an zu regnen. Super!

Ich bog von der Einkaufsstraße in eine Seitenstraße und lief eng an den Häusern vorbei. Vielleicht sollte ich eine Abkürzung nehmen, dachte ich und bog in die nächste Gasse. Nachdem ich durch einen schmalen Weg zwischen zwei Häusern zu einer etwas breiteren Straße gelangt war, schaute ich mich um. In dieser Gegend war ich noch nie gewesen, aber nach meiner Logik musste ich auf der Louisenstraße auskommen. Von dort aus waren es dann noch zehn Minuten bis zu meiner Wohnung.

Kapitel 5

Ich ging schnellen Schrittes weiter, schaute mich aber immer wieder verwundert um. Seltsam, in dieser Straße war echt kein Mensch. Irgendwie unheimlich, weil ich kurz zuvor noch auf einer sehr belebten Straße gewesen war. Aber umkehren wollte ich jetzt auch nicht mehr. Ich hatte bereits ein beachtliches Stück Weg hinter mich gebracht. Dabei fiel mir auf, wie lang diese Straße war. Wenn ich nach vorne schaute, sah es so aus, als wäre ich bisher kaum vorangekommen. Ich konnte das Ende nur verschwommen erkennen, als wäre es noch Kilometer weit entfernt. Mir lief ein Schauer den Rücken runter. Sicherlich wegen des Regens, aber auch, weil die Umgebung nicht gerade einladend war. Alles sah heruntergekommen, grau und trostlos aus. In einer schöneren Umgebung wäre es mir wahrscheinlich leichter gefallen, den Weg zurückzulegen, aber hier zuckte ich bei jedem Geräusch zusammen und blickte mich erschrocken um. Ich beschleunigte meinen Schritt. Und doch kam das Ende der Straße einfach nicht näher.

Plötzlich fiel mir ein kleiner Punkt auf, der sich hin und her bewegte. Kam mir da etwa jemand entgegen? Obwohl ich mich hätte freuen sollen, dass ich nicht mehr die einzige auf dieser einsamen Straße war, duckte ich mich hinter die Autos, die am Straßenrand standen. Konnte ja auch ein Krimineller sein, diese Gegend sah so verwahrlost aus, dass ich mir alles hätte vorstellen können, vom Junkie bis zum Bankräuber.

Als die Person immer näher kam, fiel mir dieser besondere Gang auf, den kannte ich doch. So hin und her wackelte nur einer: mein Chef Herr Klinke! Und auch weitere Eigenschaften erinnerten mich an ihn. Die alte Cordjacke, das lichte Haar, oh mein Gott! Dem wollte ich heute, hier und jetzt auf keinen Fall begegnen. Was er sich dann nur denken würde? Ich, hier in dieser Umgebung, nass, verlaufenes Make-up, der würde mich ja nie mehr einstellen, selbst, wenn ich ihn auf Knien anflehte. Naja, das hätte ich auch schon beinahe gemacht, als ich topgestylt an meinem Schreibtisch saß und das Kündigungsschreiben vor mir lag.

Er kam immer näher. Hoffentlich ging er einfach an mir vorbei. Dann hatte ich gute Chancen, dass er mich nicht bemerken würde, jedenfalls nicht, wenn er sich nicht umdrehte und nach hinten blickte. Natürlich tat er mir diesen Gefallen nicht. Er hielt kurz inne und holte etwas aus seiner Innentasche heraus. Dann machte es zweimal »uit, uit« und das Fahrzeug, hinter dem ich mich versteckt hatte, blinkte zweimal. Er wollte doch nicht etwa mit diesem Auto wegfahren? Jetzt überquerte er tatsächlich die Straße und kam direkt auf mich zu. Ich wollte mich umdrehen und wieder zurückkriechen, in die Richtung, aus der ich gekommen war. Doch dabei verhedderte ich mich mit meinem Fuß in den Einkaufstüten, die ich neben mir abgestellt hatte und fiel rücklings auf den Asphalt. Ein erstickter Schrei drang aus meiner Kehle. Ich hatte mich natürlich gleich wieder im Griff, aber mein Aufschrei war sicherlich weithin zu hören gewesen. Und ja, auch mein Chef hatte ihn gehört. Ich blickte zu ihm auf, über die Motorhaube hinweg und sah, wie er stehen blieb und sich umschaute.

Ich drehte mich um, sprang auf, die Schultern hochgezogen, meine Tüten unterm Arm, und rannte eng an der Mauer entlang, in der Hoffnung mich in einem Türeingang verstecken zu können. Doch Herr Klinke hatte mich natürlich gesehen.

»Entschuldigung, junge Frau, Sie ... Sie haben da ...«

Den Rest hörte ich nicht mehr. Denn nachdem ich in den Hauseingang gesprungen war, hatte ich die Klinke einer Tür runtergedrückt, an der ein Schild »Geöffnet« anzeigte, und war in einen Raum hineingestolpert. Ein Raum, der bis oben hin ausgefüllt war mit alten Möbeln und Regalen, in denen alle möglichen und unmöglichen Gegenstände standen, Vasen, Bücher, seltsame Töpfe, Tassen ... Alles war vollgestellt, nur ein paar schmale Durchgänge waren ausgespart worden, durch die man sich hindurchschlängeln konnte, um die ausgestellte Ware zu begutachten.

Ich hatte natürlich nicht gewusst, was mich hinter der Tür erwartete. Ich hatte mich einfach nur darauf konzentriert, meinem Chef zu entkommen und war mit Schwung in das Geschäft gestürmt. Das war zu viel des Guten. Ich stieß mit meiner Tasche an einen Sockel, auf dem eine Teekanne und eine winzige Tasse standen. Ein klirrendes Geräusch durchfuhr die Stille. Ich zuckte zusammen, drehte mich erschrocken zur Seite und warf dabei ein weiteres Glas um, das zwar heil blieb, aber eine Glaskugel ins Rollen brachte, die geradewegs auf einen am Boden stehenden Spiegel zu raste und schließlich mit ihm kollidierte. Ein langer Riss zog sich vom Boden bis zur Mitte des Spiegels.

»Nicht bewegen!«, krächzte eine Stimme. Und plötzlich stand am Ende des Ganges eine kleine betagte Frau. Sie kam langsam auf mich zu und begutachtete den Schaden, den ich angerichtet hatte. Die Wahrsagerin vom Jahrmarkt! Ich erkannte sie sofort wieder. Na, die kam mir gerade recht. Mit der hatte ich noch ein Hühnchen zu rupfen. Hatte die nicht behauptet, dass ich einen neuen Job finden würde? Und zwar als ich meinen alten noch gar nicht verloren hatte? Sie war schuld, dass ich jetzt arbeitslos war.

»Sie …«, knurrte ich, doch bevor ich weitersprechen konnte, fiel sie mir ins Wort.

»Ich hoffe, Sie können für den Schaden aufkommen. Das wären 639,99€. Ratenzahlung ausgeschlossen.«

Ich blickte die Frau entsetzt an. Mit diesen beiden Sätzen nahm sie mir den ganzen Wind aus den Segeln und meine aufkeimende Wut wich einem ausgeprägten Schock. Das war ja fast eine Monatsmiete!

»Wenn Sie mir bitte zur Kasse folgen würden, aber vorsichtig!« Elegant schlängelte sich die Dame an mir vorbei und verschwand hinter dem Verkaufstresen. Ich folgte ihr ganz langsam, immer darauf bedacht, nirgendwo anzustoßen.

Vor dem Tresen schaute ich unsicher in mein Portemonnaie. Vielleicht war ja irgendwie noch ein bisschen Geld dazugekommen oder ich hatte ein Fach übersehen. Aber nein, gähnende Leere lachte mir entgegen.

»Äah, ich könnte ihnen 2 Euro und 45 Cent anbieten. Mehr habe ich leider nicht. Da müsste ich erst zur Bank gehen.« Das Letzte sagte ich nur, um mir selber ein bisschen Mut zuzureden. Hätte ich gewusst, dass so etwas passiert, hätte ich Jakob niemals von der Abfindung erzählt. Das Geld wäre jetzt meine Rettung gewesen. Aber Jakob hätte seinen Job verfehlt, wenn er es nicht direkt für mich gut angelegt hätte. Im Moment befand sich mein Konto auf dem Tiefstand von etwa 230€, die jedoch für Essen und Haushaltsmittel verplant waren.

»Ja ja und dann nicht mehr wieder kommen«, raunzte die Frau. Dann hielt sie inne und ein verschlagenes Grinsen wich den Zornesfalten. »Aber Sie können es abarbeiten«

Ich blickte mich irritiert um. Abarbeiten? Sollte ich den ganzen Kram putzen? Mir kam eine Assoziation von Donald Duck in den Sinn, der für seinen reichen Onkel Dagobert immer die Goldtaler von Staub befreit hatte. Auch, um seine Schulden abzuarbeiten. Das konnte sicher ewig dauern.

»Aber ich habe doch gar keine Zeit …« Ich stockte. Ich hatte sehr wohl Zeit. Ich war schließlich arbeitslos. Wegen dieser Frau! Ich versuchte die erneut aufkommende Wut zu unterdrücken. »Äh und ab wann?«

»Natürlich sofort. Ich muss nämlich ganz dringend etwas erledigen.«

Die Frau würde mich sicher nicht gehen lassen. Also ergab ich mich meinem Schicksal. Sie erklärte mir kurz die Kasse, auch eine Antiquität, wie sie mir mit ihren Worten bestätigte - »Die ist manchmal etwas widerspenstig und klemmt« - und mir wurde klar, dass sie Größeres mit mir vorhatte und ich nicht Staub wischen sollte. Bevor ich noch eine weitere Frage stellen konnte, war die Frau verschwunden.

Ich blieb verdattert zurück. Das war mir irgendwie zu schnell gegangen. Wie war ich da nur wieder hereingeraten? Jetzt stand ich alleine in einem mit vollkommen unbrauchbaren Dingen vollgestellten Laden und sollte Verkäuferin spielen. Natürlich konnte ich auch einfach die Beine in die Hand nehmen und abhauen, zumal Jakob sicher schon auf mich wartete und sich wunderte, wo ich blieb. Wobei ich ja selber auch gar nicht wusste, wie lange ich hier noch stehen würde. Mir war nirgendwo ein Zettel mit Öffnungszeiten aufgefallen. Aber so jemand war ich nicht. Auch wenn die Frau nicht gerade freundlich mit mir umgegangen war. Wenn ich einfach gehen würde, wäre das eine Einladung für Diebe, besonders in dieser Umgebung. Und das konnte ich der Frau nicht antun. Sie schien mir, einer völlig Fremden, die kurz zuvor ihren halben Laden zerdeppert hatte, zu vertrauen – warum auch immer.

Allerdings hätte ich meinem Freund gerne Bescheid gesagt, wo ich war. Zu dumm, dass dieser doofe Akku immer dann leer war, wenn man das Handy am dringendsten brauchte. Das brachte mich auf eine Idee, vielleicht gab es ja hier irgendwo ein Telefon. Ich bückte mich und kramte hinter dem Tresen in den verschiedenen Schubladen. War nicht irgendwo ein tragbares Telefon oder gar ein Handy zu finden? Die Kosten für den Anruf konnte ich ja gleich mit abarbeiten. Plötzlich hörte ich Schritte. Ich schreckte hoch, knallte mit dem Kopf gegen die Tresenkante und sackte erst mal wieder in mich zusammen, mit schmerzverzerrtem Gesicht, die Hände am Kopf haltend.

»Hallo? Madita? Sind Sie da?«

»Äh nein«, stieß ich zwischen den Zähnen hervor. »Ich bin hier«, und langsam tauchte ich hinter dem Tresen auf. »Wobei kann ich Ihnen helfen?«

Vor mir stand der Mann von heute Morgen, der Typ, der mir den Kaffee übergeschüttet hatte. Ich stieß die Luft zwischen den Zähnen aus. Jetzt, wo er vor mir stand und ich nicht durch den heißen, nassen Kaffeefleck abgelenkt war, konnte ich ihn in Ruhe von oben bis unten mustern. Er war tatsächlich gutaussehend, hatte markante Gesichtszüge und hellblaue Augen, welche einen ungewöhnlichen Kontrast zu seinem dunklen Haar bildeten, aber gut zu ihm passten. Er trug ein blaues Hemd zu dunklen Jeans. Genau das Gegenteil von Jakob, der ja eher hell war und meistens Anzug trug.

»Sie?«, fragte ich.

»Ach, Sie schon wieder. Sie schulden mir noch 2,50€ für den Kaffee.«

»Bitte? Sie haben mir den Kaffee übergeschüttet. Ich schicke Ihnen die Rechnung für die Reinigung.«

»Ich glaube, daran waren Sie selber schuld. Sie sollten sich freuen, da haben Sie doch einen Grund sich etwas Neues zu kaufen.« Er zog eine Augenbraue hoch und musterte mich unverhohlen. »Kann jedenfalls nicht schaden.«

Ich fühlte Wut in mir aufsteigen. Okay, im Moment sah ich aus, als wäre ich eben noch durch den Regen gelaufen. Aber das konnte der doch nicht ernst meinen! Was für eine Frechheit!

»Mich freuen über eine versaute Jacke, die ganz neu war? Wie sind Sie denn drauf?«

»Wer sind Sie überhaupt? Ist Madita etwas passiert?«

Das wurde ja immer schöner. Also wenn hier jemandem etwas passiert war, dann doch wohl mir. Mein Chef war mir passiert, der mich entlassen hatte, dann dieser Laden und jetzt auch noch eine fette Beule am Hinterkopf.

»Die kleine Frau, äh … Madita, muss etwas erledigen. Ich passe in der Zwischenzeit ein bisschen hier auf, wenn es genehm ist«, sagte ich leicht schnippisch. »Als Aushilfe sozusagen.« Ich musste ja nicht jedem auf die Nase binden, dass ich hier Schulden abarbeitete.

»Aha, wie auch immer, dann hätte ich einmal gerne Maditas Spezialmischung.«

»Ah ja, natürlich«, sagte ich und gleichzeitig rutschte mir mein Herz in die Hose. Was zum Teufel war Maditas Spezialmischung? Etwas zu essen, etwas zu trinken oder vielleicht eine Farbmischung? Ich hatte keinen blassen Schimmer. Ich schaute mich suchend um, wobei ich darauf bedacht war, dies so unauffällig wie möglich zu tun. Der Mann sollte nicht merken, dass ich keine Ahnung hatte, wovon er redete. Sekunden vergingen, ohne dass ich mich bewegte. Nur meine Gedanken rasten durch meinen Kopf.

Der Typ blickte mich erwartungsvoll an. »Gibt es ein Problem? Ich habe nicht den ganzen Tag Zeit.«

Ich überhörte den unverschämten Ton. »Also …«

Konnte er nicht einfach sagen, was er haben wollte? Spezialmischung!? Langsam begann er, mich zu nerven. Hoffentlich waren nicht alle Kunden so. »Also wissen Sie …«

»Haben Sie nichts mehr vorrätig? Ich kann es mir auch selber mischen.«

Ja aber, was wollte er denn mischen? Ich beschloss mit offenen Karten zu spielen. »Es tut mir furchtbar leid, aber ich arbeite hier noch nicht so lange und ich weiß leider nicht, was Sie mit Spezialmischung meinen …«

Der Mann hob eine Augenbraue. »Sie arbeiten hier als Aushilfe und kennen noch nicht mal das einzige, was sich hier verkauft?« Ich wollte gerade etwas erwidern, aber er fuhr bereits fort. »Maditas Spezialmischung ist eine spezielle Mischung aus verschiedenen Kräutern, die meisten benutzen sie, um damit Tee aufzubrühen. Schauen Sie einfach mal in die oberste Schublade ganz links, hinter dem Tresen.«

Ich öffnete die Schublade. Diese vertrockneten Blätter sollten Tee sein?

»Ja, genau. Da sind doch auch noch ein paar Tüten. Davon bitte zwei.«

Ich nahm zwei heraus. Der Mann legte einen Zehneuroschein auf die Theke.

»Äh, sie wissen nicht zufällig …?«

»4,50€ kostet eine.«

Schon wieder war er mir ins Wort gefallen. So gut er auch aussah, diese unverschämten Antworten sollte er sich dringend abgewöhnen. Ich rechnete ab, wenigstens konnte ich die Kasse bedienen. Sonst wäre es noch peinlicher geworden.

»Danke und auf Wiedersahen.«

»Ja, auf Wiedersehen.« Hoffentlich nicht. Den letzten Teil sagte ich natürlich nicht laut.

Im Laufe des Abends kamen noch zwei ältere Damen, die aber beide nur jeweils eine Tüte der Kräutermischung haben wollten. Ich war echt froh, als die alte Wahrsagerin endlich wieder auftauchte.

»Jetzt ist Feierabend. Ich erwarte Sie dann morgen früh um neun«, sagte sie und verschwand gleich wieder in die hinteren Räume.

»Aber ...«, setzte ich an, um der Frau zu widersprechen.

»Sie haben doch Zeit morgen Vormittag, nicht wahr?«, hörte ich sie rufen.

»Äh ... Eigentlich ...«

Ich schluckte den Rest des Satzes herunter. Ja, ich hatte Zeit. Und es war die einzige Möglichkeit meine Schulden zu begleichen. Ich packte meine Tüten und wollte gerade zur Tür raus, als die Frau noch mal in den Verkaufsraum reinschaute.

»Ich habe Ihnen ein Taxi gerufen. Es ist schon dunkel.«

»Das kann ich mir nicht leisten«, gab ich kleinlaut zu.

»Da mach dir mal nicht so viele Sorgen, der Giorgio macht das auch so.«

Und das erste Mal an diesem Tag bekam ich ein gutmütiges Lächeln zu sehen.

***

Als ich den Schlüssel im Schloss umdrehte und die Tür aufstieß, war die Wohnung dunkel. Komisch, ich hätte schwören können, das Jakob gesagt hatte, er käme früher nach Hause. Doch alles war ruhig. Ich schaltete das Licht ein.

»Jakob, bist du da?«

Keine Antwort. Ich hängte meine Jacke auf und mein Blick fiel auf den Aktenkoffer, den Jakob immer mit zur Arbeit nahm. Also war er doch in der Wohnung gewesen. Ich schaute in alle vier Zimmer, doch es war niemand da. Hatte er vielleicht einen Zettel geschrieben?

Ich ging in die Küche und schaute mich suchend um. Mein Blick fiel schlussendlich auf den Kalender und mir ging endlich ein Licht auf. Heute war ja Donnerstag! Da traf sich Jakob mit seinen Freunden zum Pokern. Beruhigt holte ich mir ein Sandwich aus dem Kühlschrank und machte es mir im Wohnzimmer vor dem Fernseher gemütlich.

Kapitel 6

Driiiiiiiing! Ich riss die Augen auf, sprang aus dem Bett und blieb irritiert in der Dunkelheit stehen. Jakob drehte sich um und zog die Decke zu sich rüber. Er murrte etwas, dass so ähnlich klang wie »Beckerlaus.«

Ich musste mich erst orientieren und auch mein Gehirn meldete eine Störung. Gerade eben hatte ich noch von Entspannungsurlaub auf einer sonnigen Insel geträumt und plötzlich drängten Dunkelheit, Kälte und ein durchdringender Ton in mein Bewusstsein. Schließlich lokalisierte ich den Übeltäter und drückte auf den kleinen Knopf, der das durchdringende Geräusch des Weckers beendete. Ich hatte mir seit Ewigkeiten keinen Wecker mehr gestellt, so kam es mir jedenfalls vor. Dabei war mein letzter Arbeitstag gerade mal drei Wochen her. Mensch Arbeit! Da war doch was!

Ich linste zu meinem Freund. War wohl noch ein fröhlicher Abend gewesen. Jakob hatte sich das Kissen über den Kopf gezogen und schnarchte leise.

Ich machte mich in Windeseile fertig, da ich gestern beschlossen hatte, mit dem Bus zu fahren. Die Busverbindungen waren ganz gut. Doch ich musste mich beeilen, der Bus würde nicht auf mich warten.

Pünktlich um neun Uhr traf ich vor dem Laden ein. Madita hatte mich anscheinend schon ungeduldig erwartet. Sie riss die Tür auf, drückte mir den Schlüssel in die Hand und murmelte etwas von. »Die Jugend von heute. Wir hätten uns nie gewagt, zu spät zu kommen, wir waren immer mindestens fünf Minuten früher da.«

Kein Abschied, keine Erklärung, nicht einmal ein Hallo. Wenigstens weiß ich, wie die Kasse funktioniert, dachte ich. Und dank der Hilfe dieses impertinenten, aber unverschämt gut aussehenden Typen, wusste ich auch, was ich verkaufen sollte. Ich trat in den Laden, schaltete das Licht ein und ging zur Kasse. Die Schubladen waren wieder mit Kräutertütchen aufgefüllt worden. Ein Glück. Selber hätte ich das Gemisch nicht zusammenstellen können.

Den ganzen Morgen verbrachte ich wartend und Däumchen drehend hinter der Theke. Ich spielte ein paar Handyspiele - immerhin ließ mich der Akku dieses Mal nicht im Stich - und langweilte mich. Kein einziger Kunde betrat den Laden. Es war furchtbar. Alle fünf Minuten schaute ich auf die Uhr. Am Mittag hielt ich es nicht mehr aus. Ich wanderte durch den Laden, begann Staub zu wischen und war schließlich an der Ecke mit den Antiquitäten angelangt. Schlussendlich würde ich doch wie Donald Duck enden und Maditas Schätze polieren. Fasziniert schlenderte ich durch die Gänge, immer darauf bedacht, nirgendwo anzustoßen und schaute mir ein paar der Gegenstände genauer an. Es gab Vasen, Tassen und Unterteller, kleine Lampen, Spiegel, Rahmen und schließlich stieß ich auf ein paar Gemälde. Mir kam eine Idee. Vielleicht konnte ich die schönsten im ganzen Laden aufhängen, um die Leute darauf aufmerksam zu machen? Außerdem konnte es nicht schaden, die Ladeneinrichtung etwas gleichmäßiger aufzuteilen. Denn auf der Seite, wo der

Tresen stand, sah alles ziemlich kahl aus und hier war ein Sammelsurium von allen möglichen Farben und Formen entstanden. Ich beschloss, meine Idee in die Tat umzusetzen und hoffte, dass die Zeit dadurch etwas schneller vergehen würde.

Ich fand ziemlich schnell ein paar schöne Bilder. Eines davon fand ich besonders passend. Es war kein richtiges Gemälde wie man es sich im klassischen Sinne vorstellte wie zum Beispiel Öl auf Leinwand, sondern eine alte, vergilbte Buchseite hinter Glas. Darauf waren drei Blumen abgebildet und dazwischen stand etwas geschrieben, als hätte sich jemand Notizen gemacht. Es passte wie Faust auf Auge in diese Umgebung und in diesen Laden und ich beschloss, dass es hinter dem Tresen seinen Platz finden sollte, so dass jeder, der etwas kaufte, unmittelbar darauf schauen musste. Madita würde sich bestimmt darüber freuen, wenn ich ihren Laden ein wenig aufhübsche. Ganz bestimmt.

Als ich gerade dabei war einen kleinen Nagel, den ich in einer der Schubladen gefunden hatte, mit meinem Schuh – man muss sich nur zu helfen wissen – in die Wand zu hauen, klingelte mein Handy. Vor Schreck hieb ich mir auf den Daumen, der direkt zu bluten anfing. Na super!

Sofia meldete sich ungeduldig. »Mensch, das dauert aber lange, bis du mal an dein Telefon gehst.«

»Sowy, isch arweite.«

»Bitte? Was nuschelst du denn da?«

Ich nahm den Daumen aus dem Mund. »Wegen dir habe ich mir gerade mit meinem Schuh auf den Daumen gehauen.«

»Hä?«

»Ich hänge ein Bild auf«, erklärte ich. »Warum rufst du an?«

»Eigentlich wollte ich dich fragen …«, fing sie an, doch dann stockte sie. »Bild aufhängen? Sag mal, wo bist du eigentlich?«

»Stell dir vor, ich habe einen Job.«

»Was? Endlich! Das ist ja toll. Wo? Bei welcher Firma?«

»Naja«, zögerte ich. »Nicht als Buchhalterin.«

»Als was denn sonst?« Sofia war neugierig.

»Naja, eher als Verkäuferin.«

»Und wo? Lass dir doch nicht alles aus der Nase ziehen, du bist doch sonst nicht so.«

»Ich arbeite jetzt in einem kleinen Kräuterladen in der Nähe der Einkaufsstraße«, erklärte ich. »Nur vorübergehend, bis ich etwas anderes gefunden habe«, fügte ich schnell hinzu.

»Na, ist doch super. Hauptsache, du hast einen Job.« Klar Sofia war mal wieder die Optimistische von uns beiden. »Das müssen wir feiern!«

»Also, ich weiß nicht.« Ich sollte feiern, dass ich in einem schäbigen Laden meine Schulden abarbeitete? Nicht wirklich ein toller Anlass.

»Doch, doch.« Sofia war plötzlich Feuer und Flamme. Ich konnte durch das Telefon hören, wie sie begeistert nickte und von einem Ohr zum anderen grinste. »Ich weiß auch schon, wo.«

»Ach ja?«

»Hast du nicht Lust mit mir heute Abend in das kleine, süße Restaurant zu gehen, wo wir früher immer zu Mittag gegessen haben?«

»Heute Abend?« Eigentlich hatte ich keine Lust. »Vielleicht lieber an einem anderen Tag?«

»Ach bitte, es geht nur heute.«

»Was geht nur heute?«, fragte ich misstrauisch. Meinen neuen Job konnte ich doch auch an einem anderen Tag feiern.

»Äh, das ist ein ganz besonderer Abend. Aber das ist eine Überraschung. Bitte, bitte.«

»Du hast eine Überraschung, obwohl ich dir gerade erst gesagt habe, dass ich einen neuen Job habe?«

»Tja, ich hatte so etwas schon im Gefühl. Vielleicht sollte ich unter die Wahrsager gehen«, grinste sie durchs Telefon.

»Hör mir auf mit Wahrsagern«, sagte ich genervt. Ich blickte mich unwohl um, obwohl ich wusste, dass Madita nicht da war. »Da kann ich dir noch etwas zu erzählen.«

»Ja super, mach das heute Abend. Bitte, bitte, komm mit«, bettelte sie weiter.

Ihre Bettelei hätte mich skeptisch stimmen sollen, aber ich war wohl ein bisschen abgelenkt durch das Blut, das im Begriff war, auf meine Bluse zu tropfen.

»Okay, ich komme mit.«

Sofia bedankte sich überschwänglich und legte auf. Ich verarztete meinen Daumen mit einem provisorischen Papiertaschentuchverband und arbeitete weiter an meiner Dekoration.

***

Sofia zog mich hinter sich her und ich ließ mich einfach mitreißen. Sie hatte mich zu Hause abgeholt und seitdem wir aus dem Auto gestiegen waren, hatte sie sich bei mir untergehakt und ließ nicht mehr locker. Ich war immer noch verwundert, wie schnell das Restaurant sein Aussehen verändert hatte. Früher war es klein, gemütlich und vor allem unscheinbar gewesen. Doch heute stach es zwischen den anderen Häusern und Restaurants besonders hervor. Die Fenster waren mit leuchtend roten Gardinen ausgestattet und kleine Lämpchen blinkten uns entgegen.

Als wir eintraten, wurden wir von dem leisen Gemurmel der anderen Restaurantbesucher empfangen, das sich mit einer gedämpften Melodie mischte, die im Hintergrund erklang. Girlanden aus kleinen Herzchen schmückten den Raum und alles war dezent, aber einladend beleuchtet.

Ich blickte mich nach einem ruhigen Tisch um, fast alle waren bereits besetzt. Nur die Tische in der Mitte waren ausgespart worden. Die kleinen Schildchen, die darauf standen, ließen mich vermuten, dass sie reserviert waren.

Da Sofia mich immer noch fest im Griff hatte, war ich gezwungen ihr zu folgen. Erst als wir vor einem Tisch mit dem kleinen Schild Anmeldung standen und der Mann meinen Namen auf eine Liste schrieb, die vor ihm lag, realisierte ich, was hier passierte.

»Komm Caro, da hinten können wir uns hinsetzen, bis es anfängt.«

»Bis was anfängt?«

»Na, das Speed-Dating, um acht Uhr geht es los.«

»Was?«, ich starrte sie ungläubig an. »Du hast mich zum Speed-Dating angemeldet?«

»Und mich auch«, sagte Sofia, als ob nichts dabei wäre.

»Was soll ich denn da?«, sagte ich lauter, als ich vorhatte. Sofia hatte mich nicht einmal gefragt!

»Komm. Das wird sicher lustig …«

»Nein, auf keinen Fall!«, rief ich entrüstet. »Hast du vergessen, dass ich in einer Beziehung bin?«

»Nicht so laut«, zischte Sofia. Und ich merkte, dass alle mich anstarrten. Der kleine Raum hatte sich in den letzten Minuten extrem gefüllt. Die meisten waren entweder in ein Gespräch vertieft oder saßen an der Bar und tranken etwas.

Sofia hatte natürlich recht. Besser nicht schon von Anfang an unangenehm auffallen.

»Bitte, tu es für mich. Ich brauche endlich einen neuen Mann, die leere Wohnung macht mich ganz kirre«, bettelte Sofia.

Bevor ich noch etwas einwenden konnte, klingelte ein Glöckchen und der Mann hinter dem Anmeldepult erhob sich und ergriff das Wort. Vorhin hatte ich ihn nur flüchtig wahrgenommen, jetzt schaute ich ihn mir genauer an. Er war groß und dünn, fast schlaksig und seine laute, aber angenehme Stimme ließ alle aufschauen.

»Herzlich willkommen, meine Damen und Herren.« Er schaute in die Runde, bis er die Aufmerksamkeit des gesamten Restaurants auf sich gelenkt hatte.

»Herzlich Willkommen zu unserem Speed-Dating. Es ist jetzt genau acht Uhr.« Er schaute auf seine Armbanduhr. »Schön, dass sich so viele Leute eingefunden haben und teilnehmen wollen. Alle Frauen setzen sich bitte an die Tische in der Mitte des Raumes.« Er wartete wieder einige Momente, bis sich wirklich alle Frauen in die Richtung der Tische begeben hatten. »Und die Männer suchen sich zunächst irgendeinen Tisch aus, aber bitte kein Gedränge. Es geht reihum weiter und jeder kommt mal an jeden Tisch. Sobald ich klingele …«, er klingelte kurz mit dem Glöckchen, »geht es los und Sie haben fünf Minuten Zeit um miteinander ins Gespräch zu kommen. Ich hoffe, sie haben sich alle schon gute Fragen ausgedacht.« Ich warf einen bösen Blick in Sofias Richtung, doch die grinste nur triumphierend, als sie sah, dass ich mich an den Tisch neben sie setzten wollte.

»Und los geht's.« Es klingelte.

Ich hatte mich kaum gesetzt, als sich mir gegenüber schon ein Mann niederließ. Als ich aufblickte, staunte ich nicht schlecht.

»Dean, was machst du denn hier?«

Der Mann fuhr sich durch die kurzen, braunen Haare und grinste schief. „Hallo Caro, sollte ich dich nicht eher fragen, was du hier machst?«, antwortete er. »Oder bist du nicht mehr mit Jakob zusammen? Dann brauchen wir ja nicht länger hier zu sitzen und können direkt verschwinden.«

Ich schluckte. Mist, das hatte mir gerade noch gefehlt. Dean war einer von Jakobs besten Freunden. Und gerade ihm musste ich hier beim Speed-Dating begegnen, da war es ja kein Wunder, dass er falsche Schlüsse zog.

»Nein, alles okay, ich bin nur zur Unterstützung dabei.« Ich nickte in Richtung meiner Freundin, die gerade angeregt in einem Gespräch vertieft war und wild mit den Armen fuchtelte.

»Und da musstest du dich gleich mitanmelden? Was wohl Jakob davon hält?«

Mir lief es eiskalt den Rücken herunter. Er sagte das in einem Ton, der nichts Gutes ahnen ließ.

Angriff ist die beste Verteidigung. »Und du? Mal wieder auf der Suche nach einer neuen Blondine? So langsam müsstest du doch alle durchhaben.« Ich hob die Augenbrauen.

»Da könntest du recht haben. Aber es gibt ja noch genug andere hübsche Frauen.« Er lehnte sich genüsslich zurück und starrte mich an. Ich erstarrte kurz. Was für ein selbstgefälliger, eingebildeter, unmöglicher Macho.

»Du hast sie ja nicht alle. Du …«

Doch er unterbrach mich. »Haha, du bist ja noch hübscher, wenn du dich aufregst. Ehrlich Caro, wenn du mal keine Lust auf Jakob hast, meine Tür steht dir immer offen.« Er grinste.

Ich spürte, wie mir die Röte ins Gesicht stieg. Es fehlte nicht viel und ich hätte ihm eine geknallt. Aber das war genau das, was er wollte. Er will mich nur ärgern, sagte ich mir. Ich atmete tief ein und wieder aus. Bleib ruhig!

»Keine Sorge. Ich kann warten. Bis dahin habe ich noch die eine oder andere Blondine im Blick.«

Er linste zu Sofia rüber und ich verspüre schon wieder die Lust, ihm eine runterzuhauen. So ein Mistkerl Ich suchte fieberhaft nach einer guten Antwort, die ihn genauso treffen würde wie er mich getroffen hatte. Doch mit meiner Schlagfertigkeit war es leider nicht weit her und es dauerte einige lange Sekunden, bis mir etwas einfiel. Ich wollte gerade eine Antwort geben, als es erneut klingelte und Dean aufstand.

»Wir sehen uns.«

Und weg war er. Waaaas? Ich schüttelte mich. Hatte er das gerade alles wirklich gesagt? Ich fühlte mich, als wäre ich gerade aus einem Albtraum erwacht. Wusste Jakob, wie Dean dachte? Oh mein Gott. Spätestens, wenn Dean ihm erzählte, dass er mich beim Speed-Dating getroffen hatte, wäre es egal. Denn Dean hatte Recht. Jakob würde völlig ausrasten, wenn er wüsste, was ich hier machte. Nein, nein, nein. Ich musste auf jeden Fall verhindern, dass die beiden sich trafen oder ich musste Jakob selber von dem Speed-Dating erzählen. Beides erschien mir völlig unmöglich. Doch mir blieb keine Zeit mehr, mir weitere Gedanken zu machen, denn schon stand der nächste Kandidat vor mir.

Eine Stunde später saßen Sofia und ich versteckt hinter Herzchengirlanden an einem Tisch an der Seite. Ich fühlte mich wie nach einer Matheklausur, für die ich nicht gelernt hatte, und war unglaublich erleichtert, dass es endlich vorbei war, wusste aber insgeheim, dass ich durchgefallen war. Ich dachte an Jakob. Null Punkte als Freundin.

Sofia wippte nervös hin und her, sie schaute durch den Raum und machte dem einen oder anderen, den sie gerade kennengelernt hatte, schöne Augen.

So richtig ist ja wohl doch keiner dabei gewesen, sonst säße sie bestimmt nicht mehr hier mit mir zusammen, dachte ich. Ich hoffte inständig, dass es so war. Okay, da waren ein paar, die gar nicht so schlecht ausgesehen hatten, aber wie hieß es so schön? Der Schein trügt. Der eine hatte die ganze Zeit von seiner Ex erzählt, ein anderer prahlte nach dem Motto, jede Frau könne sich glücklich schätzen, wenn er sich mit ihr abgab.

Mit Sofia war an diesem Abend kaum noch etwas anzufangen. Es war schwierig ein richtiges Gespräch zu führen, weil sie alle paar Sekunden abgelenkt war. Das ständige Nicken in andere Richtungen irritierte mich und ich gab es auf. Ich beobachtete Sofia ein paar Minuten schweigend und versuchte, ihren Blicken zu folgen. Dabei fiel mir auf, dass sie einem Mann besonders oft zunickte und ihm ihr schönstes Lächeln zuwarf.

Da war wohl doch jemand dabei gewesen. Ich freute mich für meine Freundin. Doch als ich sah, wem Sofia schöne Augen machte, fiel mir fast die Kinnlade herunter.

»Sofia, das meinst du doch nicht ernst«, flüsterte ich entsetzt.

Sofia lächelte Dean noch einmal an und wandte sich dann zu mir. »Wie, was meinst du?«

»Du willst doch nicht ernsthaft etwas mit Dean anfangen?«

»Er ist doch total süß, findest du nicht?« Sie schaute nochmal lächelnd zu ihm rüber.

Ich packte sie am Arm. »Nein, Dean ist nicht süß, er ist ein totaler Macho, immer nur auf seinen eigenen Vorteil aus.«

»Was? Woher willst du das wissen?« Jetzt hatte ich ihre volle Aufmerksamkeit.

»Er macht es wegen mir. Er will mich ärgern. Er weiß, dass es mich auf die Palme bringen würde, wenn er sich an meine beste Freundin ranmacht«, versuchte ich zu erklären. Ich wusste selbst, dass sich das irgendwie seltsam anhörte und an Sofias Gesichtsausdruck konnte ich sehen, dass sie mir nicht glaubte.

»Er hat sich aber total nett angehört. Unser Gespräch war so intensiv. Nur die Zeit war viel zu schnell vorbei.«

»Ja, er ist gut darin, sich selbst zu verkaufen.«

»Wie meinst du das?«

»Naja, er erzählt den Frauen oft, was sie hören wollen.«

Sofia schaute mich nun sehr aufmerksam an. Doch mir schien, dass ein gewisses Misstrauen sich dazu mischte. »Du kennst ihn doch gar nicht«

»Doch. Er ist Jakobs bester Freund.« Die letzten Worte kamen ganz leise. Wer war ich, dass ich meiner Freundin jemanden ausreden wollte, der mit meinem Freund seit Kindertagen gut befreundet war? Ich fühlte mich unsicher und hin- und hergerissen. Sollte ich sie warnen oder war das nur mein persönliches Urteil? Ich hatte Dean noch nie gemocht, schlimmer, ich konnte ihn nicht ausstehen. Die seltsame Art, wie er sich durch die Haare fuhr und dann auf mich herabsah. Seine dämlichen Sprüche, die mich provozierten und mich jedes Mal zur Weißglut brachten. Ich versuchte ihm aus dem Weg zu gehen, wann immer es möglich war.

»Bist du etwa neidisch, dass er mich anguckt und nicht dich?«

»Nein!«, entfuhr es mir entsetzt. »Wie kannst du so etwas glauben?« Toll, jetzt hatte ich auch noch Streit mit meiner besten Freundin. Nur wegen diesem Idioten.

»Sorry, aber so wie du dich aufführst, da kann ich doch nichts anderes denken.«

»Bitte Sofia, du weißt genau, dass das nicht stimmt. Dean ist mir so was von egal. Den würde ich nicht anpacken, wenn es der letzte Mann auf Erden wäre. Ich möchte dich nur vor ihm warnen.«

»Das hast du ja jetzt.«

»Ja, das habe ich.«

»Dann ist ja gut. Ich weiß jetzt Bescheid.«

Der arrogante Unterton in ihrer Stimme machte mich wütend. Ich meinte es doch nur gut! »Aber komm hinterher ja nicht zu mir, wenn es schief läuft«, knurrte ich.

»Keine Sorge. Mache ich nicht.«

Ich warf pro forma einen Blick auf die Uhr. »Ich muss jetzt gehen.«

Uns beiden war klar, dass das nur eine Ausrede war. Sonst saßen wir stundenlang zusammen und da konnte es auch mal drei Uhr morgens werden. Es war schließlich Wochenende. Jetzt war es gerade mal halb zehn. Ich stand auf, bezahlte meine Rechnung und ging. Beim Hinausgehen wurde mir klar, dass Sofia sich nur neben mich gesetzt hatte, weil es unser beider Abend war. Und weil Sofia mich eingeladen und dann dazu gedrängt hatte, bei diesem dämlichen Speed-Dating mitzumachen. Jetzt, wo ich freiwillig gegangen war, hatte Sofia freie Bahn und würde sich auf Dean stürzen. Garantiert.

***

Am nächsten Morgen wachte ich völlig gerädert auf. Ich hatte die halbe Nacht wachgelegen und war erst in den Morgenstunden eingedöst, nachdem ich stundenlang darüber nachgedacht hatte, was gestern Abend geschehen war. Sofia und ich hatten so gut wie nie Streit. Dean hatte mich total aus der Fassung gebracht. Wie konnte ich mich nur so über ihn aufregen, dass ich einen Streit mit meiner besten Freundin anfing? Dieser Kerl brachte mich zur Weißglut und genau diese Tatsache ärgerte mich am meisten. Jetzt hatte er auch noch Sofia mit reingezogen. Und in mir war der Beschützerinstinkt erwacht. Nach der Sache mit Jonas wollte ich auf keinen Fall, dass sie an einen Kerl geriet, der es nicht ehrlich mit ihr meinte. Aber genau so ein Typ war Dean. Im Laufe der Zeit hatte ich schon viele seiner Freundinnen kommen und gehen sehen. Dean wusste, dass ich seine Lebensweise und seine Art mit Frauen umzugehen, zutiefst verabscheue. Er wusste also genau, wie er mich ärgern konnte und ich war direkt darauf reingefallen. Ich hatte Angst um Sofia, andererseits war sie eine erwachsene Frau, die genau wusste, was sie tat. Ich sollte sie nicht so bevormunden. Ich hatte sie gewarnt und jetzt musste sie selber wissen, was sie daraus machte. Ich beschloss, mich nicht mehr einzumischen. Aber, dass wir jetzt im Streit auseinander gegangen waren, ärgerte mich trotzdem.

***

Am Montag stand ich wieder im Laden und war gerade in einem Gespräch mit Frau Tauber vertieft, die sich ausschweifend über ihren Nachbarn ausließ. Sie hatte ihre gewohnte Teesorte gekauft und suchte jetzt noch etwas zur Beruhigung. Der Herr Hermans, ihr Nachbar, sei nämlich gerade unter die Heimwerker gegangen, wie sie mir erzählte. Er habe seine Liebe für selbst zusammengezimmerte Möbel entdeckt.

Ich unterdrückte ein Gähnen und meine Gedanken schweiften ab. Ich hatte mich noch nicht wieder an den Wecker gewöhnt. Das konnte aber auch einfach am Wochentag liegen. Montag war noch nie mein Tag gewesen, vor allem das frühe Aufstehen nach dem Wochenende empfand ich als Zumutung. Jakob hatte da nicht solche Schwierigkeiten. Er war heute Morgen schon weggewesen, bevor ich aufgewacht war. Ich hatte nicht mal gehört, dass er weggegangen war.

Wir hatten das Wochenende endlich mal wieder zu zweit verbracht. Naja, eigentlich nur den Samstagnachmittag. Am Samstagmorgen hatten uns Jakobs Eltern überrascht und uns schon früh zum brunchen abgeholt. Am Sonntag waren wir auf dem Sommerfest seines früheren Fußballvereins eingeladen gewesen. Natürlich war der Tag schön gewesen und wir hatten viel Spaß gehabt. Aber Zeit für uns war da nicht drin gewesen. Jetzt war er erst einmal drei Tage auf Geschäftsreise und ich hatte mich nicht mal verabschieden können. Vielleicht übertrieb ich da auch, aber mir wäre es irgendwie wichtig gewesen.

Dafür hatte ich eine kleine Überraschung in der Küche erlebt. Als ich nach einer erfrischenden Dusche frühstücken wollte, war mein Blick auf einen kleinen, handgeschriebenen Zettel gefallen, der auf dem Tisch gelegen hatte.

»Hab einen schönen Tag, mein Schatz.«

Das war wirklich süß. Ein Glücksgefühl durchfuhr meinen ganzen Körper und ich wusste, genau deshalb liebte ich Jakob. Er konnte mich immer wieder überraschen. Ich musste lächeln, als ich daran zurückdachte. In letzter Zeit waren diese liebevollen Gesten seltener geworden, wahrscheinlich hatte er sich gemerkt, dass ich das letzte Mal herumgenörgelt hatte, als er zu einer längeren Geschäftsreise aufgebrochen war. Das wiederum zeigte doch, wie aufmerksam er war. Mein Montag hatte also trotz des frühen Aufstehens super angefangen.

»Ich sage Ihnen, jeden Tag diese Hämmerei, tagein, tagaus. Da wird man doch verrückt. Sie müssen wissen, der Herr Hermann, der arbeitet nämlich im Schichtdienst. Da kann man nie sicher sein. Jeden Moment kann es wieder loslegen. Können Sie sich vorstellen, wie das für mich ist?«, hörte ich plötzlich und erinnerte mich daran, dass ich gerade dabei war, Tee zu verkaufen. Anscheinend hatte Frau Tauber mir gerade eine Frage gestellt, denn sie verstummte und blickte mich auffordernd an. Da ich ihre Tirade aber nur halb mitbekommen hatte und auch beim besten Willen nicht mehr zusammenbrachte, worum genau es ihr eigentlich ging, versuchte ich ein Ablenkungsmanöver und stellte eine Gegenfrage.

»Und da wollen Sie ihm zur Beruhigung einen Tee kochen?«

»I wo. Der ist für mich. Herr Hermann mag doch gar keinen Tee. Das sagt er mir jedes Mal, wenn er bei mir Mittagessen kommt.«

In diesem Moment öffnete sich die Ladentür und Sofia trat ein. Sofort hatte sie meine volle Aufmerksamkeit. Ich rechnete bei Frau Tauber ab und hörte wieder nur mit einem halben Ohr zu, was sie erzählte.

Nachdem Frau Tauber gegangen war, ging ich langsam auf Sofia zu. Wir umarmten uns vorsichtig, nicht so überschwänglich wie sonst. Obwohl ich unseren Streit inzwischen total lächerlich fand, stand er immer noch im Raum.

»Was machst du denn hier?«, fragte ich.

»Oh, ich wollte dich mal besuchen und gucken, wo du jetzt arbeitest.«

»Woher weißt du …?«

»Na, du hast doch erzählt, dass es ein kleiner Kräuterladen ist und da habe ich mein Internet angeschmissen und die Suchmaschine befragt. Und da es hier wirklich nicht besonders viel Auswahl in diesem Bereich gibt, habe ich es auch gleich gefunden.« Sie grinste und schaute sich staunend um. »Sieht toll aus. So klein und gemütlich.«

»Musst du nicht arbeiten?«

»Nein, heute will ich meiner besten Freundin Gesellschaft leisten. Mir ist das ganze Wochenende unser Streit im Kopf herumgetigert. Wollen wir uns nicht wieder vertragen?« Sie schaute mich mit diesem Hundeblick an, bei dem ich nicht nein sagen kann. Was ich sowieso nicht getan hätte, denn auch ich hatte gelitten. Zwar hatte es einige Momente am Wochenende gegeben, an denen unser Streit in den Hintergrund gerückt war, aber er war immer wieder in meinem Gedächtnis aufgetaucht wie ein Mückenstich, der, sobald man an ihn denkt, zu jucken beginnt.

»Oh Sofia. Ja, lass uns unseren Streit vergessen.«

Und jetzt stürzten wir gegenseitig nach vorne in die Arme des anderen und wir umarmten uns wie immer, als hätten wir uns ewig nicht gesehen. Jeder, der uns gesehen hätte, hätte uns sicherlich für verrückt erklärt. Aber im Laden war es wie immer ruhig, niemand beobachtete uns.

»Und du hast den Laden echt im Netz gefunden?«

Ich hätte nicht gedacht, dass Madita sich um Eintragungen im Internet kümmerte. Sie war schließlich schon etwas älter und mir schien, dass sie noch nie etwas von Marketing gehört hatte, so unscheinbar und versteckt, wie der Laden hier lag. Selbst ich hatte ihn nur gesehen, wegen diesem Schild offen. Und weil ich eine Möglichkeit gesucht hatte, in einen Hauseingang verschwinden zu können. Sonst wäre mir doch niemals aufgefallen, dass hier ein Geschäft ist.

»Naja, um ehrlich zu sein. Dean hat mir dabei geholfen.«

»Was? Dean? Du hast ihm davon erzählt?«

»Naja, nicht direkt. Eigentlich habe ich nur gesagt, dass ich hier in der Nähe einen Laden suche, um ein paar Kräuter für meine Salben zu kaufen.«

»Und wie hat ausgerechnet Dean den Laden gefunden? Interessiert der sich neuerdings für Kräuterkunde?«

»Nein, erst als er gehört hat, dass das Geschäft hier in dieser Gegend sein soll. Da war er plötzlich Feuer und Flamme, den Laden zu finden. Er meinte, er hätte einen Kunden, der sich für ein Objekt in der Nähe interessieren würde.«

Na klar, wie gesagt, der eigene Vorteil. Dann half Dean gerne weiter. Wie auch immer, dachte ich. Ich wollte nicht wieder über Dean hetzen, das wäre für unseren gerade beschlossenen Frieden sicher nicht sehr hilfreich.

»So, dann zeig mir doch mal dein Sortiment.«

»Du willst etwas kaufen?«

»Na klar, dafür bin ich hier. Wie gesagt, ich suche noch ein paar Kräuter für meine Salben. Ich würde da gerne ein neues Rezept ausprobieren.«

»Dann mal los.«

Ich verschwand geschäftsmäßig hinterm Tresen, zog die Schubladen auf holte die kleinen Tüten mit den Mischungen und die einzelnen Kräutersorten heraus und baute alles vor Sofia auf.

***

Die nächsten Tage gingen genauso weiter wie die ersten beiden. Kaum jemand betrat das kleine Geschäft. Derjenige, der definitiv am häufigsten in den Laden kam, war der Mann, der mir den Kaffee über meine Kleidung geschüttet hatte. Er war nach Madita, die nur die Nase gerümpft hatte, der zweite, der meine Dekoration bemerkte.

»Oh, hier weht jetzt ein neuer Wind.« Er lächelte.

»Genau.« Ich lächelte zurück, aus Gewohnheit oder weil mein Mund in diesem Zustand hängen geblieben war. Ich lächelte bereits automatisch, wenn jemand den Laden betrat. »Gefällt es Ihnen?«

»Naja, besonders viel hat sich ja nicht getan. So, wie ich das sehe, haben Sie zwei alte Bilder aufgehängt.«

Mein Lächeln fiel mir aus dem Gesicht und ich blickte ihn wie so oft, böse an.

»Stellen Sie sich vor, ich habe den ganzen Laden geputzt und alles glänzt.«

»Hätten Sie es nicht gesagt, hätte ich es gar nicht bemerkt.«

Ich beschloss nicht darauf einzugehen. »Was wollen Sie?«

»Wie immer eine Tüte von Maditas Spezialmischung.«

»Warum kaufen Sie nicht einfach mehr Tüten auf einmal? Dann brauchen Sie nicht andauernd wiederzukommen.«

»Dann würde ich Ihnen ja womöglich noch einen Gefallen tun. Aber nein, ich brauche nur ein Paket für einen Freund, der mich gebeten hat, es zu holen.«

Fast jede unserer Begegnungen lief so oder ähnlich ab. Ich gewöhnte mich langsam daran. Und mit der Zeit begann ich, mich sogar auf unsere Auseinandersetzungen zu freuen. Das war nämlich das einzige, was in dem Laden passierte. Die meisten Kunden kamen nur ein oder zweimal im Monat, wie Madita mir erklärt hatte. Nur der Mann aus dem Café, der wie ich später erfuhr, David hieß, kam mehrmals in der Woche.

Kapitel 7

»Wo gehst du hin?«, fragte ich Jakob, der erst eine halbe Stunde zuvor von der Arbeit heimgekommen war, schnell geduscht hatte und nun im Begriff war, die Wohnung wieder zu verlassen. Aus irgendwelchen unerfindlichen Gründen hatte ich mich auf einen gemeinsamen Abend mit ihm gefreut – eigentlich hätte ich es besser wissen müssen.
»Du weißt doch, ich gehe zum Pokern.«

»Schon wieder? Du warst doch letzte Woche schon«, wunderte ich mich.

»Quatsch, jeden letzten Donnerstag im Monat.«

»Wo warst du dann letzte Woche?«

»Mein Gott, keine Ahnung. Zur Arbeit oder beim Sport, das weiß ich doch jetzt nicht mehr.« Er war plötzlich richtig aufgebracht.

»Wir haben nie Zeit füreinander, du bist immer weg«, jammerte ich. Ich hoffte, ihn umstimmen zu können. Aber offensichtlich bewirkte ich so nur das Gegenteil.

»Geht das schon wieder los? Ich muss eben im Moment viel arbeiten.«

»Nein, jetzt gehst du zum Pokern. Du siehst deine Freunde öfter als mich.« Ich wusste, ich klang erbärmlich. Aber die Art, wie er meine Ansprüche abtat, machte mich verrückt.

»Mensch Caroline, ich habe einen Tag im Monat, an dem ich meine Freunde treffe. Du willst mich doch nicht wirklich vor die Frage stellen, dich oder meine Freunde?«

»Und wenn doch?«

»Du spinnst. Das werde ich bestimmt nicht entscheiden. Ich gehe jetzt.«

Und dann war er weg. Er hatte sich doch entschieden. Gegen mich.

Aber wenn er sich jetzt mit seinen Jungs traf und behauptete, das wäre das erste Mal in diesem Monat, wo war er dann letzte Woche gewesen? Arbeiten? Nein, ich glaubte mich daran zu erinnern, dass seine Arbeitstasche im Flur gestanden hatte und ich diese Option bereits letzte Woche ausgeschlossen hatte. Wo war er gewesen? Sport? Sicher nicht. Ein Spaziergang? Dann wäre er wohl früher wieder zurückgewesen. Vielleicht doch ein Bier trinken in einer Kneipe? Hatte er lange nicht gemacht, aber irgendwie konnte es das auch nicht gewesen sein. Ich hätte es sicher gerochen, wenn er Alkohol getrunken hätte. Außerdem hätte er mir das doch sagen können, aber er hatte kein Wort darüber verloren. So sehr ich auch hin und her überlegte, ich kam zu keinem Ergebnis.

Erstmal ein Tee zur Beruhigung. Mit der heißen Tasse in der Hand machte ich es mir auf der Couch bequem und nahm ein Buch über Bilanzbuchhaltung zur Hand, das noch aus der Zeit bei Lavita stammte. Vielleicht würde mich das ein wenig ablenken. Doch natürlich funktionierte es nicht. Ich las einen Absatz, zwei, doch meine Gedanken wanderten immer wieder zurück zu Jakob. Warum sagte er mir nicht, wo er gewesen war?

Das Buch rutschte zur Seite, und einige Blätter legten sich über die eben noch aufgeschlagene Seite.

Ach ja, ich wollte ja lesen. Ich suchte eine Stelle im Text, an die ich mich erinnern konnte, und versuchte, mich auf die Buchstaben zu konzentrieren, was unglaublich schwierig war. Vor allem weil die Stelle, an die ich angelangt war, nicht gerade vor Spannung strotzte. Nach ein paar Sätzen drifteten meine Gedanken wieder ab. Ich stellte mir vor, wie Jakob seine Kumpels traf und einen lustigen Abend verbrachte. An unseren Streit würde er sicher nicht mehr denken. Das Bier würde ihn schnell alles vergessen lassen. Ob er mit seinen Freunden darüber redete wie ich mit Sofia? Sicher nicht, was mich irgendwie auch erleichterte. Seine Kumpels waren ja nicht unbedingt die sensiblen Typen. Markus, Lukas, Daniel und Dean … oh Gott. Plötzlich hatte ich die Situation von letzter Woche wieder vor Augen. Ich, zwischen all den Speed-Dating-Kandidaten, er, mir gegenübersitzend, prahlend, dass er mich in der Hand hätte. Mir wurde heiß und kalt.

Irgendwann entschied ich mich, schlafen zu gehen. Die Grübelei brachte nichts, das Buch hatte ich schon vergessen. Ich stolperte darüber, als ich aufstehen wollte und ließ es einfach liegen. Ich war viel zu müde, um es aufzuheben. Es lohnte sich auch nicht, auf Jakob zu warten. Um ehrlich zu sein, war mir auch nicht wirklich danach, ihm zu begegnen. Nicht, nachdem Dean ihm womöglich irgendwelche Flöhe ins Ohr gesetzt hatte.

Müde ließ ich mich ins Bett fallen und bevor ich weitergrübeln konnte, war ich eingeschlafen. Dean wurde ich jedoch nicht so leicht los. Er verfolgte mich in meinen Träumen und machte mir die Nacht zur Hölle.

***

Am nächsten Morgen wachte ich bereits um sechs Uhr auf. Ich fühlte mich immer noch völlig erschöpft und fragte mich sogleich, was um Himmels Willen ich gestern getrieben hatte. Mein Kopf brummte und es fiel mir schwer mich an gestern zu erinnern. Doch als mir der Streit und meine Angst vor Deans Einfluss auf Jakob wieder einfielen, war ich mit einem Mal hellwach. Ich machte mich als erstes in Richtung Küche auf, um ein Aspirin zu nehmen.

Jakob hatte neben mir gelegen, was mich irgendwie erleichterte. Wenigstens war er nach Hause gekommen. Meine Gedanken schweiften zurück. Letzte Woche war das Bett nicht berührt gewesen. Wo war er gewesen und warum war er nicht nach Hause gekommen?

Vielleicht war es heute eine ganz gute Idee, wenn ich ihm nicht direkt am Morgen begegnete. Ich sprang unter die Dusche, zog mich an und machte mich auf den Weg. Im Moment hatte ich echt keine Lust auf ein Gespräch, nicht vor der Arbeit – wobei: nach der Arbeit eigentlich auch nicht.

Als ich vor dem Laden eintraf, kam auch der Postbote an.

»Guten Morgen«, sprach ich ihn freundlich an. »Die Post können Sie ruhig mir geben. Ich nehme sie dann mit rein.«

»Guten Morgen, also eigentlich …«, doch bevor er noch einen Einwand erheben konnte, hatte ich bereits den Schlüssel gezückt und die Tür zum Laden aufgeschlossen. Ein Glück, dass Madita mir den Zweitschlüssel gegeben hatte, sonst hätte ich hier schön vor verschlossenen Tür gestanden.

Der Postbote nickte. Er wandte sich ab und kramte in seinem Auto, dann gab er mir die Briefe – es waren mindestens zehn - und ein paar Werbeblätter.

»Ich hätte da auch noch ein Päckchen.«

»Das können Sie mir auch gerne geben.« Ich lächelte ihn auffordernd an.

Der Postbote holte sein Scangerät hervor und tippte etwas hinein. »Wie ist ihr Name?«

Ich stellte mich vor. Er hielt mir kurz darauf die Maschine mit dem Stift hin und ich unterschrieb. Ich wollte mich schon mit meinen neuen Schätzen abwenden und in den Laden treten, als der Postbote mich zurückhielt.

»Ich bekomme dann noch 52,50€.«

»Oh!« Ich stutzte und lief rot an. Das Paket war per Nachnahme verschickt worden. So ein Mist. Der Tag fing ja gut an.

»Ein Moment, ich hole das Geld.« Ich öffnete die Ladentür und ging hinein. In meinem Hirn arbeitete es. 52,50€ das hatte ich nicht in meinem Portemonnaie. Ich schaute mich um und versuchte mir eine Übersicht zu verschaffen. Ich suchte nach einem Zettel oder Hinweis oder einfach nur ein paar Banknoten, die unter einer Vase lagen. Aber da war nichts. Madita hatte nichts rausgelegt. Ich sprang hinter den Tresen und versuchte die Kasse zu öffnen. Pling! Mit einem Ruck bewegte sich die untere Lade, öffnete sich jedoch nicht vollständig. Denn die Kassenschublade war hängen geblieben. War ja klar bei diesem prähistorischen Modell. Ich lächelte dem Postboten entschuldigend zu und versuchte dann mit aller Kraft die Schublade zu öffnen. Doch es war wie verhext. Sie bewegte sich keinen Millimeter. Verdammt! Das blöde Ding hatte mir doch zuvor nie Probleme bereitet!

Ich bemerkte, dass der Postbote mit dem Fuß zu wippen begann. Auch seine nicht gerade unauffälligen Blicke auf die Uhr setzten mich weiter unter Druck. Mittlerweile versuchte ich mit den Fingern durch den schmalen Spalt zu gelangen, um vielleicht einen Schein herausziehen zu können. Keine Chance. Die Lücke war einfach zu eng und als mir einfiel, dass vorne ja eh nur Kleingeld lag, gab ich auf. Ich blickte mich wieder um, meine Gedanken rasten. Ich glaubte Schritte zu hören und rief: »Das Geld kommt gleich, eine Minute.« Dann tauchte ich hinter den Tresen ab und riss eine Schublade und eine Schranktür nach der anderen auf. Vielleicht war hier irgendwo etwas Geld. Es war wie ein Déjà-vu bei der Suche nach dem Telefon.

Keine zehn Sekunden später hatte der Postbote genug vom Warten. Ich hörte, wie er »Vielen Dank, auf Wiedersehen« rief. Dann ein paar Schritte, die sich entfernten, und … das Schließen der Tür.

Das konnte der doch nicht machen, ich wollte aufspringen und ihn zurückhalten, besann mich im letzten Moment und stand langsam und vorsichtig auf. Ich hatte die Beule vom letzten Mal noch nicht vergessen. Als ich schließlich hinter der Theke hervorschaute, stand niemand mehr in der Tür.

Ich sprang am Tresen vorbei und rief gleichzeitig: »Äh, Herr … Warten Sie, bitte nur noch ein paar Minuten.« Ich stürzte auf die Tür zu, riss sie auf und schreckte zurück. Direkt vor mir stand jemand. Ich wollte noch abbremsen, was aber nicht mehr ging und warf mich mit vollem Schwung gegen die Gestalt. Peinlich berührt schaute ich auf und blickte geradewegs in Davids Gesicht. Erschrocken wich ich zurück. Ich hatte die Muskeln unter der weichen Baumwolle seines Shirts gefühlt. Sehr sexy! Ich spürte, dass ich knallrot anlief.

»Sie sind aber stürmisch.«

»Der Postbote …«, stammelte ich und zeigte nach draußen. In dem Moment fiel mir wieder ein, was ich eigentlich vorgehabt hatte. Da David direkt vor mir stand, konnte ich nicht auf die Straße blicken. Ich trat einen Schritt zurück, schlug einen Haken und sprang auf den Bürgersteig. Mein Blick wanderte die Straße auf und ab, doch vom Postboten war nichts mehr zu sehen. Eine Hand legte sich auf meine Schulter und ich erschrak.

»Keine Panik. Ich habe dem Postboten das Geld gegeben. Er schien sehr unter Zeitdruck zu stehen.«

Zuerst durchfuhr mich ein Gefühl von Wut, wie kam der denn dazu sich einzumischen? Doch schließlich musste auch ich zugeben, dass er mir einen Gefallen getan hatte.

»Äh, vielen Dank, das wäre nicht nötig gewesen. Sie kriegen das Geld natürlich zurück. Aber die Kasse klemmt gerade«, sagte ich zerknirscht.

»Das macht nichts, ich muss jetzt sowieso zur Arbeit«, er wandte sich zur Tür.

»Äh, warten Sie mal, wieso sind Sie eigentlich hierhergekommen?«

Er hielt eine Brötchentüte hoch. »Ich arbeite in der Nähe und wollte kurz zur Bäckerei und da habe ich gesehen, dass die Tür hier offen stand und der Postwagen davor. Und als ich zurückgekommen bin, hatte sich das noch nicht geändert. Da wollte ich mal nach dem Rechten sehen.«

»Oh, okay, vielen Dank«, stotterte ich.

Er ging zur Tür hinaus und war weg. Ich ertappte mich bei dem Gedanken, dass ich es schöner gefunden hätte, wenn er noch ein wenig geblieben wäre. Und plötzlich fühlte ich mich einsam. Die Tür würde ich offiziell erst in anderthalb Stunden öffnen dürfen, bis dahin war ich hier ganz allein.

Pünktlich um kurz vor neun Uhr kam Madita herein. Sie blickte erstaunt, als sie mich entdeckte.

»Guten Morgen«, rief ich freundlich. Die alte Frau murmelte etwas Unverständliches und ging aus der Tür, nur um ein paar Minuten später wieder hereinzukommen.

»Immer dieser Postbote. Kommt wann er will. Das geht nicht, das geht nicht«, schimpfte sie.

»Der Postbote war schon da«, meldete ich mich. »Ich habe die Briefe und das Paket entgegengenommen. Leider klemmte …«

»Was fällt dir ein?«, unterbrach die Frau mich. Aus ihrem Gesicht war alle Farbe gewichen. Ich wich einen Schritt zurück. »Was fällt dir ein, meine Briefe zu nehmen?«

»Ich …«

»Wo sind sie?« Sie blickte sich um.

»Da, auf dem Tisch«, antwortete ich zögernd.

Die Frau fuhr herum und schnappte nach den Briefen »Mach das nie wieder!«, zischte sie.

Ich schluckte und schüttelte den Kopf. Madita packte die Briefe zusammen und ging nach hinten. Ich schaute ihr nach und beobachtete, wie sie die Briefe in die Küche brachte und sie in einen Schrank legte, der schon sehr voll zu sein schien. Sie schloss ab. Dann durchquerte sie den Verkaufsraum, ging ohne ein Wort nach draußen und fuhr wie jeden Tag davon.

Kapitel 8

Ich drehte das Schild vor der Tür von *Geschlossen* auf *Geöffnet*. In diesem Augenblick klingelte mein Handy. Jakob. Mist. Wollte ich da wirklich rangehen? Der Tag hatte so schrecklich begonnen. Ich ließ es ein paar Mal schellen, dann überwand ich mich.

»Guten Morgen«, sagte ich recht unterkühlt.

»Guten Morgen. Du warst heute Morgen schon so früh weg.«

»Äh ja, ich war wach und konnte nicht mehr schlafen. Warum rufst du an?«

»Ich wollte dir nur sagen, dass du heute Abend nicht auf mich warten brauchst. Bei uns ist eine Versammlung angesetzt. Es kann also spät werden.«

Hatte er unseren Streit von gestern Abend schon vergessen? Mir war ja klar, dass er sich nicht so viele Gedanken darüber machte wie ich. Aber so tun, als wäre nichts gewesen? Ich ärgerte mich maßlos darüber, dass er unseren Streit einfach so abtat und nichts änderte. Doch das würde ich mir nicht gefallen lassen. Wenn er ausgeht, kann ich das schon lange. Ich würde sicher nicht zu Hause rumsitzen. »Ist gut. Ich bin heute Abend sowieso nicht zu Hause. Habe einen schönen Tag.«

»Äh, ja. Du auch.« Er hatte kurz gezögert. Wunderte er sich über meine Antwort? Hatte er gedacht, ich würde jetzt wieder streiten? Tja, da hatte er sich geschnitten. Ich legte auf und wählte sogleich die nächste Nummer.

»Hi Sofia, ich bin's.«

»Hi Caro. Ist etwas passiert?«

»Nö, wieso?«

»Du hast mich schon lange nicht mehr während der Arbeit angerufen.«

»Ach?« Das war mir gar nicht aufgefallen. Früher hatte ich das öfters gemacht. Da war es auch ein Leichtes gewesen, schnell mal die Durchwahl zu wählen. »Hast du heute Abend schon etwas vor?«, wechselte ich das Thema.

Es dauerte ein paar Sekunden bis die Antwort kam. Das machte mich stutzig.

»Also, eigentlich hat Dean mich eingeladen. Aber wenn du mich brauchst, sage ich das natürlich ab.«

Am liebsten hätte ich jetzt ja gesagt. Mir war echt nicht wohl dabei, dass meine beste Freundin Deans neue Flamme war. Aber ich wollte auf keinen Fall, dass sie meinetwegen etwas absagte. Das würde sie mir noch Jahre vorhalten. »Nee, ist schon okay. Ich frage jemand anderen.« Auch wenn mir nicht so wirklich einfallen wollte, wer denn der andere sein sollte. »Hab einen schönen Abend.«

»Ja, du auch«, sagte sie voller Vorfreude.

Ich überlegte, wer denn der Glückliche sein könnte, der den Abend mit mir verbringen durfte. Vielleicht eine alte Arbeitskollegin? In dem Moment klingelte mein Handy und ich ließ es vor Schreck beinahe fallen. Ich drückte verwundert auf den grünen Hörer, die Nummer kannte ich nicht. Dafür aber die Stimme.

»Hi Caro.«

»Lara?«, fragte ich verwirrt.

»Ja klar. Wollte mal fragen, wie es dir so geht.«

»Ganz gut, danke.«

Was war das denn? Lara war meine Kollegin bei Lavita gewesen, aber wir hatten nie besonders viel miteinander zu tun gehabt. Und jetzt rief sie mich an?

»Super, ich habe gedacht, wir können mal was zusammen machen, jetzt wo wir uns sonst gar nicht mehr sehen. Hast du Lust, heute Abend ins Paparazzi zu gehen?«

Ich fühlte mich ein wenig überrumpelt. Gerade hatte ich noch überlegt, mit wem ich ausgehen konnte und jetzt rief ausgerechnet Lara an und lud mich ein. Aber was hatte ich zu verlieren? Das war genau die Gelegenheit, auf die ich gewartet hatte.

»Ja klar.«

»Ich hole dich dann gegen sieben Uhr ab. Dann können wir über alte Zeiten quatschen. Bis dann«, sagte sie und legte auf.

Ich hielt ein paar Sekunden lang das Handy in der Hand, bis ich realisiert hatte, dass unser Gespräch bereits beendet war. »Bis dann«, murmelte ich und steckte das Handy wieder weg.

***

Um kurz vor sieben Uhr hatte ich immer noch Zweifel, ob Lara die Einladung ernst gemeint hatte. Doch meine Ängste waren unbegründet. Pünktlich um sieben stand sie vor meiner Tür. Mist, dachte ich. Zwar hatte ich mich fast eine Stunde lang geschminkt und frisiert, aber neben Lara sah ich immer noch aus wie eine kleine graue Maus. Sie war einen halben Kopf größer als ich und trug ein Kleid, bei dem ich den Reißverschluss sicher nicht zugekriegt hätte, jedenfalls nicht ohne Sicherheitsnadel. Eigentlich hatte ich gedacht, wir würden nur ganz ungezwungen ausgehen und über die alten Zeiten quatschen. Aber Lara sah aus, als ginge sie zur Wahl der Schönheitskönigin. Ich kam mir ein klein wenig schäbig vor in meinem Hosenanzug, den ich eigentlich nur an besonderen Anlässen trug. Aber da musste ich jetzt durch.

Lara ließ mich in ihrem Mercedes einsteigen. Ich stutzte kurz - ein Leihwagen? - machte mir aber weiter keine Gedanken darüber. Vielleicht war ihr Auto in der Werkstatt? Wir fuhren gemeinsam zum Paparazzi. Es war ein kleines gemütliches Restaurant mit einer tollen Bar. Ein Barkeeper schwang die Cocktail-Shaker durch die Lüfte, um die vor dem Tresen sitzenden Frauen zu beeindrucken.

An den Wänden hingen Schwarz-Weiß-Fotos von Marilyn Monroe und Doris Day in verschiedenen Filmrollen.

Lara und ich gingen an der Bar vorbei und setzten uns an einen der letzten freien Tische. Rechts neben uns war noch Platz für zwei und weiter hinten waren ein paar Tische zusammengeschoben worden, die aber reserviert waren.

Kurz nachdem wir uns gesetzt hatten, kam ein Kellner und wir bestellten jeder ein Glas Wein und eine kleine Vorspeise dazu. Wir redeten ein bisschen, was sich so in der Firma getan hatte und ich fragte mich immer noch, warum sie mich angerufen hatte. Sie war eine der wenigen gewesen, die ihre Stelle hatten behalten dürfen. Das meiste, was in der Firma ablief, wusste ich ja bereits von Sofia. Doch aus Laras Sicht hörte sich alles viel positiver an. Der Laden schien zu laufen, wie man so schön sagt. Es kamen viele Bestellungen rein und sie verkauften so viel wie nie zu vor. Sogar das Gerücht, dass Herr Klinke auf der Suche nach einer stationären Verkaufsstelle war, ging herum. Davon hatte Sofia noch nie etwas erzählt. Naja, sie betraf das auch nicht wirklich und mich ja ebenso wenig. Aber wenn es noch weitere Umstrukturierungen nach meinem Abgang gegeben hatte, hätte sie mir doch davon erzählen können. Das hörte sich alles wirklich toll an. Nur die Buchhaltung, die saß in Leipzig, und für mich gab es kein Zurück mehr.

Ich fragte, was denn in dem Laden verkauft werden sollte, aber Lara winkte ab und meinte, das wäre streng geheim und leider noch nicht bis zu ihr durchgesickert.

»Ach, meinst du etwa, da gibt es neue Produkte? Die alten Produktlinien sind doch ein bisschen dürftig. Das wäre eine sehr magere Auswahl.«

»Naja, zusammen mit den Produkten von Sonaflor ist das eine ganze Menge«, meinte Lara.

»Stimmt, die hatte ich vergessen.«

»Aber du hast recht. Eigentlich darf ich ja nicht darüber reden. Unsere Produktionsleiter tüfteln seit Wochen an etwas herum. Aber wie gesagt, sobald das Thema aufkommt, bleiben alle stumm.«

In diesem Moment servierte der Kellner unsere Bestellungen und wir unterbrachen das Gespräch, um uns erstmal unsere Vorspeisen schmecken zu lassen.

Ich dachte währenddessen über die Neuigkeiten nach. Der Firma hatte es also gut getan, sich mit Sonaflor zusammenzutun und sich von seinen Mitarbeitern zu trennen. Anscheinend mischte die andere Firma auch in den Entscheidungen der Direktion mit. Denn bisher hatten wir die Produkte nur entwickelt, hergestellt und an Händler und Wiederverkäufer verkauft und nicht direkt an Verbraucher. Dass dies sich jetzt ändern sollte, war ein Schritt in eine ganz andere Richtung.

Die Tür ging auf und eine Gruppe Männer kam herein. Sie gingen quer durch das Restaurant und ließen sich an den reservierten Tischen nieder. Sie waren sehr elegant gekleidet. Nur die Lautstärke passte nicht ins Bild. Sie unterhielten sich unüberhörbar und lachten miteinander. Eigentlich hätte ich Ihnen keine Aufmerksam gewidmet, aber durch das laute Gejubel musste ich doch aufschauen, als sie an uns vorbeigingen. Sofort tanzte ein Bild mit Pinguinen vor meinen Augen. Die Männer trugen alle denselben schwarzen Anzug mit Krawatte und weißem Hemd. Nur einer fiel mit seinen roten Turnschuhen ein bisschen aus dem Bild. Das erinnerte mich an ... Was? Ich schüttelte den Kopf.

»Mensch sind die laut, da versteht man ja sein eigenes Wort nicht«, stöhnte Lara.

Ich erhaschte einen Blick auf das Gesicht der Person mit den auffallenden Schuhen. Jonas! Also doch. Er trug fast immer rote Turnschuhe. Völlig verblüfft starrte ich ihn an. Ich hatte absolut nicht damit gerechnet, ihn ausgerechnet hier zu sehen. Als mir bewusst wurde, was ich tat, blickte ich schnell zu Lara. Beinahe als müsste ich noch mal überprüfen, wem ich gegenübersaß.

Plötzlich war ich unglaublich froh, dass Sofia mit Dean unterwegs war. Jonas hier zu begegnen, hätte sie sicher wieder völlig aus der Bahn geworfen.

»Was hast du?«, fragte Lara. »Du guckst so komisch.«
»Ach nichts. Ich dachte nur, ich hätte jemanden gesehen, den ich kenne.«
»Ich bestelle mir noch ein Glas Wein, magst du auch?«
»Ja, sicher«, sagte ich ein wenig abwesend. War Jonas wieder zurückgekommen? Hatte er sich nicht in eine andere Stadt versetzten lassen, nachdem er und Sofia sich getrennt hatten? Als Sofia mir anvertraut hatte, dass er nach einem Streit fremdgegangen war, hatte ich begonnen an meiner Menschenkenntnis zu zweifeln. Ich hatte ihn ganz anders eingeschätzt und ihm so etwas nie im Leben zugetraut. Zugegeben, es war ein harter Schlag für mich gewesen, schließlich war er über die Jahre auch für mich ein guter Freund geworden.

Lara warf mir wieder einen seltsamen Blick zu, sagte aber nichts. Sie winkte stattdessen dem Kellner zu, damit er an unseren Tisch kam. Ich warf einen zweiten Blick zu den Anzugträgern und staunte nicht schlecht, als ich unter den Männern einen weiteren Bekannten entdeckte: David. Er lief mir in letzter Zeit recht häufig über den Weg. Zum ersten Mal in dem Café, keine schöne Begegnung, dann andauernd im Laden und jetzt hier, wo er mit Jonas und einer Reihe anderer Männer auftauchte. Wie seltsam, dass gerade die beiden sich kannten. In dem Moment fiel mir auf, dass ich eigentlich kaum etwas über diesen Mann wusste. Ich musste kurz an die ungewollte Umarmung denken und spürte, dass ich schon wieder rot anlief. Weiter kam ich nicht mit meinen Gedanken.

»Mensch Caro, was ist denn plötzlich los mit dir?«
Sie schaute in die gleiche Richtung wie ich. »Sind ein paar heiße Typen dabei.« Sie grinste. »Aber ich dachte eigentlich, du wärst mit Jakob zusammen.«

»Bin ich doch auch.«

»Bist du sicher?«

Ich blickte irritiert zu ihr. »Was soll das heißen?«

Ein kleiner Anflug von Ärger überkam mich. Warum stellten plötzlich alle meine Beziehung infrage? Aber schnell hatte ich mich wieder gefangen und sagte mir, dass das nur ein Scherz war.

»Du schaust ja schon ganz interessiert«, sagte sie. Ich hatte das Gefühl, sie wollte noch mehr sagen, sie blieb aber ruhig.

»Naja, wie gesagt, ich habe nur jemanden erkannt.«

»Ach ja, wen denn?«, fragte Lara interessiert.

»Einer der Männer im Anzug, also, der da links ist Sofias Ex-Freund Jonas, aber schau jetzt bitte nicht so auffällig hin.«

Den letzten Satz hätte ich mir sparen können, denn Lara musste sich umdrehen, um die Männer zu sehen und das tat sie auch. Sie blickte sehr offensichtlich in die Richtung der Männer und starrte Jonas geradezu an.

»Wow, der könnte mir auch gefallen.«

»Ja, schlecht sieht er nicht aus, aber das Problem ist wohl, dass er das selber auch weiß und seinen Charme gerne spielen lässt.«

»Also kein Traumprinz?«

»Wohl eher nicht. Für Sofia ist er mittlerweile zum Albtraum geworden.«

»Wie das? Hat er eine andere?«

»Keine Ahnung, lange Geschichte.« Ich wollte nicht gerade Lara erzählen, was Sofia durchgemacht hatte. »Habe ihn seit ein paar Monaten nicht gesehen. Ich dachte, er hätte woanders eine Arbeit gefunden und jetzt sehe ich ihn hier.«

Lara nahm ihr Glas und trank ihren Wein aus. »Und kennst du sonst noch jemanden?«

In dem Moment kam der Kellner und servierte den Nachschub. Und erlöste mich damit von der Antwort.

Wir wechselten das Thema und redeten über ein paar belanglosere Themen wie Mode und TV-Serien. Doch ich konnte mich kaum konzentrieren und schweifte mit meinen Gedanken immer wieder zu Jonas und David ab. Woher die beiden sich wohl kannten?

Nach einer Weile stand Lara auf und schreckte mich aus meinen Gedanken. Ich starrte sie erstaunt an.

»Ich geh gerade mal für kleine Mädchen.« Lara lachte, als sie mein erschrockenes Gesicht sah, und trippelte an den Männern vorbei Richtung Toilette. In dem Moment überkam mich ein leichter Anflug von Neid. Was gäbe ich dafür, auch so dahin schreiten zu können? Selbst der Gang auf die Toilette sah bei Lara elegant und sexy aus. Ich schaute ihr einige Sekunden nach und merkte erst, dass jemand neben mir stand, als er anfing zu sprechen.

»Hi Caroline.«

Ich zuckte zusammen und schaute zur Seite. »Hallo Jonas.«

»Wie geht es dir?«

»Gut und selbst?«

»Geht schon«, sagte er. Er sah aber gar nicht so aus, wie ich feststellen musste. Obwohl er eben noch lachend mit den anderen Männern hereingekommen war, wirkte er jetzt eher betrübt. Ja, wenn ich ihn näher betrachtete, war er ziemlich blass und auch dünner, als ich ihn in Erinnerung hatte. Seine Haare waren ganz stumpf, was aber auch an dem Licht in dem Restaurant liegen konnte. Was aber besonders auffiel, waren die dunklen Ringe, die sich unter seinen sonst so strahlend blauen Augen abzeichneten, als hätte er schon länger nicht mehr richtig geschlafen.

»Wie geht es Sofia?«, fragte er geradeheraus.

»Äh …«, stammelte ich. Natürlich war mir klar gewesen, dass er mich nicht aus lauter Freundlichkeit ansprach, da hätte er auch einfach von Weitem grüßen können. Aber dass er so direkt fragte? Was sollte ich darauf antworten? Klar, Sofia vermisste ihn und obwohl sie es meistens zu überspielen versuchte, wusste ich doch, dass sie noch immer litt. Andererseits konnte ich ihr nicht in den Rücken fallen. Außerdem war sie ja gerade mit Dean unterwegs.

»Ja, ganz gut.« Ich spielte nervös mit der Serviette und dachte angestrengt nach, was ich sagen sollte. Nur nichts Falsches!

»Und was macht sie?«

Er wollte es wohl ganz genau wissen. »Jonas, du willst doch jetzt nicht wirklich mit mir über Sofia sprechen? Da musst du sie schon selber fragen«, sagte ich. Im gleichen Moment tat es mir schon wieder leid, weil er so ein gekränktes Gesicht machte. Vielleicht war mein Ton etwas zu scharf gewesen.

»Sorry Jonas, aber echt. Sie ist erst vor Kurzem aus dem Urlaub zurückgekehrt. Sie hat sich erholt und ihr geht es gut. Aber ich möchte wirklich nicht hinter ihrem Rücken über sie reden.«

»Verstehe.« Er nickte.

»Hey Jonas«, rief einer von seinen Freunden. Jonas warf einen Blick zurück. An ihrem Tisch wurden gerade dampfende Speisen serviert.

»Du, ich habe das mit deiner Arbeit gehört. Tut mir echt leid.«

»Danke, aber ich habe schon was Neues gefunden, also halb so schlimm«, winkte ich ab.

»Dann herzlichen Glückwunsch zum neuen Job. Schön, dass wenigstens du Glück hast.«

Was war bloß aus diesem selbstsicheren Mann geworden? Einige Sekunden Stille, wir wussten beide nicht, was wir sagen sollten.

»Willst du uns nicht mal vorstellen?«, fragte Lara plötzlich.

Ich hatte gar nicht bemerkt, dass sie neben uns getreten war. Sie wandte sich Jonas zu - mit einem perfekten Augenaufschlag. »Hallo ich bin Lara und du bist …?«

Jonas schaute irritiert. Er hatte genau wie ich nicht gehört, dass Lara wieder zurückgekommen war. »Äh, Jonas.«

»Schön, dich kennenzulernen.« Lara strahlte ihn an.

»Vielleicht grüßt du sie von mir«, sagt er dann zu mir und ließ Lara kalt abblitzen. Mir war klar, dass er von Sofia redete. »Bis dann, ich muss zurück.«

Er nickte Lara entschuldigend zu und machte sich auf den Rückweg.

»Ich glaube nicht«, murmelte ich leise. Es war sicher keine gute Idee, Sofia von Jonas zu erzählen. Nicht, dass alles wieder von vorne anfing, auch wenn ich nicht dachte, dass Dean die bessere Lösung war, würde ich Sofia auf keinen Fall erzählen, dass Jonas nach ihr gefragt hatte.

»War das der Ex-Freund? Der ist ja echt heiß«, meinte Lara und schaute ihm hinterher. »Aber sag mal, ich habe gerade mitbekommen, dass du einen neuen Job hast. Du hast gar nichts gesagt, erzähl doch mal.«

Wie lange hatte sie schon neben uns gestanden?

»Ja, ich arbeite in einem kleinen Laden.« Bei den Worten schaute ich kurz zu David und merkte, dass er mir zunickte. Sofort verlor ich den Faden und wusste nicht mehr, was ich gerade hatte sagen wollen. Es ärgerte mich, dass er mich durch ein blödes Zunicken völlig aus dem Konzept brachte.

Plötzlich hob Lara den Arm und begann zu winken »Schau mal.«

Ich dachte zuerst, sie winkte dem Kellner, um sich noch etwas zu bestellen. Doch dann fuhr sie sich mit der Hand durch die langen Haare und ich bemerkte, dass sie in Davids Richtung lächelte. Als ich zu ihm sah, lag sein Blick auf Lara und ich war mir gar nicht mehr so sicher, ob er nicht von Anfang an sie gemeint hatte.

»Hast du gesehen, er hat mir zugenickt. Scheint ganz nett zu sein. Vielleicht sollten wir mal rübergehen?«

Nein!, schrie ich in Gedanken. Mir reichte es absolut, sie von hier aus beobachten zu müssen. »Ich glaube, ich bleibe lieber hier. Ich möchte ungern stören. Scheint ein reiner Männerabend zu sein.«

»Umso besser«, meinte Lara. »Dann haben wir die freie Auswahl.«

»Ich glaube nicht, dass ich meinen Freund gegen einen von denen eintauschen möchte«, erinnerte ich sie daran, dass ich bereits vergeben war.

»Ach, sei doch keine Spielverderberin. Was er nicht weiß, macht ihn nicht heiß. Das sagt man doch so.«

Sie schaute immer wieder zu David und warf ihm verführerische Blicke zu. Anscheinend war Jonas bereits vergessen. Ich fühlte mich fehl am Platz. Irgendwie lief unser Abend in die falsche Richtung.

»Wenn du willst, kannst du ja alleine gehen«, sagte ich ein bisschen gereizt. Obwohl ich es selbst nicht verstand, ärgerte es mich, dass David nicht mich angeschaut hatte, sondern Lara. Das hätte ich aber nie im Leben zugegeben. Es war auch völlig abwegig. Ihm war bisher ja auch nicht viel daran gelegen gewesen, dass wir uns gut verstanden. Erst der Kaffee, dann nicht mal eine Entschuldigung, sondern nur diese Unterstellungen, dass ich unfähig wäre. Nee. Eigentlich sollte er mir total unsympathisch sein. Okay, er hatte das Geld für den Postboten bezahlt, aber wohl eher Madita zuliebe oder um mir zu beweisen, dass seine Aussage stimmte. Wahrscheinlich ärgerte ich mich auch nur deshalb, weil ich mich neben Lara so minderwertig fühlte, unbedeutend, unauffällig. Zu mir war er immer so unverschämt gewesen und ihr lächelte er einfach so zu. Eigentlich konnte es mir ja auch total egal sein, mit wem er flirtete, schließlich hatte ich Jakob.

»Ach komm. Du kennst doch diesen Jonas«, drängte Lara noch ein bisschen.

Ich wollte auf keinen Fall zu diesem Männertisch gehen und verstand auch nicht so ganz, was Lara da wollte. Das wäre doch oberpeinlich. Und auf ein weiteres Gespräch mit Jonas war ich nicht gerade scharf. Er hatte mir eben schon fast leidgetan. Außerdem konnte und wollte ich das Sofia nicht antun.

»Nein, lass mal. Geh du alleine.«

»Okay, dann bis demnächst mal. Ich ruf dich an«, hörte ich Lara sagen und weg war sie.

Sprachlos blickte ich ihr hinterher. Dann gab ich dem Kellner einen Wink, bezahlte meine Rechnung und ging, ohne noch einen Blick zurück auf die Männergruppe zu werfen. Ein Gefühl von Sehnsucht stieg in mir auf. Ich wollte nach Hause, zu Jakob. Ich sehnte mich in seine Arme. Und nach seiner Wärme.

Kapitel 9

Als ich am nächsten Montag aufwachte und aus dem Fenster schaute, konnte ich kaum glauben, was ich da sah. Alles war weiß. Es hatte über Nacht zu schneien begonnen. Im Oktober! Gut, der 20. Oktober, aber das war doch irgendwie ungewöhnlich. Die bekannte Umgebung war plötzlich in Weiß gehüllt, unbekannt und geheimnisvoll, alles still und friedlich. In meiner Vorstellung glitzerte der Schnee bereits wie tausende Kristalle in der Sonne.

Ich zog mir zwei dicke Pullover an und wickelte mich in meinen Mantel ein. Natürlich lag in den Straßen auch Schnee und als ich vor der Ladentür stand, wurde mir klar, dass ich ihm nicht so schnell entkommen würde und erst mal den Weg frei schippen musste. Na toll.

Da Madita am Wochenende weg war, konnte ich nicht mal nachfragen, ob sie irgendwo eine Schneeschaufel stehen hatte.

Ich schloss den Laden auf und überlegte, was ich benutzen konnte. Mein Blick fiel auf den Besen, mit dem ich sonst den Laden kehrte. Sollte ich wirklich? Ich zögerte. Was blieb mir anderes übrig?

Und so fand ich mich zwei Minuten später auf der Straße wieder und fegte Schnee. Das stellte sich jedoch als nicht so einfach heraus, wie ich mir das gedacht hatte.

»Interessante Technik«, hörte ich eine Stimme und schrak zusammen.

Ich fuhr herum und trat natürlich auf eine vereiste Stelle, wedelte dabei wild mit den Armen und konnte mich gerade noch an der Türklinke festhalten. Für einen klitzekleinen Moment glaubte ich, mich gerettet zu haben. Wäre schön peinlich gewesen vor David auf den Hintern zu fallen. Doch dann ging die Tür auf und schwang nach innen in den Laden. Ich, immer noch Halt suchend, wurde mitgerissen und versuchte verzweifelt, das Gleichgewicht zu halten. Vergeblich.

»Aaah«, kreischte ich.

»Was soll das denn sein? Eine neue Sportart?«

»Haha. Sehr witzig.« Ich richtete mich langsam wieder auf und rieb mein Knie, an dem ich wahrscheinlich einen dicken blauen Fleck bekommen würde. »Ich schippe Schnee. Sehen Sie das nicht?«

»Schippen? Mit einem Besen?«

»Ja. Was dagegen?«

»Nein, machen Sie nur weiter. Allerdings würde ich an Ihrer Stelle eine Schaufel bevorzugen.«

»Wie Sie sehen, tut es ein Besen auch.«

»Ja dann. Ich wollte Ihnen gerade anbieten, Ihnen meine Schneeschaufel zu leihen, aber wenn das gar nicht in Ihrem Sinne ist …«

Ich horchte auf. Das machte der doch extra! Der wollte mir doch in Wirklichkeit gar nichts ausleihen. Der wollte mich nur ärgern. Woher sollte er denn so schnell eine Schaufel herzaubern können? Dabei hatte er sie jedenfalls nicht. Na, mal sehen …

»Oh, sollte ich mich vertan haben und Sie sind doch

ein Gentleman? Das kann ich dann natürlich nicht abschlagen. Ich nehme Ihr Angebot gerne an.«

Eine Sekunde war es still. Mit der Antwort hatte er wohl nicht gerechnet.

»Okay, in zwei Minuten bin ich wieder da.«

Und er ging wirklich los. Wahrscheinlich kam er eh nicht wieder. Ich wandte mich wieder dem Schnee zu, um weiterzukehren. Mit dem Besen war das eine Sisyphos-Arbeit. Blöder Schnee!

»So, jetzt zeige ich Ihnen mal, wie man das macht«, sagte David, als er – unglaublich, aber wahr – mit einer riesigen Schneeschaufel über der Schulter zurückkam. Anstatt mir die Schaufel zu geben, packte er sie mit beiden Händen und begann, den Weg freizuschippen. Er schob mich sanft beiseite. Ich ließ es zu und beobachtete vom Straßenrand, wie er alles alleine machte.

Ohne die Bewegung fühlte ich, wie die Kälte langsam unter meine Kleidung kroch und meine Glieder erstarren ließ. Ich begann zu zittern und trat von einem Fuß auf den anderen. Irgendwann reichte es mir und ich ging ins Ladeninnere um Tee für uns zu kochen.

Als David fertig war und die Schaufel abstellte, drückte ich ihm eine Tasse in die Hand und lud ihn ein, sich Innen ein bisschen aufzuwärmen. Er nahm die Einladung dankbar an. Ein paar Minuten lang herrschte Stille.

»Danke, übrigens«, durchbrach ich unser Schweigen.

»Keine Ursache«, sagte er und fügte dann noch hinzu. »Das mache ich doch gerne für Madita.«

Klar. Ich hatte doch nicht etwa eine Sekunde lang geglaubt, er wollte mir helfen? Mir? Nein und falls doch, hatte ich wohl einen kurzen Moment von Gehirnfrost erlitten.

»Was genau wollten Sie eigentlich hier?«

»Und wenn ich Ihnen einfach nur helfen wollte?«, fragte er und hob die Augenbrauen.

Hatte er nicht gerade gesagt, er hätte es für Madita getan?

»Sie sahen aus, als hätten Sie Hilfe nötig gehabt.« Er stellt den Kaffeebecher vorsichtig auf einen kleinen Schrank und trat einen Schritt näher.

»Wie bitte? Bestimmt nicht. Und schon gar nicht von Ihnen. Das hätte ich auch allein geschafft.«

»Mit einem Besen?« Er trat noch einen Schritt auf mich zu. Seine Gesichtszüge veränderten sich. Täuschte ich mich oder lag in seinen Augen plötzlich ein besonderer Glanz?

»Ja, mit einem Besen.« Sein Blick irritierte mich und meine Antwort hörte sich eher nach einer Frage an, als nach einer festen Aussage und es hörte sich auch gar nicht so verärgert an, wie ich es vorgehabt hatte. Meine Wut verflüchtigte sich immer mehr und wich Unsicherheit. Er kam noch näher. Wurde sein Blick gerade weicher oder bildete ich mir das nur ein? Irgendwie verführerisch?

»Und Sie haben dennoch meine Hilfe angenommen.«

»Äh …«, stammelte ich. Gerade eben war da noch eine gute Antwort in meinem Kopf gewesen, aber jetzt herrschte dort nur noch Leere. Was war denn plötzlich los? Nicht nur mein Gehirn spielte verrückt, auch in einem Bauch rumorte es. Obwohl ich gerade noch draußen gefroren hatte, war mir jetzt viel zu heiß und ich hatte das Gefühl, dass ich den Rollkragenpullover, den ich trug, ganz schnell loswerden musste.

»Hatte ich denn eine Wahl?«

David rückte noch näher an mich heran. Reflexartig trat ich einen Schritt zurück und stieß dabei gegen den Tresen. Ich war gefangen. Mit dem nächsten Schritt stand er so nah vor mir, dass ich seinen Atem spüren konnte.

»Man hat doch immer eine Wahl.« Seine Stimme war plötzlich rauer als sonst und mir lief ein Schauer durch den ganzen Körper.

Er redete immer noch, aber ich konnte nicht mehr zuhören. Das Blut rauschte in meinen Ohren, mein Herz schlug schneller. Ein seltsames Gefühl stieg aus meinem Bauch immer höher bis in die Kehle und brannte bei jedem tiefen Einatmen. Obwohl - oder gerade weil - ich nicht verstehen konnte, was er sagte, starrte ich wie gebannt auf seinen Mund. Der immer näher kam. David war so nah und beugte sich noch weiter nach vorne, als ob er mich umarmen wollte.

Mein Gehirn schrie zwar: »Ich muss hier weg!«, aber mein Körper hörte nicht hin. Im Gegenteil, ich empfand … ja, was? Vorfreude?

Jetzt war er so nah, dass seine Lippen meine Wangen streiften und mein Herz setzte für einen Schlag aus.

Er bewegte sich noch etwas weiter nach vorne und machte dann abrupt wieder einen Schritt zurück. Nun war er wieder weit genug entfernt, dass sich mein Herzschlag langsam beruhigte.

Was war denn das gewesen? Wieso hatte mein Körper so auf diesen unverschämten Typen reagiert? Er grinste und hielt triumphierend einen kleinen Schlüssel hoch.

»Was ist denn los mit dir?«, fragte er.

»Ähm ...«, krächzte ich zum wiederholten Mal. Ich wollte etwas Sinnvolles sagen, aber mein Gehirn war noch nicht bereit, die Worte in meinem Kopf zu sinnvollen Sätzen aneinanderzureihen.

»Ich wollte eigentlich nur ein paar Sachen für Madita holen. Giorgio hat mich heute Morgen angerufen.«

Er drehte sich in Richtung Treppe und ging hoch zu Maditas Wohnung. Durfte er das? Die Verbindung zwischen ihm und Madita wurde immer geheimnisvoller. Zuerst hatte ich gedacht, er wäre ein normaler Kunde. Aber welcher normale Kunde ging einfach in die Wohnung der Ladenbesitzerin und wusste zudem auch noch, wo der Schlüssel lag, während die angestellte Verkäuferin das nicht wusste? Doch bevor ich weiter darüber nachdenken konnte, war er schon wieder zurück und hielt eine Wollmütze, einen Schal und Handschuhe in der Hand. Er schob den Schlüssel wieder an seinen Platz zurück.

»Du bist ja so still.«

Waren wir jetzt schon beim Du?

»Ich bin einfach nur entsetzt, wie frech Sie sich den Wohnungsschlüssel erschlichen haben. Und ich kann mich auch nicht daran erinnern, dass ich Ihnen das Du angeboten hätte.«

»Ach, komm schon, wir haben doch jetzt gemeinsam Schnee geschippt - wobei: Ich habe geschippt, du hast gekehrt.« Er grinste. »Das verbindet und ein Du ist doch auch viel einfacher.« Und dann schaute er mich schon wieder mit diesem Blick an, der mein Herz zum Schmelzen brachte.

»Äh, das heißt doch nichts ...«

»Du kannst es dir ja überlegen, ich muss jetzt. Bis dann.«

Und weg war er. Ich wurde aus diesem Menschen einfach nicht schlau. Zuerst war er so unverschämt, dann schippte er für mich Schnee, trieb mich in die Enge, um sich den Wohnungsschlüssel zu schnappen. Die ganze Zeit ließ er freche Sprüche los und bot mir dann das Du an.

Ich schüttelte den Kopf und wunderte mich über mich selbst, dass ich dieses Theater mitgemacht hatte. Aber er schaffte es, mich bloß anzusehen, und in meinem Bauch flatterten Tausend Schmetterlinge, die meine volle Aufmerksamkeit auf sich zogen und mich nicht mehr klar denken ließen.

Inmitten meiner Gedanken rissen mich das Geräusch von Schritten und ein eisiger Windstoß in die Realität zurück. Mein Herzschlag beschleunigte sich schon wieder. War er etwa wieder zurückgekommen? Nein, nur die alte Frau Meyer, die ihr Monatspaket abholen kam. Gott sei Dank.

Kapitel 10

Zwei Wochen später hatte ich den Abend mit Lara im Paparazzi bereits erfolgreich aus meinem Gedächtnis verbannt, als sie plötzlich in der Tür stand. Sie sah - wie immer - topgestylt aus. Ich erinnerte mich an die Zeit in der Firma. Da war das ein Muss gewesen. Jetzt hatte ich die Aufstylerei ein bisschen schleifen lassen. Die morgendliche Schminkroutine hatte sich in Richtung »natürlicher Typ« reduziert und auch mein Kleidungsstil hatte sich verändert, wie ich feststellen musste, als ich kurz an mir runter sah. Der Minirock und die Zehn-Zentimeter-Absätze waren im Schrank geblieben und ich trug Jeans und Turnschuhe.

»Was machst du denn hier?«, fragte ich erstaunt.

»Hallo Caro. Das ist ja eine Überraschung.«

»Woher weißt du …?« Ich durchwühlte meine Erinnerungen, doch ich war mir sicher, dass ich ihr nicht erzählt hatte, wo ich arbeitete.

»Ich bin hier mit David verabredet«, sagte sie mit einem Lächeln. In ihren Augen blitzte Vorfreude auf.

»Aha. Kenne ich ihn?«, fragte ich unschuldig.

»Na, der Typ im Paparazzi, der so nett gelächelt hat. Schwarze Haare, blaue Augen. Der neben diesem Albtraum-Exfreund saß. Ehrlich gesagt, fand ich diesen Jonas total nett. Vielleicht ein bisschen introvertiert, aber sonst eine richtige Sahneschnitte«, plapperte Lara.

Ich erinnerte mich an mein letztes Treffen mit David, als er mir beim Schneeschippen geholfen hatte, seitdem hatte ich ihn nicht mehr gesehen. So ein Mistkerl. Und auch Lara war auf ihn reingefallen.

Ich versuchte, mich abzulenken. Was hatte sie gerade über Jonas gesagt? Redeten wir von derselben Person? Ruhig und introvertiert? Jonas? Sofias Jonas? Ich schüttelte den Kopf, doch Lara bemerkte meine Abwesenheit nicht und redete weiter. »Er hat mich sogar danach noch auf einen Kaffee eingeladen.«

Ich war verwirrt. Wer jetzt? David oder Jonas?

»Aber du wirst David ja gleich kennenlernen.«

Ich schluckte. David ging also mit Lara aus. Ich verstand selbst nicht, warum diese Tatsache mich so aufwühlte. Es konnte mir eigentlich egal sein. Ich hatte ja meinen Jakob. Aber ich musste immerzu daran denken, als er mir nach dem Schneeschippen so nah gekommen war und meine Gefühle völlig durcheinander geraten waren.

Lara sah sich in dem Laden um. »Was machst du eigentlich hier? Ich dachte, du hättest einen neuen Job? Sag nicht …« Ich sah förmlich, wie ihr ein Licht aufging. »Du arbeitest hier?« So wie sie es sagte, hörte es sich nicht mehr so toll an. Dabei gefiel es mir mittlerweile richtig gut hier. Vorallem seit Madita mir mein Gehalt auch auszahlte.

»Wow, sieht ja ganz schön alt aus. So antik. Und das verkaufst du?« Sie nahm eine Vase in die Hand und pustete den Staub ab. Dann musste sie niesen und stellte die Vase gleich wieder auf ihren Platz. »Bisschen staubig vielleicht.«

»Äh, ja.«

Wie peinlich. Ich hatte mich nicht mehr in die Ecke getraut. Einerseits wegen der Angst, dass wieder etwas zu Bruch ging. Andererseits, weil Madita nicht besonders viel Wert auf geputzte Regale gelegt hatte, obwohl es dem Verkauf der Antiquitäten sicher förderlich gewesen wäre.

»Und was verkaufst du hier sonst noch?« Sie trat näher an die Theke heran und schaute neugierig auf die ausgehängte Preisliste. »Blumen? Ich sehe ja gar keine.«

»Äh nein, getrocknete Kräuter und Blüten wie Pfefferminz, Hagebutte und Kamille.«

»Und was macht man damit?«

»Tee, Salben, man kann auch damit kochen«, zählte ich auf.

Lara schaute weiterhin misstrauisch auf die Preistabelle. Sie las sich die Namen der Pflanzen durch, zog dabei ihre Stirn kraus, bis sich jede Menge Falten zeigten. »Und das läuft? Ich meine, verkaufst du wirklich etwas davon?«

»Na klar …« Sogleich hatte sie mich wieder verunsichert und zielsicher den wunden Punkt getroffen. »Naja, ich bin noch nicht so lange hier. Vielleicht kommt da noch was.« Ich redete mich um Kopf und Kragen. »Also ehrlich gesagt …«

»Ja?« Sie ließ nicht locker, während ich überlegte, ob ich ihr wirklich die Wahrheit sagen sollte.

»Okay, leider verkaufe ich nicht besonders viel. Es kommen ein paar Stammkunden, die schon seit Jahren herkommen, aber wirklich viel kommt dabei nicht rum. Das ist für mich wohl nur eine Zwischenstation.«

Lara nickte. »Und was ist mit Werbung? Vielleicht machst du nicht genügend Werbung.«

»Werbung?« Da hatte ich ja noch gar nicht drüber nachgedacht. Machten wir überhaupt Werbung?

»Ja, so was wie eine Zeitungsannonce, ein Radiospot, eine Website oder Facebook-Ads.«

»Ich glaube nicht, da müsste ich mich mal informieren«, sagte ich zögerlich.

Je mehr ich darüber nachdachte, desto besser gefiel mir der Vorschlag. Mir schwirrten plötzlich jede Menge Ideen durch den Kopf. »Du Lara, also das ist echt genial. Das mache ich. Danke. Daran habe ich bisher gar nicht gedacht.«

Ich umarmte sie spontan. Sie schien im ersten Moment ein wenig überrumpelt, ließ es dann aber zu. Und ich wunderte mich über mich selbst. Ich umarmte gerade Lara!

Die Tür ging auf und David trat ein. Sofort begann in meinem Bauch ein Schwarm Schmetterlinge zu flattern und ich verfluchte mich selbst für diese Reaktion. Das lag sicher nicht an David. Ich freute mich einfach darauf, endlich etwas tun zu haben.

Lara ging auf David zu und umarmte ihn und obwohl ich mir etwas anderes einredete, waren meine freundschaftlichen Gefühle für sie sogleich wie weggeblasen.

»Hallo«, begrüßte David erst Lara und dann nickte er mir zu. »Hallo Caro.«

»Hi«, sagte ich mit eisiger Stimme.

»Welche Laus ist dir denn über die Leber gelaufen?«, fragte er.

»Ach, nichts. Mir geht's gut.« Er hatte direkt gemerkt, dass meine Laune für einen kurzen Moment auf Eiszeit heruntergekühlt war. Zum Glück hatte ich meine Stimme jetzt wieder im Griff.

»Ihr kennt euch?«, fragte Lara und sah mich erst erstaunt und dann vorwurfsvoll an. »Warum hast du nichts gesagt?«

Oje. »Er hat hier etwas gekauft. Ich hatte ihn an dem Abend gar nicht wiedererkannt«, startete ich einen schwachen Versuch mich aus der Situation zu retten.

David hob die Augenbrauen. »Ach so?«

Peinlich! Und mir wollte auch nichts Besseres einfallen. Ich startete ein Ablenkungsmanöver.

»Du hast also meine ... äh ...«, was war Lara eigentlich? Kollegin, war sie ja nicht mehr. Freundin, soweit waren wir meiner Meinung nach noch nicht. Ex-Kollegin, das hörte dich irgendwie seltsam an. »Du hast also Lara kennengelernt?«, versuchte ich es noch einmal. Die beiden schauten etwas irritiert.

Doch Lara hatte sich schnell gefangen. »Ich bin ihre Ex-Kollegin. Wir haben mal im selben Unternehmen gearbeitet«, sagte sie ganz locker.

»Ja, genau. Wir haben mal in derselben Firma gearbeitet.«

David schaute mich immer noch mit hochgezogenen Augenbrauen an, als hätte ich etwas äußerst interessantes gesagt. Doch dann nickte er und sah weg.

Wie hatte ich das nur wieder geschafft? Gerade eben hatte ich Lara noch umarmt, jetzt fühlte ich mich schuldig, weil ich ihr nicht die Wahrheit über David gesagt hatte. Und auch ihm gegenüber fühlte ich mich seltsam. Er musste mich für die allerletzte blöde Kuh halten. Ich habe ihn nicht wiedererkannt. Dabei wusste er genauso gut wie ich, dass ich ihn sehr wohl erkannt hatte. Mist. Naja, vielleicht war es besser so. Nein, es war sogar ganz sicher besser so.

Die Stille herrschte jetzt schon so lange, dass es fast unangenehm wurde. Ich überlegte mal wieder krampfhaft, was ich noch sagen konnte und warum nicht mal im richtigen Moment ein Kunde hereinkommen und mich von meiner Qual erlösen konnte.

Lara hatte sich nach ihrer Umarmung bei David eingehakt und zerrte jetzt an seinem Arm. »Also, wir wollen dann mal los. Bis dann Caro.«

»Wiedersehen«, sagte auch David und ließ sich von ihr mitziehen.

Nachdem sie die Tür geschlossen hatten, atmete ich erleichtert aus und merkte erst dabei, dass ich schon seit einigen Sekunden die Luft angehalten hatte. Es mussten lange Sekunden gewesen sein, denn jetzt schnappte ich nach Luft und atmete schwer, als hätte ich einen längeren Tauchgang hinter mir.

Was war ich froh, dass diese seltsame Begegnung jetzt vorbei war! Wieso störte es mich so sehr, dass Lara und David ein Date hatten? Konnte ich mich nicht einfach für sie freuen? Zwei Singles hatten sich gefunden und gingen miteinander aus. War doch schön und sie würden einander sicher nicht gleich heiraten. Trotzdem fühlte ich einen Stich in meiner Brust. Ich schüttelte den Kopf. Ich grübelte zu viel über die falschen Dinge.

Tu etwas, ermahnte ich mich. Und denk an etwas anderes! Den nächsten Gedanken, den ich zu fassen bekam, war, dass ich gerade eben noch so sehnsüchtig gehofft hatte, dass ein Kunde hereinkommen würde. Was hatte Lara gesagt? Mehr Werbung. Oh ja, das würde ich machen. Wäre doch gelacht, wenn ich den Laden nicht voll bekäme. Ja, ich hatte endlich eine Aufgabe.

Das war genau das richtige, was mir jetzt über die bösen Gedanken in meinem Kopf hinweghelfen würde.

Kapitel 11

Madita hatte sich fest vorgenommen, mir jede einzelne Mischung ihrer Teesorten beizubringen. Hier wurde auf das Gramm genau abgemessen. Als Madita mir ein paar Tage zuvor das Buch mit dem Titel 1000 Kräuter – ein Einstieg übergeben hatte, hatte ich das für eine nette Geste gehalten. Und selbst als sie sagte, ich könnte ja schon mal mit dem Lernen anfangen, dachte ich, sie machte einen Scherz. Aber ich hätte es besser wissen müssen. Madita scherzte nie. Sie hatte nicht mal mit der Augenbraue gezuckt und mir war klar geworden, sie meinte das ernst.

Jetzt, eine Woche später, versuchte ich, mich krampfhaft an einen Namen zu erinnern, der ein braunes Blatt mit Zacken bezeichnete und was um Himmels willen es bewirkte.

Das ging schon den ganzen Tag so. Madita lief wie ein aufgeregtes Huhn von einer Ecke in die andere und fragte mich ab. Mein Gehirn hatte jedoch schon vor einer halben Stunde den Dienst quittiert und forderte eine Pause. Den ganzen Tag war kein einziger Kunde hereingekommen. Das hieß, kein bisschen Ablenkung. Ich war völlig fertig und mir schwirrte der Kopf.

»Ich gebe auf. Ich weiß es nicht«, sagte ich und Madita schaute mich entsetzt an und wiederholte zum gefühlt hundertsten Mal: »Caroline. Du musst das können, wenn ich nächste Woche nicht da bin. Vergraule mir ja nicht meine Kunden.«

Ich rollte mit den Augen, was mir direkt einen bösen Blick einbrachte. Ohne ein weiteres Wort ging sie in die Küche und klapperte mit dem Geschirr, wahrscheinlich um einen Tee aufzusetzen.

Zum Glück öffnete sich in dem Moment endlich die Ladentür. Ein Mann kam herein, den ich noch nie hier gesehen hatte, was eher ungewöhnlich war. Vielleicht kam er wegen der Werbung, die ich in Form von Facebook-Ads geschaltet hatte? Vielleicht war er auch auf unsere neue Website gestoßen. Obwohl ich mich auch darüber wunderte, da sie erst wenige Stunden online war.

»Guten Tag, kann ich ihnen helfen?«, fragte ich freundlich.

Er kam schnurstracks zum Tresen marschiert. »Ich hoffe doch«, brummte er.

In diesem Moment kam Madita mit zwei Tassen Tee aus der Küche. Es klirrte, dann zerbarst eine der Tassen auf dem Boden. Ich zuckte erschrocken zusammen und starrte Madita an. Vor ihr ergoss sich eine riesige Teepfütze. Das andere Glas hatte sie im letzten Moment festhalten können. Madita starrte den Mann an. Der Mann und ich starrten Madita an.

»Sie!«, begann der Mann.

»Guten Tag, Herr Frings. Äh, was kann ich für Sie tun?« Madita stellte die noch heile Tasse auf der Theke ab, ging um die Pfütze herum und auf den Mann zu. Das zerschellte Glas knirschte unter ihren Sohlen. Sie legte eine Hand auf seinen Rücken schob ihn drängend Richtung Tür. Ich war noch immer starr vor Schreck und Verwunderung. Das Verhalten von Madita war äußerst ungewöhnlich, so war sie noch mit keinem Kunden umgegangen. Erst als sie mir zurief, dass ich aufwischen sollte, erinnerte ich mich an meine Aufgaben. Ich ging in die Küche, um eine Kehrschaufel und einen Lappen zu holen und kehrte die Scherben zusammen und wischte anschließend den Tee auf. Der Mann hatte meine Neugier geweckt. Wer war er und was wollte er und vor allem, wieso hatte sich Madita bei seinem Anblick so erschreckt? Der Mann sprach zwar sehr laut, trotzdem bekam ich nichts mehr mit. Ich hatte zu lange gebraucht, geeignete Utensilien für die Entfernung der entstandenen Sauerei zu finden. Denn als ich den Laden wieder betrat, war das Gespräch fast beendet.

»Ende nächster Woche. Und jetzt gehen Sie bitte«, sagte Madita sehr bestimmt.

»Nein, ich bestehe darauf. Jetzt. Ich will …«

Doch sie schnitt ihm das Wort ab. »Gehen Sie, meine Angestellte muss das nicht wissen.« Sie nickte in meine Richtung.

Ich blickte schnell zu Boden und wischte weiter. Jetzt sprachen sie im Flüsterton und gestikulierten dabei wild. Schließlich wurde es Madita zu bunt und sie schob ihn einfach über die Hausschwelle und knallte die Tür zu. Sie hatte ihn rausgeschmissen! Der Mann war wahrscheinlich genauso verdutzt wie ich. Er hatte sicherlich nicht damit gerechnet, dass Madita ihn einfach vor die Tür setzte. Denn sonst hätte er sich ganz leicht wehren können.

Er rief noch »Ich komme wieder. Das werden Sie bereuen. So leicht lasse ich mich nicht abspeisen!«, was nur dumpf durch die Tür zu hören war, dann entfernten sich Schritte.

Unzählige Gedanken wirbelten durch meinen Kopf. Was war das denn gewesen? Sollte das eine Drohung sein? Und was musste ich nicht wissen? Hoffentlich kam der Typ nicht gerade dann wieder, wenn Madita nicht da war. Sollte ich jemanden fragen, damit ich nicht alleine im Laden war? Aber den Gedanken verwarf ich sogleich. Da würde mich doch sofort jeder auslachen. Weiter kam ich nicht mit meinen Überlegungen. Madita fuhr mit dem Unterricht fort, noch intensiver als zuvor. Ich versuchte, alle meine Aufmerksamkeit auf sie zu richten, was mir jedoch nicht so recht gelang.

***

Abends war ich völlig fertig und froh, endlich zu Hause zu sein. Jakob war noch nicht da, was ich aber heute Abend nicht als unangenehm empfand. Ich brauchte Ruhe, absolute Stille. Erschöpft ließ ich mich auf das Sofa fallen, atmete tief ein und schloss die Augen. Tat das gut. Meine Beine schmerzten, meine Augen brannten, meine Arme hingen kraftlos und schlapp an mir herab.

Plötzlich erklang ein durchdringendes Läuten. Ich realisierte zwar, dass das Telefon schellte, konnte und wollte mich aber nicht bewegen. Es war schon zu anstrengend für mich, einfach nur den Arm zu heben und nach dem Hörer zu greifen. Doch, da der penetrante Klingelton selbst nach zehn Mal Schellen nicht aufhören wollte, hob ich den Hörer ab. Endlich hörte der Lärm auf.

»Hallo?«

»Caro, bist du es?«

»Hallo Sofia.«

»Was für eine dumme Frage, nicht wahr? Wer sollte es denn sonst sein?«, plapperte sie und lachte.

»Jakob zum Beispiel?«

»Ach, der ist doch eh nie da.«

Ich setzte gerade zu einer Erwiderung an, schloss den Mund jedoch wieder. Das war nicht sehr nett von ihr gewesen.

»Caro? Bist du noch da?«

»Ja«, knurrte ich. Plötzlich war ich gar nicht mehr so müde. Es schien, als hätte die freche Bemerkung mir einen Adrenalinstoß voll negativer Energie versetzt. Sofia merkte nichts von meiner Stimmung oder ging nicht darauf ein.

»Rate mal, wer eben vor meiner Tür stand.«

»Keine Ahnung. Vielleicht Dean?«

»Quatsch. Dafür würde ich dich sicher nicht anrufen. Jonas«, sagte sie.

»Was? Was fällt dem ein?« Mir fiel die Begegnung im Restaurant wieder ein. Das war sicher meine Schuld. Ich hatte so ein schlechtes Gefühl gehabt, über Sofia zu reden und ihm gesagt, er solle sie selber fragen Aber ich hatte nicht damit gerechnet, dass er das auch tun und plötzlich vor ihrer Tür auftauchen würde. Sofort hatte ich meinen kurzen Anflug von Ärger wegen Sofias Bemerkungen vergessen und war ganz bei ihr. Obwohl, sie hörte sich eigentlich ganz gut an. Kein Schluchzen, kein Weinen. Als wäre sie einfach nur einem Bekannten begegnet. War sie wirklich so stark, wie sie tat?

»Und was hast du gemacht?«

»Na, ich habe ihn rausgeschmissen, was denkst du denn?«

Rausgeschmissen? »Hat er etwas gesagt?«

»Keine Ahnung, der hat irgendwas gefaselt, dass er mich zurück will und dass er sich seiner Gefühle erst jetzt bewusst ist. Was denkt der sich denn? Ich bin doch keine Küchenmaschine, die man an und ausschaltet und, wenn man sie gerade nicht gebrauchen kann, einfach in den Schrank räumt.«

»Und jetzt?«, fragte ich.

»Nichts.«

»Nichts?«

»Ja, nichts. Der kann erzählen, was er will. Ich war seinetwegen so unglücklich und jetzt taucht er plötzlich wieder auf. Nicht ich war diejenige, die ist. Er wollte was anderes. Jetzt will ich etwas anderes.«

Wow, dachte ich verblüfft. Das war die Sofia, die ich vor der Trennung gekannt hatte. Stark, selbstsicher, unerschütterlich. Anscheinend hatte sich Sofia wirklich mit der Trennung abgefunden.

Kapitel 12

Ich füllte ein paar Beutel mit Kräutern. Die Trainingsstunden hatten schließlich doch etwas gebracht und wahrscheinlich auch die Tatsache, dass ich tagelang an nichts anderes denken konnte als an Krankheiten und an die Kräuter, die sie linderten. Eine Nacht hatte ich das Buch sogar unter mein Kopfkissen gelegt, weil das angeblich etwas nützen sollte. Als ich aber am nächsten Tag mit starken Kopf- und Nackenschmerzen aufgewacht war, hatte ich diese Methode aufgegeben. Demjenigen, dem das etwas nützte, hatte entweder kein Schmerzempfinden oder ein Plüschbuch verwendet. Da ich mit beidem nicht dienen konnte, blieb mir nichts anderes übrig, als zu lernen. Früh aufstehen, lernen, arbeiten, lernen und am nächsten Tag wieder dasselbe Ritual. Selbst Jakob hatte sich schon beschwert. Es musste wirklich schlimm gewesen sein, denn sonst hätte er sicher nichts bemerkt. Die Büffelei hatte sich dennoch sehr gelohnt.

Die letzten Tage waren unglaublich gewesen. Im Laden war die Hölle ausgebrochen, nachdem ich ein kleines Radio-
interview gegeben hatte. Offensichtlich war die Ausstrahlung des Interviews besser angekommen als die Facebook-Ads. Die Leute hatten nach der Ausstrahlung den Laden gestürmt und sich mit Kräutern eingedeckt,

bis alle vorbereiteten Tütchen restlos weg waren. Soviel hatte ich noch nie verkauft. Ich kam mit dem Nachfüllen kaum hinterher. Madita hatte mir sogar ihre eiserne Reserve anvertraut, damit ich nur ja keinen wegschickte, während sie nicht da war. Ich grinste vor mich hin. Es machte mir richtig viel Spaß mit den Leuten ins Gespräch zu kommen und sie zu beraten. Und dieses dankbare Lächeln, das zurückkam, machte mich stolz. Ich hoffte nur, dass der Ansturm einige Zeit lang anhalten würde. Endlich hatte ich mal etwas zu tun und es kam etwas Geld in die Kasse.

Ich hatte den Laden geöffnet und bereitete gerade die restlichen Mischungen vor. Es fehlten nur noch ein paar Kamillenblüten und ich konnte die letzten Päckchen schließen. Fragte sich nur, wo ich die Blüten hingestellt hatte. Ich zog die Schublade auf, erinnerte mich aber daran, dass ich die angebrochene Tüte gestern leer gemacht hatte. Vorsichtig öffnete ich den Schrank hinter mir, ganz langsam, damit nichts herausfiel. Doch alle Tüten blieben an ihrem Platz. Wohl auch weil der Schrank bereits gut geräumt war, wie ich feststellte. Ich durchwühlte die verschiedenen Regalbretter. Aber Kamillenblüten tauchten nicht auf. Und Holunderblüten waren auch keine mehr da! Hatte ich die nicht auch gerade leer gemacht? Jetzt fühlte ich langsam Panik in mir aufsteigen. Wo waren die Kräuter?

Zum wiederholten Male durchwühlte ich den Schrank, obwohl ich genau wusste, dass sich dort keine weiteren Kräutervorräte befanden. Heute war es zwar etwas ruhiger als in den letzten Tagen, trotzdem kamen immer wieder Kunden und ich sah mit Besorgnis, dass gerade die Teesorten schwanden, die ich nicht mehr herstellen konnte. Langsam traten mir die Schweißperlen auf die Stirn. So sehr ich mich auch freute, dass endlich Leute kamen und wir Geld einnahmen - was sollte ich tun, wenn ich keinen Tee mehr hatte, den ich verkaufen konnte? Ich brauchte dringend einen Plan. Mein Blick fiel auf das kleine schwarze Büchlein, das neben der Kasse lag und in das Madita alles Wichtige und manchmal auch Unwichtige eintrug. Ich ergriff es und blätterte darin herum. Vielleicht brachte mich das ja auf eine Idee. Und wirklich. Ich entdeckte die Nummer des Lieferanten, die in krakeliger Schrift dort eingetragen worden war. Ich konnte einfach ein paar neue Kräuter bestellen. Das wäre sicherlich auch in Maditas Sinne. Vielleicht lieferten sie ja sogar noch heute.

Ich zog mein Handy aus meiner Tasche, wählte die Nummer und wartete. Es schellte einmal, zweimal, dann nahm jemand am anderen Ende ab.

»Wertz - Lieferungen für Kräuter und Pflanzen.«

»Guten Tag. Maditas Laden. Ich würde gerne neue Kräuter bestellen. Soll ich Ihnen diktieren?«

»Oh«, sagte sie.

Das irritierte mich ein bisschen, aber ich fuhr einfach fort. »Also: 1kg Holunderblüten, 3kg Kamillenblüten ...«

»Gute Frau, es tut mir leid, aber wir liefern erst wieder, wenn Sie die alten Rechnungen gezahlt haben.«

Ich stutzte. »Welche Rechnungen?«

»Die letzten Rechnungen seit Anfang des Jahres. Haben Sie die Mahnungen nicht erhalten?«

Ich schluckte und wusste nicht, was ich sagen sollte. Madita kümmerte sich um die Post. Hatte sie nicht letztens erst wütend reagiert, als ich die Briefe entgegengenommen hatte?

»Ja, also«, stotterte ich. »Also. Ich habe keine Mahnungen empfangen. Aber da müsste ich mit meiner Chefin drüber reden. Trotzdem danke«, sagte ich und legte auf.

Mist. Auch das noch. Keine Kräuter, sondern Schulden. Warum hatte Madita die Rechnungen denn nicht bezahlt?

Die Tür ging auf und jemand trat ein. Ein Kunde! Hoffentlich bestellte er nicht die Kräuter, die gerade aus waren, dachte ich noch, als ich ihn wiedererkannte.

»Dean«, stieß ich überrascht hervor. »Was machst du hier?«

»Hallo Caro. Hier arbeitest du jetzt also?«, stellte er fest.

Irgendwie gefiel mir sein Ton nicht. Abschätzig und arrogant. Und der folgende Satz bestätigte mein Gefühl.

»Was ist aus der energischen Karrierefrau geworden?«

Naja, Buchhalterin war nicht gerade das, was ich als Karrierefrau beschreiben würde, aber wie er es sagte, hörte es sich an, als ob ich jetzt bettelnd durch die Lande streifte.

»Was soll das denn heißen?«, fragte ich.

»Hier in diesem schäbigen Laden.« Er stieß mit dem Fuß leicht gegen ein Regal und ich schaute mit Entsetzen zu, wie das ganze Regal wackelte und die eine oder andere Vase gefährlich wankte.

»Was willst du, Dean?«

»Na, mich umsehen - oder ist das hier nicht erlaubt?« Er schaute in alle Richtungen.

Doch ich ließ nicht locker. »Dean, was willst du hier? Du willst bestimmt keine Antiquitäten kaufen und auch keine Teekräuter.«

»Bist du immer so unfreundlich zu deinen Kunden? Kein Wunder, dass der Laden pleite ist.«

»Wie bitte? Was soll das heißen, pleite? Und wie solltest ausgerechnet du …?« Davon wissen, wollte ich sagen. Aber dann fiel es mir wie Schuppen von den Augen. Jakob hatte mir mal erzählt, wie Dean sein Geld verdiente, das er nur zu gern zur Schau trug. Dean war Immobilienmakler. Wenn jemand bankrottging und verkaufen musste, war er derjenige, der Gewinn daraus schlug. Madita war also … Das durfte nicht sein. Ich blickte ihn an und sah, wie ein gehässiges Grinsen über sein Gesicht huschte.

»Du willst den Laden verkaufen?« Ich hatte den Nagel auf den Kopf getroffen.

»Endlich hast du es kapiert«, sagte er, als hätte er mir gerade beigebracht, dass eins und eins zwei ergab. Aber ich und vor allem Maditas Laden schienen in seiner Rechnung nicht vorzukommen. Wir waren die Null, die er dazurechnete, die an dem Ergebnis aber nichts änderte. Er war derjenige, der mit dem Laden Gewinn machen würde.

»Ich habe auch schon ein paar Interessenten. Also sei nett zu mir und freu dich, sonst wird das nichts.«

»Warum sollte ich mich darüber freuen, dass du den Laden verkaufen willst?«

»Tja, leider muss ich die Kohle mit euch teilen. Aber was soll's, ich bin ja kein Unmensch. Dann könnt ihr wenigstens einen Teil eurer Schulden zurückzahlen.« Er schüttelte den Kopf. »Caro, Caro, ich hätte dir mehr zugetraut. All die anderen Hasen, die Jakob angeschleppt hat, waren zwar ganz hübsch, aber auch strohdumm.

Aber du ...«

Wie bitte? Hatte er das gerade wirklich gesagt? »Raus«, sagte ich erst leise und als er sich nicht bewegte, wiederholte ich es lauter, bis ich schrie. »Raus! Bild dir ja nicht ein, du kriegst den Laden, wir sind nicht pleite.«

Sein Mund verzog sich schon wieder zu einem Grinsen. Am liebsten hätte ich ihm ins Gesicht reingeschlagen. Was für ein Arsch! Ich sprang auf ihn zu, packte ihn am Arm und schob ihn Richtung Tür. »Raus«, rief ich nochmal. Er verlor kurz das Gleichgewicht, hatte sich aber schnell wieder im Griff.

»Ich habe dich gewarnt. Was würde Jakob dazu sagen? Noch kannst du gehen. Du hast doch sowieso was Besseres verdient«, sagte er und ließ offen, was genau er damit meinte. Einen besseren Job oder einen besseren Freund? Doch das entfachte meine Wut nur noch mehr und ich versuchte, ihn nochmal in Richtung Tür zu schubsen. Natürlich war er viel stärker als ich und, wenn er nicht selber eingesehen hätte, dass er sich besser zurückziehen sollte, hätte ich es niemals geschafft, ihn aus den Laden zu schieben. Schlussendlich wandte er sich zum Gehen und stand schließlich draußen vor der Tür. Mit Schwung schlug ich ihm die Tür vor der Nase zu.

»Komm ja nicht wieder«, rief ich noch und drehte den Schlüssel um. Erst als er gegangen war, schloss ich die Tür wieder auf und überzeugte mich, dass die Luft rein war.

Kapitel 13

Ich ließ mir seine Worte nochmal durch den Kopf gehen. Woher sollte er wissen, dass Madita pleite war? Warum hatte sie mich dann eingestellt? Okay, ich bekam zwar nicht viel, aber es war ein Gehalt, das bezahlt werden musste. Wie sollte sie das machen, wenn sie bankrott war? Die letzten Zahlungen waren pünktlich auf meinem Konto eingegangen. Andererseits wusste ich nur zu gut, wie der Laden lief, nämlich gar nicht. Okay, durch die Werbeaktionen kamen jetzt ein paar mehr Kunden, aber das reichte noch lange nicht, um genügend Gewinn zu erwirtschaften. Und auch der Lieferant hatte noch offene Rechnungen. Wäre es da nicht besser den Lieferanten zu bezahlen als eine Verkäuferin? Das alles ergab keinen Sinn. Dean musste die Wahrheit gesagt haben. Wenn ich es mir recht überlegte, hatte er auch gar keinen Grund mich anzulügen. Vielleicht, um mir einen reinzuwürgen, aber das traute ich selbst Dean nicht zu.

Haltsuchend lehnte ich mich gegen die Wand. Mir war schwindelig. Das musste erst einmal alles in meinen Kopf rein.

Was hatte Dean genau gesagt? Madita war pleite und er wollte den Laden verkaufen? Und er hatte auch schon einen Interessenten dafür? Ich schüttelte mich. Wo war ich da nur wieder hereingeraten? Der Job war zwar nur eine Notlösung gewesen, aber inzwischen hatte ich mich hier gut eingelebt und alles liebgewonnen. Den Laden, die Arbeit, die Kunden, ja sogar Madita mit ihrer schrulligen Art.

Ich musste etwas tun. Ich konnte nicht zusehen, wie Dean das alles kaputt machte. Er war so ein Mistkerl! Ich hatte noch nie verstanden, wie Jakob so jemanden zum Freund haben konnte. Hoffentlich war es noch nicht zu spät.Gegen Dean konnte ich jetzt nicht viel ausrichten. Aber vielleicht konnte ich seinen Behauptungen auf den Grund gehen. Hatte die Frau am Telefon nicht etwas von Mahnungen gesagt?

Mein Blick schweifte durch den Raum. Über die Regale mit den Antiquitäten, die sich kaum verkauften - schon gar nicht zu den hohen Preisen. Beim Anblick der noch übrigen Kräuter, die auf dem Tresen lagen, musste ich schlucken. Wenn der Lieferant keine neuen Waren lieferte, hatten wir nichts zum Verkaufen. Keine Einnahmen. Dann hätte Dean gewonnen. Mir wurde so langsam die Zwangslage meiner Situation bewusst. Dann wurde ich überflüssig und ich wäre wieder arbeitslos. Ich dachte an meinen Besuch beim Jobcenter. Dahin wollte ich keinen Fall wieder zurück.

Mein Blick wanderte weiter durch den Raum, an dem schweren Eichenschrank an der Rücklage hinter dem Tresen vorbei, über die Gemälde und Zeichnungen, die ich aus Maditas Sammlung herausgefischt und zur Dekoration aufgehängt hatte und blieb schließlich an dem zweiten Eichenschrank hängen, der in der Küche stand. Eine Erinnerung blitzte auf. Madita hatte einen Stoß Briefe in diesen Schrank gelegt. Mich hatte ihre radikale Reaktion zwar gewundert, aber ich hatte nicht weiter darüber nachgedacht. Waren das womöglich die Mahnungen gewesen, von der die Sekretärin des Lieferanten gesprochen hatte? Plötzlich hatte ich das dringende Bedürfnis herauszufinden, was das für Briefe waren. Wenigstens auf den Absender gucken. Nur ganz kurz.

Ich machte ein paar Schritte Richtung Küche, blieb jedoch auf halber Strecke unsicher stehen. Ich wollte Madita nicht hintergehen, aber was blieb mir übrig? Sollte ich sie fragen? »Du Madita, ich habe gehört, du hast Schulden, stimmt das?« Nein, das konnte ich nicht. Und selbst, wenn ich sie fragen würde, würde sie mir die Wahrheit sagen? Wahrscheinlich würde sie sich nur aufregen.

Ich sah mich unentschlossen um. Ich wusste, Madita kam erst morgen wieder zurück, trotzdem fühlte ich mich beobachtet. Aber ich musste es tun.

Entschlossen ballte ich die Fäuste. Mit großen Schritten marschierte ich in die Küche und blieb vor dem Schrank stehen. Es war einer dieser uralten massiven Eichenschränke, kein Möbelstück von IKEA. Ein richtiges Ungetüm, dafür aber unglaublich stabil.

Ich versuchte die Schranktür oben links zu öffnen, hinter der ich die Briefe vermutete, doch sie war abgeschlossen und auch die Türen daneben und die beiden in der unteren Reihe waren verriegelt. Und nirgends ein Schlüssel zu sehen. Mist! War doch nicht so einfach, wie ich mir das gedacht hatte. Hoffentlich hatte Madita den Schlüssel nicht mitgenommen. War das ein Zeichen, dass ich sie nicht hintergehen sollte, oder der Beweis dafür, dass in den Briefen etwas Wichtiges drin stand? Las Madita die Briefe überhaupt?

Die Küche war klein und vollgestopft mit Gegenständen, die leicht ein Versteck abgeben konnten. Auf der Ablage der Küchenschränke standen ein Wasserkocher, diverse Utensilien, um Tee aufzubrühen, Spülmittel, ein Messerblock und ein paar durchlöcherte Lappen. In den Schränken darüber waren Tassen, Teller und Schüsseln gestapelt, an den Wänden hingen Kochlöffel, Kellen und Handtücher. Kurzum, der Schlüssel konnte überall sein.

Automatisch setzte ich mich in Bewegung, wie immer, wenn ich nervös war. Ich konnte hier nicht still stehenbleiben und drehte einige Runden durch die Küche. Zwischendurch rüttelte ich immer wieder an den oberen Türen, vielleicht klemmten sie ja nur. Schließlich zog ich mit einem letzten frustrierten Ruck an einer der Schubladen, die die unteren Schranktüren von den oberen trennten. Und fiel abrupt nach hinten - mit der Schublade in der Hand. Ich unterdrückte einen Schrei - zum Glück mehr ein Ausruf des Schreckens als ein Schmerzensschrei. Ich würde mit Sicherheit ein paar blaue Flecken bekommen, doch viel interessanter war, dass jetzt im Schrank ein großes Loch klaffte. Wo eben noch die Schublade gewesen war, konnte ich nun von oben in den unteren Schrank schauen. Ich schob die Schublade von meinem Schoß und sprang auf. Erwartungsvoll blickte ich durch das Loch. Doch der Schrank war leer.

Nachdem ich auch die zweite Schublade herausgezogen und auf den Boden abgestellt hatte, schaute ich auch hinter die anderen Schranktüren. Doch auch das

Abteil war leer. Dabei war ich mir sicher gewesen, dass die Briefe hier drin waren.

Frustriert schlug ich mit der flachen Hand gegen das Holz. Abrupt hielt ich inne. In einem Augenwinkel sah ich etwas aufblitzen. Ich trat näher heran, um es mir genauer ansehen zu können. Über dem Loch einer der Schubladen klebte etwas am oberen Rand. Ich tastete vorsichtig danach, kniete mich hin und verrenkte meinen Kopf so, dass ich etwas sehen konnte. Ein Schlüssel. War es der, den ich suchte? Ich pulte am Klebestreifen herum und konnte den Schlüssel schlussendlich abziehen. Aufgeregt befreite ich ihn von den Kleberesten und schob ihn in das Schloss der oberen Tür. Er passte und nach einem vorsichtigen Drehen, machte es Klick und die Tür schwang auf. Fast zeitgleich ergoss sich ein ganzer Stoß Briefe vom Regalbrett. Reflexartig streckte ich die Arme nach vorne und versuchte, sie aufzufangen. Doch die meisten entglitten meinen Händen und fielen zu Boden. Erschrocken wartete ich bis der Briefregen aufhörte. Ich blieb einige Sekunden bewegungslos stehen. So viel Papier!

Die meisten Umschläge waren geöffnet, also wusste Madita sehr wohl, was darin stand. Nur die Briefe mit jüngerem Datum waren noch verschlossen. Auf vielen Umschlägen war in dicken Lettern Mahnung gestempelt worden. Ich schluckte, bückte mich und hob ein paar der heruntergefallenen Umschläge auf. Aber auch die waren alle noch versiegelt, die meisten davon mit dem roten Stempel versehen. Der Brief war schon vor vier Wochen angekommen. Die anderen Briefe waren alle an unterschiedlichen Tagen verschickt worden. Die

Zeitspanne reichte von vor 14 Monaten bis vorgestern. Ich konnte es kaum fassen. Sollte ich es wagen, hineinzuschauen? Ich überlegte ein paar lange Sekunden hin und her. Eigentlich war es schon traurig, dass ich überhaupt darüber nachdenken musste. Ich wollte schließlich auch nicht, dass jemand meine Briefe öffnete. Aber nach Deans Drohungen hatte ich Angst um meinen Job. Ich riss den ersten Brief auf. Eine letzte Mahnung mit einer Forderung von über 1200,-€, die schon letzten Monat gekommen war. Ich machte einen weiteren Brief auf. Wieder eine Mahnung mit einer hohen Geldsumme. Ich fühlte, wie ein Anflug von Panik mir die Kehle zuschnürte. Tief durchatmen, ermahnte ich mich. Dann machte ich einen dritten und vierten Brief auf. Alles Geldforderungen!

Ein Geräusch ertönte und ich erstarrte. Schritte! Mein Puls ging schneller und ich verfluchte mich, dass ich noch immer keine Türglocke angebracht hatte. Madita wollte doch erst morgen kommen, oder?

»Hallo?«, durchbrach eine Stimme die Stille.

Das holte mich aus meiner Starre und ich sprang auf, griff so viele Briefe, wie ich packen konnte und stopfte sie zurück in den Schrank.

»Hallo?«

Langsam realisierte ich, dass es eine Männerstimme war. Wenn es ein Kunde war, würde er nicht einfach in die Küche kommen. Jedenfalls nicht, wenn ich mich beeilte. Ich stopfte die letzten Briefe in den Schrank und versuchte, die Tür zu schließen, was nicht ganz einfach war, da mir die Umschläge immer wieder entgegenkamen. Es waren einfach zu viele …

»Hallo? Ist jemand da?«

Endlich schaffte ich es, die Schranktür zu schließen und atmete tief durch, damit sich mein Puls ein bisschen beruhigte. Dann beeilte ich mich, zur Tür zu kommen. Ich warf noch einen flüchtigen Blick zurück, um mich zu vergewissern, dass alles hielt. In dem Schrank klafften immer noch Löcher, wo eigentlich die Schubladen hingehörten. Aber das musste jetzt erstmal so bleiben.

Als ich den Laden betrat, erwartete mich sogleich der nächste Schock.

Jonas! Was machst du denn hier?« Er sah wieder etwas gesünder aus als an dem Abend im Restaurant. Die Augenringe waren verblasst und auch seine Gesichtsfarbe schien nicht mehr ganz so aschfahl.

»Hallo Caro. Etwas kaufen?« Er stand an einem Regal und wippte eine kleine Waage auf der zwei Clowns saßen – einer der hässlichsten Gegenstände im ganzen Laden. Die Clowns schaukelten fröhlich hin und her und Jonas schaute fasziniert auf die Bewegungen.

»Bitte?«, fragte ich. Ich war völlig aus dem Konzept. Die Situation war so absurd, dass ich fast glaubte, ich müsste träumen. Der Schrank voller Briefe hinter mir, Jonas hier im Laden, diese Clowns. Ich schüttelte den Kopf. Doch die Szene blieb.

»Interessante Dinge, die du hier verkaufst«, sagte er, ohne sich von den wippenden Clowns abzuwenden.

»Das meinst du doch nicht ernst. Du willst nicht wirklich etwas kaufen, oder?«, fragte ich zweifelnd.

»Doch, natürlich.« Er griff in das Regal und nahm – nein, zum Glück nicht die Clownswaage – eine kleine Standuhr in die Hand. Trotzdem überzeugte er mich nicht.

»Jonas, warum bist du hier?«

»Bin ich tatsächlich so leicht zu durchschauen?«, fragte er und wandte sich mir endlich zu. Er kam langsam näher, immer noch die Uhr in der Hand haltend. »Ich wollte mit dir reden.« Er stocke. Er schien selbst noch nicht recht zu wissen, was er eigentlich wollte.

»Ja? Und worüber?«, half ich ihm weiter. Hoffentlich dauerte das jetzt nicht zu lange. Ich musste noch nach den Briefen schauen oder wenigstens die Schubladen wieder an ihren Platz räumen. Ich fühlte mich extrem unwohl und zuckte bei jedem Geräusch zusammen. Zwar wollte Madita erst morgen wiederkommen, aber dieses Gefühl etwas Verbotenes getan zu haben, blieb und lag schwer auf meinen Schultern.

»Also, mir fällt das jetzt echt nicht leicht. Sofia ist deine beste Freundin, sie hat dir ja sicher alles erzählt.«

Ich nickte.

»Ich würde dir das nicht erzählen, wenn es nicht sehr wichtig für mich wäre.« Er holte nochmal tief Luft. » Es tut mir alles so leid. Es war ein Ausrutscher. Wir hatten Streit, ich habe mich völlig abgeschossen. Wenn ich die Zeit zurückdrehen könnte, würde ich das sofort tun«, sprudelte es aus ihm heraus

.Ich nickte wieder. Ansonsten regte sich bei mir nichts. Kein Interesse, keine Frage, kein Mitleid. Ich nickte einfach nur und dachte: Lieber Gott, warum ich, warum gerade jetzt?

»Wirklich Caro, ich kann Sofia verstehen, aber - es tut mir so leid. Ich kann doch nicht ohne sie leben.«

Aha, diese Richtung nahm es also. »Na, das hast du bei deinem Ausrutscher wohl nicht bedacht«, sagte ich kühl.

»Ich war betrunken. Das kann doch jedem mal passieren«, sagte er und begann, durch den Raum zu wandern und wild zu gestikulieren.

»Ja, jedem, der nicht in einer Beziehung ist.« Meine Augen verfolgten die Uhr, die in Jonas' Hand durch die Luft sauste. Wenn die kaputt ging …

»Aber ich sage doch, es tut mir so unheimlich leid.« Jetzt blieb er vor mir stehen und schaute wie ein leidender Hund. Warum immer dieser Hundeblick?

»Und wir waren zu dem Zeitpunkt gar nicht mehr zusammen.«

Ich stutzte. Das hörte ich zum ersten Mal. War das jetzt seine Sicht oder hatte Sofia mir einfach nichts davon erzählt? Egal. Ich wollte mich nicht einmischen. Ich hatte hier selber genug zu tun.

»Also, Jonas, ich glaube, ich bin da die falsche Ansprechpartnerin. Warum gehst du nicht zu Sofia und erzählst ihr das alles?« Und lässt mich in Ruhe Maditas Briefe durchwühlen.

»Da war ich schon«, sagte er als wäre ich schwer von Begriff. »Sie hat mich nicht mal ausreden lassen und mir die Tür vor der Nase zugeschlagen.«

»Wundert's dich?«

»Nein, ich verstehe sie ja. Obwohl ich mit Sicherheit nicht so handeln würde.«

Klar, wenn die Frau fremdgeht, würde jeder Mann sie mit einem Blumenstrauß empfangen und sie beglückwünschen. Wer's glaubt …

Ich schaute demonstrativ auf mein Handgelenk, um ihm mitzuteilen, dass ich noch etwas vorhatte. Doch er schien nicht zu kapieren, was ich damit meinte, und ich verfluchte mich, dass ich meine Uhr für altmodisch und völlig überflüssig gehalten und sie abgelegt hatte. Jonas hatte derweil begonnen, darüber zu schimpfen, wie unmöglich er Sofias Verhalten fand und dass es ihm doch so leid tat.

»So, Jonas, ich müsste dann mal weiterarbeiten«, versuchte ich es ohne indirekte Andeutungen.

»Du hilfst mir also?«

Was? Hatte ich etwas nicht mitgekriegt? »Wobei?«

»Sofia zurückzugewinnen.«

»Bitte? Wie kommst du darauf?«

»Bitte Caro! Du musst mir helfen«, flehte er.

»Nein.«

»Du musst mir helfen! Du musst sie nur dazu bringen, mir zuzuhören.«

Nur? Als wäre das das einfachste der Welt. »Nein. Ich kann dir nicht helfen.«

»Ich verstehe ja, dass du zu Sofia hältst. Aber wir sind doch auch Freunde.«

Jetzt kam er noch mit der Masche. »Jonas, du kommst ein bisschen zu spät. Du bist einfach abgehauen. Und jetzt, äh ...«, sagte ich und bereute es sogleich. War es Sofia recht, dass ich Jonas von Dean erzählte? Sie hatte Wochen gebraucht, um sich mit der Trennung abzufinden. Zu verstehen, was Jonas ihr angetan hatte. Zu akzeptieren, dass sie jetzt wieder neu anfangen, ihr Leben neu arrangieren musste. Sie waren so lange ein Paar gewesen. Ihr Leben hatte sich ineinander verschlungen, sie hatten zusammen gewohnt. Und plötzlich war alles vorbei gewesen und Sofia wieder allein.

»Zu spät? Wie meinst du das?«

Ich zögerte. Da hatte ich mich jetzt selbst reingeritten. Wie kam ich aus der Sache nur wieder raus? »Ich meine nur, also …« Was sollte es? Jetzt war es eh zu spät. »Du brauchst dich nicht mehr zu bemühen. Sofia ist mit jemand anderem zusammen.«

»Jemand anderem? Sie hat einen anderen? Das darf nicht sein«, sagte er entsetzt.

Und dann schaute er plötzlich so traurig, dass er mir fast leidtat. In dem Moment öffnete sich die Ladentür und ich stockte. Mein Blick fiel auf die Tür. Aber ich hörte sie schon, bevor ich sie sah und dachte mein Herz bleibt stehen.

Warum war sie schon da? Sie wollte doch erst morgen wiederkommen! Das Bild von dem durchwühlten Zimmer blinkte rot vor meinen Augen. Die Schubladen! Madita kam hereingestapft, ein kleines Köfferchen in der Hand. Sie beäugte Jonas einige Sekunden lang skeptisch. Jonas schaute interessiert zurück, auf die kleine betagte Frau, die bunte Tücher und klimpernde Goldohrringe trug.

»Sind Sie nur da, um zu reden oder kaufen Sie auch was?«

»Ich nehme das hier«, sagte Jonas geistesgegenwärtig und stellte die kleine Standuhr auf den Tresen. Falls die unfreundliche Ansprache ihn verwunderte, ließ er sich nichts anmerken.

»Du musst das nicht kaufen«, zischte ich ihm zu.

»Ist okay, ich habe dich aufgehalten«, antwortete er. »Obwohl es ja sehr ruhig hier war.«

Ich lächelte entschuldigend und kassierte ab, ließ Madita dabei aber nicht aus den Augen. Jetzt erst wurde mir klar, was er zuletzt gesagt hatte. Zum Glück waren keine Kunden mehr gekommen. Schließlich hatten sich die Kräuter in der letzten Stunde nicht von Zauberhand vermehrt.

Madita blieb vor mir stehen und schaute zur Tür. Sie wartete auf Giorgio, der ein paar Minuten später mit einer riesigen Tasche hereinkam, die er jedoch mit Leichtigkeit über der Schulter trug. Entweder war dort fast nichts drin oder Giorgio war wirklich stark. Bisher hatte ich gedacht, er wäre einfach kräftig, im Sinne von er isst viel und gerne, aber jetzt begann ich daran zu zweifeln. Wenn ich nicht gewusst hätte, wie freundlich er war und wie liebevoll er mit Madita umging, hätte ich spätestens jetzt ein bisschen Angst bekommen, denn er trug meistens einen äußerst grimmigen Blick zur Schau. Jonas hielt ihm die Tür auf und verabschiedete sich mit seiner neuen Errungenschaft. Er warf mir noch einen bettelnden Blick zu und mir wurde klar, dass das letzte Wort noch nicht gesprochen war.

»Trink noch einen Tee mit mir, Giorgio. Ich könnte eine Tasse vertragen, um mich aufzuwärmen«, sagte Madita.

Giorgio stand neben ihr und wollte weiter in Richtung Wohnung.

Mir wurde heiß und kalt. Nicht jetzt! Doch bevor Giorgio etwas sagen konnte, war ich bereits Richtung Küche gesprungen. »Ich mache das schon«, rief ich.

Madita schaute mich verblüfft an. »Ach was, das ist doch Quatsch. Das mache ich selber.«

»Nein, das ist kein Problem, du bist doch sicher müde. Geht doch schon nach oben und bringt das Gepäck in die Wohnung, ich bringe euch die Tassen gleich.« War das zu auffällig gewesen?

Giorgio schaute mich mit hochgezogenen Augenbrauen an. Madita trat einen Schritt auf mich zu und ich musste mich zurückhalten, die Arme nicht vor der Tür zu verschränken oder in den Raum zu springen und den Schlüssel umzudrehen.

»Lass sie nur machen, Madita, und ich habe gar keine Zeit für Tee«, sprang Giorgio mir zur Hilfe und schob Madita in Richtung Treppe. Mir klappte der Mund auf. Giorgio? Er half mir?

Ich machte den Mund schnell wieder zu und schlüpfte in die Küche, um den Tee für Madita aufzugießen und die Schubladen wieder zurückzuschieben. Obwohl mir total unwohl dabei war, zog ich vorsichtig einen Brief aus dem Schrank und schob ihn in meine Tasche.

Ich setzte schnell Wasser auf und brachte den Tee die Treppe rauf in Maditas Wohnung. Die Tür war zum Glück nur angelehnt. Ich wollte gerade in die Wohnung treten, als Giorgio mir entgegenkam und mir die Tasse abnahm.

Er hatte sich schon umgedreht, als mir einfiel, dass ich ja noch ein kleines Problem hatte. »Giorgio, die Kräuter sind fast alle aufgebraucht«, rief ich ihm nach.

Er drehte sich um und hob eine Augenbraue. »Alle?«

»Äh, nein, nicht alle, aber einige Sorten«, erwiderte ich unsicher. Sollte ich sagen, dass ich den Lieferanten angerufen hatte?

Aber Giorgio kam mir zuvor. »Mache dir keine Sorge. Ich habe noch ein paar in die Auto. Die hole ich gleich«, sagte er in seinem Akzent. Er drehte sich wieder um und verschwand in einem Zimmer aus dem ich Maditas Stimme hörte: »Vielen Dank, mein Freund.«

Er hatte Kräutervorräte im Auto? In seinem Taxi? Ich schüttelte den Kopf. Da blickte ich nun wirklich nicht durch.

Kapitel 14

Als ich nach Hause kam, war Jakob schon da. Er saß am Tisch und las Zeitung.

»Hi!« Ich umarmte ihn von hinten und gab ihm einen Kuss.

»Hallo«, sagte er, blickte aber kaum auf. Enttäuscht ging ich zur Küchenablage, ließ Wasser in den Wasserkocher laufen und schaltete ihn ein. Anschließend ließ ich mich neben Jakob auf einen Stuhl sinken.

»Mann bin ich fertig.«

»Mmh«, sagte Jakob. Die Zeitung musste ja megaspannend sein. Doch das würde ich ändern.

»Du glaubst nicht, was mir passiert ist. Wusstest du, dass Jonas wieder da ist?«, platzte ich heraus.

Jetzt sah er doch auf. »Ach ja? Wo hast du ihn gesehen?«

»Er stand plötzlich bei mir im Laden.« Mir fiel ein, dass ich Jakob noch gar nicht erzählt hatte, dass ich Jonas auch in dem Restaurant getroffen hatte, in dem ich mit Lara war und auch nicht, dass er bereits an Sofias Tür geklopft hatte.

»Und was wollte er?«

»Naja ...« Sollte ich ihm sagen, dass er wegen Sofia da war? Der Wasserkocher sprang aus und ich nahm mir die Zeit, um die nächsten Worte sorgfältig zu wählen. Ich nahm eine Tasse aus dem Schrank, hängte einen Teebeutel hinein – natürlich aus Maditas Mischungen - und goss das heiße Wasser darüber. Dann gab ich noch einen Schuss Milch hinzu und setzte mich wieder neben Jakob.

»Ich glaube, er vermisst Sofia.«

»Hat er das gesagt?«, fragte Jakob mit hochgezogenen Augenbrauen.

»Ja.«

»Und deshalb kommt er zu dir? Wieso sagt er das Sofia nicht selbst?«

»Hat er, beziehungsweise wollte er, aber sie hat ihn rausgeschmissen«, erklärte ich.

»Echt? Die spinnt ja«, sagte er entrüstet.

»Wieso das denn?«

»Na, er will sie zurück und macht den ersten Schritt und sie schmeißt ihn raus.«

So kannte ich Jakob gar nicht. Aber Jonas war sein Freund, da siegte wohl die Solidarität. Und ich hatte das Bedürfnis, Sofia zu unterstützen.

»Was sagst du denn da? Das ist ja wohl ihr gutes Recht. Schließlich hat er sie betrogen.«

»Ach, das war ein Ausrutscher. Sie hatten sich gestritten und waren in der Zeit nicht mal mehr zusammen. Er wusste nicht, was er tut. Kein Wunder, so besoffen habe ich ihn noch nie gesehen.«

Ach, Jonas hatte ihm also auch erzählt, dass sie kein Paar mehr waren.

»Hör auf. Das sind doch nur Ausreden. Wie kannst du so etwas sagen? Ich würde ihn auch nicht mehr ins Haus lassen«, sagte ich entrüstet und erinnerte mich, dass ich vor einigen Stunden genau das Gegenteil getan hatte. Ich hatte sogar beinahe Mitleid mit ihm gehabt. Ich schüttelte den Kopf. »Außerdem, geht sie doch mit

Dean aus.«

Er schaute mich verblüfft an.

»Du wusstest das nicht?«

»Nein.«

»Scheint ja nicht besonders wichtig zu sein«, sagte ich und fühlte mich in meiner Meinung über Dean bestätigt.

»Woher wusste Jonas, wo du arbeitest?«, lenkte Jakob ab.

Gute Frage, das hatte mich auch gewundert. Im Restaurant hatte ich zwar gesagt, dass ich wieder einen Job gefunden hatte, aber nicht wo. Und auch in dem Radiointerview war mein Name nicht vorgekommen.

»Keine Ahnung. Vielleicht hat es Dav … ein Kunde von mir erzählt.« Das nahm ja langsam Überhand. Schon wieder etwas, das ich Jakob nicht erzählt hatte. Aber wie auch? Er war ja nie da. »Was machst du eigentlich hier?«, wunderte ich mich. »Heute kein Projekt?«

»Nein, heute haben wir uns eine Auszeit genommen. Mike feiert seinen Hochzeitstag und geht mit seiner Frau ins Artichoc essen«, sagte er. Entweder er hatte meinen Seitenhieb nicht bemerkt oder er ging absichtlich nicht darauf ein. Sein Kollege führte seine Frau zum Essen aus und da konnte das Projekt einfach mal ausfallen? Okay, der Hochzeitstag war ein besonderer Tag, aber warum nahm sich Jakob nicht mal für mich einen Tag frei? Wir hatten schon ewig nichts mehr miteinander gemacht.

Und warum hatte er nicht früher erwähnt, dass er heute Abend frei hatte? Dann hätten wir auch etwas unternehmen können. Und obwohl ich total müde von diesem anstrengenden und turbulenten Tag war, nahm ich mich zusammen. Ich stand auf und umarmte ihn von hinten.

»Dann könnten wir doch auch etwas zusammen machen.« Wir mussten ja nicht gerade einen Hochleistungssport ausüben. Ein Abend zu zweit in einem kleinen schnuckeligen Restaurant würde ich schon schaffen. Vielleicht bei dem kleinen Italiener, La Bottega, von denen hatte ich bisher nur Gutes gehört. Alle, die dort gewesen waren, schwärmten von der Pizza und den Nudeln mit den frischen Kräutern.

»Dean hat mich gefragt, ob ich ihm helfen kann sein Heimkino einzurichten. Du weißt doch Verkabelung und Elektrik und der ganze Handwerkskram sind nicht so sein Ding. Da konnte ich nicht nein sagen«, sagte Jakob. Wenn ich erwartet hatte, dass Bedauern in seiner Stimme lag oder er ein entschuldigendes Lächeln für mich übrig gehabt hätte, dann hatte ich mir wohl falsche Hoffnungen gemacht. Er freute sich darauf, für Dean die Drecksarbeit zu erledigen. Das machte Dean gerne. Arbeit auf andere abwälzen, die es für ihn kostenlos erledigten. Wie oft war Jakob schon bei ihm gewesen und hatte Bilder aufgehängt, Wände gestrichen, Geräte installiert und so weiter? Ich hatte genug von Dean.

Ich ließ Jakob los. »Ja klar, als Immobilienmakler braucht man ja nicht selbst Hand anzulegen. Ein Glück, dass er dafür genug Lakaien hat«, sagte ich.

»Was du immer gegen Dean hast: Er ist ein guter Kumpel, klar helfe ich ihm da.«

»Solange er dir das Haus nicht unter den Füßen wegnimmt.«

Er schaute mich an als hätte er eine Verrückte vor sich stehen. »Wovon redest du?«

»Er war auch heute im Laden. Und er hat sich unmöglich benommen. Als wäre er bereits der Besitzer.« Ich begann, auf und ab zu laufen.

»Will er diesen seltsamen Laden verkaufen?«, vergewisserte er sich. Er hatte sich zu mir herumdreht.

»Ja, und wenn er das schafft, dann bin ich schon wieder arbeitslos.«

»Ach, komm mal wieder runter. So einfach geht das doch nicht. Will deine Chefin denn überhaupt verkaufen?«

Ich blieb stehen. Keine Ahnung, darüber hatte ich mir bisher keine Gedanken gemacht. Eigentlich war ich davon ausgegangen, dass Madita gegen einen Verkauf war. Sonst hätte sie mich doch nicht eingestellt oder?

»Ich glaube nicht, dass sie will, eher, dass sie muss. Ich glaube, sie hat Schulden.« Erschöpft setzte ich mich wieder hin.

»Ich habe mir gleich gedacht, dass es keine gute Idee ist in diesem Laden zu arbeiten. Hast du in letzter Zeit überhaupt noch Bewerbungen geschrieben?«

»Naja …« Ich überlegte. War echt schon eine Weile her.

»Dann solltest du spätestens jetzt wieder damit anfangen. Wenn Dean seine Finger im Spiel hat, ist der Laden so gut wie verkauft.«

Stille. Was sollte ich dazu sagen? Ich wollte nicht mehr weg aus dem Laden. Und ich wollte, dass Jakob mich unterstützte. Er sollte mir sagen, dass er Dean überreden würde, den Laden nicht zu verkaufen. Oder dass wir das mit den Schulden schon schaffen würden.

Ich brauchte etwas zum Festhalten, um meine Wut rauszulassen. Ich packte an die Stuhllehne. Dabei fiel mein Blick auf meine Handtasche, die ich zuvor achtlos auf die Sitzfläche geworfen hatte. Die Spitze eines Briefumschlags lugte daraus hervor.

Er folgte meiner Bewegung mit dem Blick. »Woher weißt du das mit den Schulden?«

»Dean hat mir davon erzählt. Ich frage mich, woher er das weiß«, wich ich aus.

»Was ist das?« Jakob hatte den Umschlag, der aus meiner Tasche ragte, ebenfalls entdeckt. Bevor ich etwas unternehmen konnte, griff er danach und holte den Brief heraus.

»Ist das von dir?«, fragte er. Doch er erwartete nicht wirklich eine Antwort, sondern beantwortete sich die Frage selbst. Er schaute auf den Absender, dann auf den Namen für den der Brief bestimmt war.

»Das ist ein Brief aus dem Laden«, sagte er fassungslos.

Ich nickte beschämt und fühlte mich ertappt. Er hatte mich überrumpelt.

»Du kannst doch nicht einfach einen Brief mit nach Hause nehmen«, rief er entsetzt. »Caro, ich erkenne dich nicht wieder.«

Ich riss ihm den Brief aus der Hand. »Ich wollte halt wissen, was los ist. Der Kräuterlieferant will nichts mehr liefern und dann Dean ...« Ich fühlte, dass mir Tränen in die Augen stiegen. Nicht heulen, ermahnte ich mich. Jetzt bloß nicht heulen.

»Wenn der Laden pleite ist, dann ist es besser, wenn er verkauft wird und die Gläubiger wenigstens ihr Geld zurückbekommen«, erklärte Jakob so rational und kalt, dass ich kurz davor war, laut aufzuschreien. Er redete, als würde er mir einen Text aus einem Lehrbuch vorlesen.

»Ja, aber …«

»Misch dich da bloß nicht ein. Such dir einfach einen anderen Job und du bist fein raus. Mensch, du bist Buchhalterin, keine Verkäuferin!« Jakob wurde wieder lauter.

„Aber …«

»Sag deiner Madita, sie soll sich einen Steuerberater suchen oder besser noch einen Schuldenvermittler. Und du suchst dir was Richtiges.«

Das hatte sich angehört wie ein Befehl. Ich schaute ihn entsetzt an.

Er faltete die Zeitung zusammen, legte sie vor sich auf den Tisch und blickte mich an. »Übrigens, ich habe auf dich gewartet.«

»Ach ja?«, fragte ich überrascht. Er wechselte so schnell das Thema. Ich stand immer noch da und hielt mich an dem Stuhl fest. So schaffte ich es am besten, meine Emotionen zu unterdrücken und die Tränen zurückzuhalten.

»Ich habe ein unglaubliches Angebot bekommen. Mitte November fliege ich in die USA. Wir haben einige interessierte Kunden, denen ich dort unsere neuen Produkte vorstellen soll. Außerdem werde ich die Gelegenheit nutzen, unseren bereits bestehenden Kundenstamm zu besuchen und nachzuhören, wie zufrieden sie mit unseren Produkten sind.«

»Äh …« Das überrumpelte mich jetzt. So schnell konnte ich einfach nicht umschalten. Er wollte weg? In die USA? Das war doch weit weg. »Und für wie lange?«

»Es sind circa vier Wochen dafür angesetzt. Ich habe aber die Möglichkeit die Reise zu verlängern, wenn ich nicht alles schaffe.«

»Das wäre ja dann …« Mitte November plus vier Wochen und dann möglicherweise noch verlängern. »Das wäre ja bis Weihnachten.«

Ich war so schockiert, dass ich mich setzen musste. Solange waren wir noch nie getrennt gewesen, seitdem wir uns kannten.

»Ja«, gab er zu. »Aber das wäre doch nicht so schlimm. Du fährst doch zu Weihnachten eh zu deinen Eltern.« Er nahm meine Hand und schaute mich eindringlich an.

»Ja, schon …Aber du fährst doch sonst immer mit«, stotterte ich. »Und ich wollte auch mit dir zusammen feiern«, sagte ich trotzig.

»Ach komm, du brauchst mich doch nicht, um zu deinen Eltern zu fahren«, sagte er und ließ meine Hand wieder los, bevor ich sie zurückziehen konnte.

»Was ist mit deiner Mutter? Was ist mit dem zweiten Weihnachtstag?« Gerade Weihnachten. Darauf freute ich mich das ganze Jahr über. Es war ein Familienfest. Das einzige Fest, an dem alle zusammen kamen. Nicht nur die Eltern. Bei mir zu Hause wurde ganz groß gefeiert. Meine Geschwister kamen, meine Tanten, Onkel, Cousinen, Vettern, meine Großeltern. Alle waren da. Und er wollte nicht mitkommen?

»Meine Mutter weiß schon Bescheid. Falls es wirklich so kommen sollte, dass ich die Reise verlängern muss, hat sie schon eine Einladung von einer Freundin, bei der sie feiern wird.«

Wann hatte er denn mit seiner Mutter darüber geredet? Ich fühlte mich irgendwie übergangen. Wenn er allen anderen schon Bescheid gegeben hatte, dann war es ja bereits entschieden. Warum fragte er mich überhaupt? Oder war es gar keine Frage gewesen?

Er nahm meine Hand und streichelte sanft mit dem Daumen darüber. «Wir können doch auch später noch zusammen feiern.«

Ich fragte mich langsam, was er von mir hören wollte. ›Ja klar, mein Schatz, fahr nur. Ich mach mir ein paar schöne Abende und an Weihnachten bleib ich gerne alleine. Kein Problem.‹

»Weihnachten später feiern?«, fragte ich ungläubig und zog meine Hand diesmal selber zurück. Ich sprang auf, damit er nicht in Versuchung kam, mich mit einer liebevollen Berührung besänftigen zu wollen.

»Du weißt, was ich meine. Dann feiern wir halt Silvester etwas größer.«

Silvester etwas größer? So einfach war das für ihn? »Das ist doch nicht das gleiche.«

»Mensch Caroline, ob wir jetzt das eine oder das andere feiern, das ist doch egal. Nächstes Jahr kommt es sicher wieder anders. Diese Reise könnte sehr wichtig für mich sein.« Er drehte sich zu mir um und blickte mich eindringlich an. Ich schluckte. Ja, ja, der Job war ihm wichtiger als alles andere. Das war ja nichts Neues. »Du wirst sehen. Vielleicht kommt es ja gar nicht dazu und ich schaffe es rechtzeitig zurück. Dann haben wir uns ganz umsonst gestritten«, sagte er versöhnlich.

Ich nickte. Ich wollte auch nicht streiten. Aber ich wollte auch gefragt werden. Und zwar nicht als letzte.

»So, ich geh jetzt.« Er nahm seine Jacke und ging zur Tür. Ohne sich noch mal umzugucken, war er aus der Wohnung getreten und ich hörte nur noch die Tür hinter ihm zufallen.

Ich stand einige Sekunden reglos in der Küche und ließ mir die ganze Diskussion noch mal durch den Kopf gehen. Ich erkannte meinen Freund nicht wieder. Wir waren in allen Punkten gegensätzlicher Meinung. Da ich an der Reise im Moment nichts ändern konnte, schob ich sie zur Seite. Ich musste möglicherweise akzeptieren, dass er diese Entscheidung ohne mich getroffen hatte. Wie so oft in letzter Zeit.

Mein Blick fiel auf den Brief, den er auf dem Tisch liegen gelassen hatte. Wenigstens hatte er mir jetzt mal klar und deutlich gesagt, wie er über meinen Job dachte. War ja klar, dass seine Arbeit viel wichtiger war als meine. Enttäuscht schüttelte ich den Kopf. Von ihm konnte ich keine Hilfe erwarten. Also musste ich selber ran.

Ich nahm den Umschlag, ließ mich wieder auf einen Stuhl fallen und holte das Papier heraus. 1200,-€ für ein paar Kräuter. Ich schüttelte den Kopf. Ob die anderen Rechnungen auch alle für Kräuter waren? So viel hatten wir doch niemals verkauft. Nie im Leben. Jedenfalls nicht, seitdem ich dort arbeitete. Hatte Madita auch die ganzen seltsamen Antiquitäten gekauft? Es schellte. Ich zuckte zusammen. Hatte Jakob etwas vergessen?

Ich öffnete die Tür und Sofia marschierte in die Wohnung. Keine Umarmung?

»Mensch Caro, du lebst ja doch noch«, sagte sie anklagend.

»Was? Habe ich was nicht mitgekriegt?«

»Ich habe andauernd versucht, dich anzurufen und du gehst einfach nicht ans Telefon. Was ist denn los?« Sofia hatte mittlerweile ihren Schal und Mantel abgelegt und sie über den Stuhl gehängt, auf den ich gerade noch gesessen hatte. »Echt jetzt. Ich bin direkt von der Arbeit hierher. Ich dachte schon, dir ist was passiert.«

Während ich überlegte, wann ich mein Handy zuletzt gesehen hatte, bemerkte ich, dass der Brief noch immer offen auf dem Tisch lag. Ich blickte in die Richtung und verfluchte mich gleichzeitig dafür. Schnell schaute ich wieder weg, um Sofias Aufmerksamkeit nicht darauf zu lenken. Doch es war bereits zu spät. Da ich ihre Frage nicht beantwortet hatte, war sie natürlich meinem Blick gefolgt. Ein Schritt nach vorne und schon hielt sie die Rechnung in der Hand.

»Wow, Caro, arbeitest du jetzt schon von zu Hause aus?, fragte sie erstaunt.

Puh, Glück gehabt. Sie gab mir eine gute Vorlage als Ausrede. »Ja, genau.«

»Das war ein Scherz. Du bezahlst doch nicht etwa heimlich die Rechnungen von dem Laden?«

Ich schluckte. Heute war offensichtlich der Tag der schwierigen Gespräche. Sollte ich Sofia die Wahrheit sagen? Besser nicht. Bei Jakob hatte es nicht geklappt. »Nein, äh.« Ich nahm meine Tasche und durchwühlte sie. Doch mein Handy war nicht zu finden. Selbst als ich begann, den Inhalt nach und nach herauszuholen, blieb es verschwunden. »Kannst du mich mal anrufen?«

»Ablenken bringt nichts«, fuhr Sofia mich an. Sie hatte mich die ganze Zeit beobachtet, doch jetzt schien sie genug zu haben. Sie kam näher und hielt mir die Rechnung unter die Nase.

Ich schlug das Blatt zur Seite. Ich fühlte mich in die Ecke gedrängt. »Lass das. Fängst du jetzt auch noch damit an?«

»Womit?«

Okay, sie wollte es ja nicht anders. Ich ließ meine Tasche auf den Tisch fallen und legte los. »Ich weiß ja, dass es nicht richtig ist, aber was soll ich denn machen? Ich will nicht wieder in die Arbeitslosigkeit.«

Und dann erzählte ich ihr alles, was passiert war. Nur das mit Dean, das brachte ich einfach nicht über die Lippen. Wahrscheinlich würde sie mir doch nicht glauben.

Sie nahm mich in den Arm. An diesem Abend ließ ich mich zur Abwechslung mal von Sofia trösten.

Schlussendlich, als auch die letzten Tränen versiegt waren, verabredeten wir uns für den nächsten Tag. Ich musste Madita irgendwie helfen. Aber das konnte ich nur, wenn ich das ganze Ausmaß der Schulden kannte. Eine einzige Rechnung half da natürlich nicht weiter. Mir war klar, dass ich alle Briefe durchschauen musste. Ehrlich gesagt interessierte mich ja auch, wofür Madita das ganze Geld ausgegeben hatte. Vielleicht konnte man etwas zurückschicken oder eine Reklamation einleiten oder irgendetwas tun, anstatt nur zuzugucken, wie alles unterging.

Kapitel 15

Sofia kam wie verabredet am nächsten Tag in den Laden. Im Gegensatz zu mir hatte sie samstags immer frei. Erleichtert, dass sie Wort gehalten hatte, begrüßte ich sie wie immer mit einer Umarmung. Ich hatte tatsächlich Sorge gehabt, sie würde ihre Meinung über Nacht ändern.

Sie zückte ihr Handy und ich schob sie in die kleine Küche. Den Schrank hatte ich bereits geöffnet. Sofia kümmerte sich um die Briefe und ich um die Kunden.

Erleichtert hatte ich heute Morgen festgestellt, dass Giorgio sein Versprechen umgesetzt und noch ein paar Pakete Kamillen- und Holunderblüten und einige andere Sorten besorgt hatte. Auch Maditas Zettel hatte ich gefunden, auf dem sie mit mahnenden Worten geschrieben hatte, dass dies die letzten Vorräte wären und ich doch bitte sparsam damit umgehen soll. Wie sollte ich das denn bitte anstellen? Schließlich erwarteten die Kunden die gleiche Qualität wie immer.

Ich seufzte und machte mich ans Vorbereiten der Mischungen. Die Tütchen, die ich gestern vorbereitet hatte, konnte ich jetzt wenigstens fertig machen.

Kaum hatte ich die erste Tüte verschlossen, klingelte es bereits. Ja, ich hatte heute Morgen endlich ein Glöckchen über der Tür angebracht. Das Debakel mit Jonas war mir eine Lehre gewesen.

Zwei Männer traten in den Laden. Der eine war mit

einem Mikrofon bewaffnet und der andere trug eine riesige Kamera auf der Schulter.

»Hallo, Sie wünschen?«, fragte ich etwas eingeschüchtert. Das war doch eine sehr ungewöhnliche Erscheinung, auf die ich nicht vorbereitet war. Auf mich gerichtete Kameras waren mir nicht geheuer.

»Hallo.« Der Mann mit dem Mikrofon kam schnellen Schrittes auf mich zu und hielt mir seine Hand hin.

»Wir haben einen Termin mit der Wahrsagerin Madita.«

Ich schüttelte die große Hand und war froh, als er endlich losließ. Unauffällig schüttelte ich meine Hand unterm Tresen aus, er hatte sie so sehr zerdrückt, dass da nur noch Brei war.

»Von einem Termin weiß ich gar ...« Nichts, wollte ich sagen. Doch in dem Moment kam bereits Madita in voller Wahrsagerinnenkluft an mir vorbei gerauscht.

»Hallo, kommen Sie doch herein«, rief sie.

Die Männer schauten sie interessiert an. Der Kameramann schwenkte die Kamera und richtete sie auf sie. Madita lächelte hinein.

»Eine Tasse Tee?«, fragte sie ungewöhnlich freundlich.

»Ja gerne.« Die beiden Männer nickten. Ich erstarrte. Sie wollten Tee? Dafür musste Madita in die Küche und in der Küche war Sofia.

»Wie schön.« Maditas Augen blitzten listig. Seit wann war Madita so überaus freundlich? Doch dann ging mir ein Licht auf. Wollte sie die Männer beeindrucken? Na klar, sie wollten eine Wahrsagerin interviewen. Und Maditas liebste Tätigkeit war, aus Teeblättern zu lesen.

»Ich ...«, setzte ich an, um anzubieten, dass auch ich

den Tee machen konnte. Doch im selben Moment schellte die Klingel ein weiteres Mal und übertönte den Rest meines Satzes. Ein Kunde kam herein. Ich beobachtete, wie er zwischen den Antiquitäten untertauchte und verfluchte ihn.

»Kommen Sie doch mit in die Küche«, lud Madita die Pressemänner ein und ging voraus. Am liebsten wäre ich ihr hinterher gesprungen und hätte sie an einem der Tücher, die sie umwickelten, festgehalten. Ich war hin- und hergerissen und verdammte den Kunden erneut, der genau im falschen Moment gekommen war. Ich musste etwas tun. Sie würden Sofia in flagranti erwischen. Das würde sicher noch eine bessere Story abgeben als das Interview mit Madita. Die Männer setzten sich in Bewegung. Ich musste handeln. sofort!

»Da kommt jemand!«, rief ich.

Alle schauten mich verdutzt an. Sie hielten mich jetzt wohl für total verrückt. Ich hatte einfach losgeschrien, weil mir nichts Besseres eingefallen war. Hoffentlich hatte Sofia meine Warnung gehört.

Madita war kurz stehen geblieben, schüttelte jetzt jedoch den Kopf und ging weiter Richtung Küche.

»Sie geht in die Küche«, rief ich noch mal laut und nickte den Männern zu, als würde ich zu ihnen sprechen.

»Ah ja, einen Tee machen«, sagte der Mann mit dem Mikrofon. Er sagte es, als würde er mit einer Fünfjährigen sprechen.

»Jaaa, genau, sie geht in die Küche einen Tee machen.« Mittlerweile starrten die beiden Männer mich wirklich an, als wäre ich aus dem Irrenhaus entlaufen. Ich kam mir richtig blöd vor, aber ich musste Sofia warnen.

Madita hatte inzwischen längst die Küche erreicht. Jetzt war alles zu spät. Ich erwartete den Schrei, sobald Madita sah, dass Sofia in ihren Briefen wühlte. Doch es kam nichts. Hatten meine Warnschreie etwas gebracht? Hatte sie sich versteckt? Aber wo? Die Küche war zu klein für ein gescheites Versteck.

Ich bediente den Kunden, der zwar keine Antiquität, aber ein paar Kräuter kaufte. Meine Nerven waren zum Zerreißen gespannt und ich brauchte drei Anläufe bis ich die korrekten Zahlen eingegeben und dem Mann sein Wechselgeld gegeben hatte. Die Journalisten waren Madita inzwischen gefolgt. Am liebsten hätte ich alles stehen und liegen gelassen und wäre in die Küche gestürmt.

Nach einigen Minuten kamen die drei wieder heraus. Madita hielt ein Tablett in den Händen, auf dem eine Kanne heißes Wasser und drei Tassen standen.

»Wir gehen nach oben. Ich bin für niemanden zu sprechen«, sagte sie zu mir und gab den Männern einen Wink, ihr zu folgen.

Kaum war ich wieder alleine, riss ich die Tür zur Küche auf, und wusste selber nicht, was ich dahinter erwartete. Obgleich ich es für völlig unmöglich hielt, war der Raum leer. Der Schrank sah unberührt aus. Ich versuchte die Tür zu öffnen. Verschlossen. Ich bückte mich. Unter dem Tisch? Auch nicht.

Ein Klingeln ertönte. Einige Millisekunden danach erfolgte ein lauter Knall. Ich zuckte zusammen, stieß dabei mit dem Kopf an die Tischplatte und unterdrückte einen Schmerzensschrei. Die Küchentür war zugefallen und erst jetzt bemerkte ich den Luftzug, der die Tischdecke aufblähte. Ich erinnerte mich an das Klingeln und identifizierte es als Türklingel. Daran musste ich mich echt gewöhnen. Und auch daran, dass jetzt mehr los war im Laden. Schon wieder ein Kunde?

Als ich zurück in den Verkaufsraum ging, kam mir Sofia entgegen. Ich starrte sie an, als stände ich einem Geist gegenüber. Wie war sie nach draußen gekommen? Sie sah ein bisschen mitgenommen aus.

»Mensch, Caro. Was war denn los?«, fragte sie ein bisschen angesäuert.

Ich ignorierte ihre Frage und stieß ein erleichtertes »Oh Gott, Sofia!« aus. Mit weit ausgebreiteten Armen ging ich auf sie zu und umarmte sie. Dabei zupfte ich das eine oder andere Ästchen aus ihren Haaren und ihrer Wolljacke.

»Puh Sofia. Wie bist du denn da raus gekommen?«, sprudelte es aus mir heraus.

»Na, was denkst du denn? Ich bin aus dem Fenster geklettert. Darunter befindet sich übrigens ein Strauch ...« Sie warf mir einen bösen Blick zu und verschränkte die Arme. »In den ich – wie sollte es auch anders sein – voll reingefallen bin.«

Ich versuchte, mir ein Grinsen zu verkneifen, was mir jedoch nicht so recht gelang. Die Situation war einfach zu komisch. Sofia starrte mich entgeistert an, doch dann begannen auch ihre Mundwinkel verdächtig zu zucken, bis alle Dämme brachen und wir beide lauthals losprusteten.

»Weißt du was? Wir machen gemeinsam weiter. Wir hören ja die Schelle, wenn jemand kommt. Madita ist jetzt oben beschäftigt. Ich wäre gerne fertig, bevor sie wieder runterkommt und womöglich noch einen Tee kochen möchte. Wenn wir gemeinsam arbeiten, dann geht's eh schneller«, schlug ich vor. Und Sofia war direkt einverstanden.

***

Während der nächsten Woche bangte ich jeden Tag darum, dass ich noch genug Ware hatte, um alle Kunden zufriedenzustellen. Der Kundenfluss war zwar ein wenig abgeebbt, für einige Leute schienen wir aber die Entdeckung des Jahres zu sein, denn sie kamen wieder und brachten Freunde und Bekannte mit oder empfahlen uns weiter. Ich konnte kaum glauben, dass das Interview so gut angekommen war. Ich hatte ein paar Onlineshops ausfindig gemacht, die genau das verkauften, was wir brauchten und bei denen wir noch nicht in der Kreide standen. Ich überlegte, ob ich einfach selbst welche bestellen sollte. Aber da es in meinem Portemonnaie auch nicht besonders rosig aussah, verwarf ich den Gedanken wieder. Als der Vorrat schon wieder zu Neige ging, überwand ich mich und klagte Giorgio mein Leid, schließlich hatte er noch ein paar Kräuter aus seinem Auto gezaubert. Und er war mal wieder der Retter in der Not. Ich erzählte ihm beiläufig von den Onlineshops und war gespannt, was er dazu sagen würde. Er drückte mir 100,-€ in die Hand und bat mich, die Kräuter im Internet zu bestellen. Ich war im ersten Moment so verblüfft, dass ich ihn einfach nur sprachlos anstarrte. »Die Geschäfte laufen gerade gut«, meinte er und wandte sich ab.

In meinem Kopf ging das Gedankenkarussell wieder los. Ich fragte mich sofort, was er damit meinte. Immerhin konnte ich jetzt genug Ware bestellen. Wenn sie morgen ankam, hatte ich sicher genug bis zum Ende der Woche und wahrscheinlich auch noch für die kommende. Danach mussten wir weitersehen.

Kapitel 16

Seit drei Stunden, saßen wir zusammen in Sofias Wohnung und diskutierten über die weiteren Vorgehensmöglichkeiten. Wir hatten die abfotografierten Rechnungen ausgedruckt, sortiert, die Beträge zusammengerechnet und waren auf eine exorbitant hohe Summe gekommen. Mit schwerem Herzen musste ich wohl einsehen, dass uns nichts anderes übrig blieb, als zu verkaufen.

»Es tut mir leid, Caro«, sagte Sofia mitfühlend. »Wie kann man so hohe Schulden haben? Irgendwie dachte ich, dass es nicht so viel sein kann. Die paar Kräuter … Aber auch noch Strom und Wasser? Und was sonst noch?«

Ich zuckte mit den Schultern. Wie sollte es nur weitergehen? Je länger ich darüber nachdachte, desto aussichtsloser empfand ich die Situation. Für mich bedeutete das ein baldiges Wiedersehen mit dem Jobcenter und ein erneuter Bewerbungsmarathon. Von allen Bewerbungen, die ich geschrieben hatte, war mehr als die Hälfte unbeantwortet geblieben, der Rest waren Absagen. Nicht eine einzige Einladung zu einem Gespräch. Ich würde es zwar niemals zugeben, aber ich war doch froh gewesen, – und war es noch – einen Job bei Madita gefunden zu haben. Und konnte ich Madita wirklich ihrem Schuldenberg überlassen? Klar, sie war etwas schrullig und ungeduldig und nicht immer besonders nett zu mir, aber ich hatte sie in mein Herz geschlossen. Und auch Giorgio mochte ich sehr. Ich wusste zwar nicht, wie tief er in die ganze Sache involviert war, aber alleine der Gedanke, dass auch dieser ernste, aber freundliche Mann mit unterging, war grausig. Mein schlechtes Gewissen, dass ich sie im Stich gelassen hatte, würde mich überallhin verfolgen.

***

Laute Geräusche drangen durch die Nacht, aufheulende Sirenen, Kinderlachen, blinkende Lichter. Es schien mit jedem Schritt näher zu kommen und lauter zu werden. Sofia und ich hatten die Rechnungen Rechnungen sein lassen und vertraten uns draußen ein wenig die Beine, um an der der frischen Luft wieder einen klaren Kopf zu bekommen.

»Magst du hingehen?«, fragte sie.

»Weiß nicht.« Ich zögerte. Meine Stimmung war auf dem Tiefpunkt. Eigentlich war der Jahrmarkt das letzte, wohin ich wollte.

»Ach, komm. Achterbahn, Geisterbahn, ein paar Fressbuden. Ein bisschen Ablenkung wird dir guttun.« Sofia hakte sich bei mir unter und zog mich hinter sich her in Richtung bunte Lichter und Gelächter.

Es war genau wie letztes Jahr. Je näher wir kamen, desto lauter und bunter wurde es. Eine Attraktion neben der anderen, eine größer und höher als die andere. Es schien, als wollten sie sich gegenseitig übertrumpfen.

Wir drängten uns zwischen die Leute, die wie eine große Masse durch die Gänge zwischen den Attraktionen drängten. Wir ließen uns einfach mitziehen.

Andere ließen sich von den umstehenden Schaustellern verführen und verließen den Menschenstrom, um die nächste Attraktion zu testen.

Und wirklich, für einige schöne Minuten vergaß ich meinen Kummer und ließ mich ganz auf das Gewusel um mich herum ein. So viele Menschen, die miteinander lachten, aßen, tranken. Kinder, die an meterlangen Schlangen anstanden, um eine Runde auf dem Karussell zu fahren.

Als ich mir überlegte, mir vielleicht auch eine Runde zu gönnen, musste ich schlucken. Die Preise waren wohl gestiegen, seitdem ich das letzte Mal hier war. Und sofort hatte ich wieder Maditas Schuldsumme vor Augen. Die Schulden, die drohende Arbeitslosigkeit. Ich fröstelte und zog meine Jacke etwas enger um mich.

Wir schlenderten weiter durch die Gänge, an einigen Fressbuden und Verkaufsständen für selbstgemachte Sachen vorbei, aber mir war die Lust vergangen. Die ganzen Leute, die voller Spaß und ohne jeden Gedanken Geld ausgaben ...

»Ich hätte Lust auch mal auf einem Markt ein paar Waren zu verkaufen. Die Leute sind so freundlich und fröhlich«, meinte Sofia plötzlich.

»Echt? Das ist doch furchtbar. In der Kälte bei Wind und Wetter, darauf angewiesen zu ein, dass die Leute überhaupt zum Markt kommen«, sagte ich. »Die haben Glück, dass es heute noch recht warm und trocken ist. Stell dir mal vor, es hätte den ganzen Tag geregnet. Dann hätten sie kaum Einnahmen gehabt.«

»Ach du. Da spricht wieder die Buchhalterin aus dir«, neckte Sofia mich. »Ich habe mir das schon oft vorgestellt. Es muss ja nicht gerade auf einer Kirmes sein, aber vielleicht auf einem Markt.« Ihr Gesicht bekam einen verträumten Blick und ihre Augen leuchteten.

»Klar ich sehe dich schon, wie die Marktschreier auf dem Freitagsmarkt.«

»Ja, genau.« Sofia nickte begeisterte. »Frische Äpfel, saftige Birnen, greifen Sie zu, liebe Leute, heute sind sie besonders gut. Ein Kilo für 3,- € und bei zwei Kilo kriegen Sie noch ein paar Bananen dazu«, rief Sofia freudestrahlend und machte eine ausladende Geste. Die Leute um uns herum schauten sie erschrocken an und wichen ihren Armen aus. Ich schaute zu Boden und hoffte, dass mich keiner erkannte. »Du spinnst doch.«

Aber Sofia lachte nur. »Wieso? Ich stelle mir das lustig vor.«

»Du willst also Äpfel und Birnen verkaufen?«, neckte ich sie.

»I wo, doch kein Obst, ich experimentiere gerade mit Cremes und Salben. Die Arbeit ist inzwischen so langweilig, immer das Gleiche.« Sie seufzte. »Es fühlt sich an wie Akkordarbeit. Dafür habe ich doch nicht studiert.«

Ich erinnerte mich an Laras Worte, die das alles nur positiv fand. Sofia dagegen fühlte sich eingeschränkt und vernachlässigt. Anscheinend hatte sie angefangen etwas gegen ihr schlechtes Gefühl auf der Arbeit zu unternehmen. Und das machte mir auch irgendwie Mut für meine eigene Situation.

»Deshalb habe ich begonnen, selbst ein paar Rezepte auszuprobieren«, fuhr sie fort.

»Was denn für Salben?«

»Zum Beispiel gegen Entzündungen, Pickel oder trockene Haut. Und natürlich Seifen, du glaubst gar nicht, was man da alles machen kann.«

»Du willst Pickelcreme verkaufen?«

»Mensch Caro, mach dich nur lustig über mich. Dir erzähle ich nichts mehr.«

»Du weißt doch, dass ich nur Spaß mache. Und wo machst du das alles? In deiner Wohnung?«

»Nee, im Keller. Ich habe mir da ein kleines Plätzchen eingerichtet.«

»Und wieso machst du keinen Stand auf einem Markt? Probier es doch einfach mal aus.«

»Naja, im Moment experimentiere ich noch ein wenig, aber ich habe schon ein paar Kandidaten, die meine Rezepturen mit positiven Effekten getestet haben«, sagte sie stolz.

»Wenn dir das so viel bedeutet, dann helfe ich dir und stehe gerne als Testkandidat zur Verfügung«, versicherte ich.

»Danke. Schau mal, dahinten ist ein Zelt mit einer Wahrsagerin«, sagte Sofia plötzlich. »Wollen wir noch mal?«

»Nein«, sagte ich wie aus der Pistole geschossen. »Auf keinen Fall. Das letzte Mal hat mir echt gereicht.« Erst jetzt sah ich das Zelt auch. »Aber wenn du willst, kannst du gerne hingehen.«

Irgendwie kam mir die Situation bekannt vor. Das Zelt sah genauso aus, wie das, das wir letztes Jahr besucht hatten. Schlechte Erinnerungen krochen in mir hoch. Die Vorhersage der Wahrsagerin war der Anfang vom Ende gewesen. Ich hatte nur gelacht und nicht geglaubt, was die verkleidete Frau mir erzählt hatte. Am Ende hatte sie mir sogar ein bisschen Angst eingejagt. Erst später hatte ich herausgefunden, das Madita diejenige war, die uns die Voraussagen gemacht hatte. Wie konnte Sofia sich nur noch mal auf so einen Quatsch einlassen? Schließlich hatte sie es auch nicht viel besser getroffen. Hatte sie sich nicht nach dem Besuch bei Madita von Jonas getrennt? Ich hatte immer gedacht, es würde nie etwas zwischen sie kommen können. Und dann war die Katastrophe doch passiert. Jetzt war sie mit Dean zusammen ...

Ich schüttelte traurig den Kopf. Misstrauisch blickte ich wieder auf das Zelt. Irgendetwas in der Szene war anders als letztes Jahr. Erst als wir näher kamen, erkannte ich, was mich stutzen ließ. War das nicht Giorgio, der vor dem Zelteingang stand?

Ich wollte schon auf ihn zugehen, um Hallo zu sagen, als Dean plötzlich aus dem Schatten eines Gruselkabinetts heraustrat. Unwillkürlich hielt ich in meiner Bewegung inne und duckte mich. Ihm wollte ich im Moment nicht in die Arme laufen. Aber er blickte gar nicht in meine Richtung, sondern ging zielstrebig auf Giorgio zu. Ich warf einen Blick zur Seite. Sofia hatte Dean noch nicht bemerkt, sondern überlegte wohl gerade, ob sie sich trauen sollte, in das Wahrsagezelt zu gehen.

Mittlerweile war Dean bei Giorgio angekommen und die beiden Männer redeten miteinander. Am liebsten hätte ich Mäuschen gespielt. Ich wüsste zu gerne, was sie miteinander besprachen und hielt nach einer Möglichkeit Ausschau, mich unbemerkt anschleichen zu können.

»Du kannst gerne zu der Wahrsagerin gehen. Ich warte hier draußen«, startete ich einen Versuch, Sofia abzulenken. Das hätte ich besser nicht gemacht, wie sich eine Sekunde später herausstellte. Sofia wandte den Kopf.

»Schau mal, da ist Dean«, sagte sie und hob eine Hand. Sie setzte gerade zu einem Begrüßungsruf an, doch ich fuhr dazwischen.

»Sofia, nicht!«

»Was?«, fragte sie irritiert.

»Ich glaube, die beiden haben etwas Wichtiges zu besprechen. Wir sollten nicht stören.«

»So, was denn?«

»Um das herauszufinden, müsste ich näher ran«, sagte ich ohne nachzudenken.

»Du willst sie belauschen?« Sofia starrte mich entsetzt an.

»Ääh, nur mal hören.«

»Mal hören?«

»Nur so aus Interesse …« Ich redete mich um Kopf und Kragen. Ich hatte Sofia ja noch nicht erzählt, dass Dean der Immobilienmakler war, der sich das Haus unter den Nagel reißen wollte. Jetzt taten sich weitere Fragen auf. Wollte Dean Giorgio dazu bringen, Madita zu überzeugen, den Laden zu verkaufen?

»Das ist mir zu blöd, ich werde meinen Freund begrüßen«, sagte Sofia entschlossen und ging zielstrebig auf ihn zu. Ich versuchte schnell hinterherzukommen, um vielleicht doch noch etwas von dem Gespräch mitzubekommen. Doch als Dean uns näherkommen sah, verstummte er schlagartig. Sofia umarmte ihn überschwänglich. Seit wann waren sie denn so dicke? Und auch noch in aller

Öffentlichkeit. Das hatte ich gar nicht mitbekommen. Oder wollte sie mir einfach nur eins auswischen? Giorgio und ich schauten uns an.

»Caro, wasse machste du denn hier?«, sagte er mit seinem italienischen Akzent.

»Hallo Giorgio, wir sind ganz zufällig über die Kirmes gelaufen«, stotterte ich. »Und du?«

In dem Moment schaute eine kleine Frau aus dem Zelt, die mit Tüchern eingehüllt war. »Giorgio, was ist los? Ich warte.«

So unerwartet wie sie aufgetaucht war, verschwand sie auch wieder in dem Zelt. Es war eindeutig Madita gewesen - keine Frage. Die Stimme, die bunten Tücher. Und plötzlich ging mir ein Licht auf. Die Miete, die Ausgaben … Ich hatte gewusst, dass das nicht alles die paar Kräuter aus dem Laden sein konnten. Das Zelt musste bezahlt werden, die Standmiete, der Transport, all diese Dinge für jeden einzelnen Jahrmarkt, den sie besuchte. Warum war ich da bloß nicht früher drauf gekommen? Ich war so blöd! Und Dean hatte es natürlich sofort herausbekommen.

»Caro, wir wollen etwas essen gehen, kommst du mit?« Dean hatte den Arm um Sofia gelegt.

Ich brauchte einen Moment. Sie hatte mich mal wieder aus meinen Gedanken gerissen. »Ach nee, lass mal«, winkte ich ab. Ich hatte keine Lust einen Abend als fünftes Rad am Wagen zu verbringen.

»Du, ich lass dich aber nicht hier stehen. Wir gehen jetzt wenigstens gemeinsam zum Ausgang.«

Ich ließ mich mitziehen, war aber mit den Gedanken bei Madita. Sie spielte hier die Prophetin, was hatte sie davon? Und warum hatte Dean mit Giorgio gesprochen?

***

Am nächsten Tag war Sonntag. Sofia und ich nutzen den freien Tag und hatten uns wieder verabredet. Schließlich waren wir gestern nicht zum Ende gekommen. Doch auch heute wollte uns nicht einfallen, was wir tun konnten, um den Laden zu retten.

In meinem Kopf spukte die ganze Zeit die gestrige Begegnung herum. Madita und Giorgio auf der Kirmes. Warum kümmerte sich Madita nicht um den Laden? Sie konnte die Kräuter doch viel besser verkaufen als ich. Sie musste mich bezahlen und hatte haushohe Schulden. Mir fiel der Mann wieder ein, der in den Laden gekommen war. Der hatte mit 99,99 prozentiger Sicherheit nach Geld verlangt und sie hatte ihn vertröstet. Sie wusste, dass es mit dem Laden nicht zum Besten stand. Ob ihr wirklich klar war, wie hoch ihre Schulden waren?

Und was hatte Dean mit Giorgio besprochen? Wollten sie den Laden vielleicht doch verkaufen und hatten mir nichts gesagt? Vielleicht war Madita deshalb auf der Kirmes. Ob sie dort viel Geld einnahm? Wenn ich mich recht entsann, hatte ich die paar Minuten in ihrem Zelt als sehr teuer empfunden. Wenn sie viele Besucher hatte, kamen da sicher einige Hunderter zusammen. Trotzdem, irgendwie blickte ich nicht durch. Solche und noch weitere Gedanken schwirrten mir permanent durch den Kopf und ich konnte mich auf nichts anderes konzentrieren.

»Wie war es denn gestern noch mit Dean?«, fragte ich Sofia, um mich abzulenken und ärgerte mich direkt, dass mir kein anderes Thema eingefallen war.

»Toll«, schwärmte Sofia. »Wir waren im La Bécasse. Da war ich noch nie drin. Alles blinkte, der Service war erste Sahne und das Essen, ich sage dir, göttlich.«

»Hört sich toll an«, sagte ich. Leider kam es nicht so rüber, wie ich es mir gewünscht hätte. Mich hätte ja echt gewundert, wenn er sie nicht in ein ultrateures Restaurant ausgeführt hätte. Das war typisch für Dean. So ein Angeber.

»Gönnst du mir mein Glück nicht?«

»Doch, doch, so war das nicht gemeint. Es hört sich wirklich toll an. Du hattest bestimmt einen wunderschönen Abend.«

»Ja, hatte ich und ich habe dir angeboten mitzukommen«, sagte Sofia gekränkt.

»Ha«, lachte ich auf. Es war mehr ein Reflex. Ich fügte dann aber doch hinzu: »Wenn ich bald wieder arbeitslos bin, kann ich froh sein, wenn das Geld für den normalen Supermarkteinkauf reicht.«

Und jetzt kamen wir wieder zum eigentlichen Thema zurück. Was konnten wir tun, um den Laden zu retten?

»So wird das nichts.« Sofia machte ein entschlossenes Gesicht. »Vielleicht sollten wir uns professionelle Hilfe holen. Jemanden, der sich mit so was auskennt.«

»Klar, nur leider müssen wir den dann auch bezahlen, oder sollen wir auch bei dem anschreiben?«

»Na, aber es gibt doch sicher genug andere Leute, die in der gleichen Situation sind und die bekommen auch professionelle Hilfe. Ich habe das doch letztens noch im Fernsehen gesehen. Da war doch dieser, wie hieß er noch gleich, Zwegat oder so ähnlich.«

»Ja klar, lass den doch aus Berlin hierher kommen und das Fernsehen gleich mit, damit es so richtig offiziell wird. Madita wird sich freuen.« Ich sah mich schon im hohen Bogen aus dem Laden fliegen.

»Mensch Caro, das war doch nur ein Beispiel. Hier gibt es doch auch Schuldnerberater oder Rechtsanwälte.«

Ich runzelte die Stirn und stützte das Kinn in beide Hände. Ich hatte keine Lust mehr. Meine Hoffnung auf ein gutes Ende schwand von Minute zu Minute. Mein Blick schweifte über den Tisch, über den Berg von Papieren mit Zahlen und Rechnungen, die durchgestrichen, getippext, überschrieben waren und ich merkte direkt, dass mich eine absolute Unlust überfiel, weiter an diesem Wirrwarr zu arbeiten. »Vielleicht hast du recht.«

»Ich habe immer recht. Komm wir schauen mal im Internet«

Und wirklich. Kurz mal gegoogelt und wir hatten eine Bürogemeinschaft ausfindig gemacht, in der einige Anwälte arbeiteten, ganz in der Nähe des Ladens. Wir machten direkt einen Termin.

Kapitel 17

Ein paar Tage später machte ich mich in Sofias Begleitung auf den Weg zum Steuerberater. Ein paar Häuserecken weiter als der Laden, bogen wir in eine Straße, die von sehr alten Gebäuden gesäumt war. Wir blieben an einer alten Tür stehen und sammelten uns. Ich entdeckte eine kleine, goldene Plakette, die seitlich an der Mauer angebracht war. Ich las Bürogemeinschaft, was als Überschrift über verschiedene Namen mit unterschiedlichen Berufsbezeichnungen in das Metall eingraviert war. D. Miller. Hier waren wir richtig. Da die Tür nicht geschlossen war, konnten wir einfach durchgehen. Rechts führte eine Treppe nach oben. Der Flur in der ersten Etage war lang und leer und an beiden Seiten mit Türen gesäumt. Daneben standen jeweils zwei Stühle, ab und zu gab es einen Schrank oder eine Topfpflanze. Die Wände waren mit abstrakten Fotografien geschmückt, Nahaufnahmen von Maschinen und Bauwerken. Dies alles nahm ich wahr, während wir durch den Gang schlichen, an jeder Tür stehen blieben und die Türschilder, in Form von weiteren goldenen Plaketten untersuchten. Doch der Name D. Miller tauchte nirgendwo mehr auf. Wir folgten dem Gang bis zum Ende. Dort machte er einen Knick nach rechts. Als ich um die Ecke bog, schnappte ich erschrocken nach Luft, sprang einen Schritt nach hinten und hielt Sofia zurück.

»Halt«, zischte ich

.»Was ist?«, fragte Sofia verblüfft. »Und warum flüsterst du?«

»Da steht Jonas«, sagte ich und konnte selbst kaum glauben, was ich da sagte, doch seine roten Sportschuhe hatten ihn sofort verraten. Warum war er hier? Ausgerechnet jetzt?

»Was? Wieso? Hast du das eingefädelt?«

Ich starrte sie verblüfft an. »Nein, wie kommst du darauf? Wir haben das doch gemeinsam rausgesucht.«

»Vielleicht hast du mich reingelegt.«

»Du spinnst total«, zischte ich und hielt dann inne und den Zeigefinger am Mund. Schritte näherten sich. Wir schauten uns erschrocken an. Sofias Blick wurde panisch und ich wusste, ich musste etwas tun. Ich sprang um die Ecke, genau auf Jonas zu.

»Caro!«, sagte er erschrocken und trat einen Schritt zurück.

»Hallo Jonas. Was machst du denn hier?«

»Ich arbeite hier und du?«, fragte er und versuchte irgendwie eine Verbindung mit mir und seiner Arbeit zu machen.

»Ich suche jemanden.«

»Kann ich dir helfen?«

»Nein.« Das kam ein bisschen zu schnell. »Ich glaube nicht«, sagte ich. Ich würde Jonas doch nicht erzählen, dass ich ein Schuldenproblem hatte.

»Bist du sicher?«, fragte er skeptisch. Dann erstrahlte ein Leuchten in seinen Augen. »Bist du alleine hier?«

»Ja, ganz alleine«, sagte ich wieder viel zu schnell.

»Ist Sofia hier?«

»Nein, ich bin alleine«, wiederholte ich noch mal etwas langsamer, dafür aber eindringlicher. Er glaubte mir nicht.

»Wo du bist, ist Sofia doch normalerweise nicht weit.« Er versuchte, sich an mir vorbeizudrängen und trat zur Seite. Doch ich ließ ihn nicht und machte auch einen Schritt, so dass wir uns wieder gegenüberstanden.

»Sofia ist nicht da.«

»Das ist doch albern. Ich glaube dir nicht.«

Als ein lautes Niesen erklang, drängte er mich zur Seite und ging um die Ecke.

»Jonas! Was für eine Überraschung«, hörte ich Sofia sagen.

»Sofia.«

Ich konnte nur noch zuschauen. Er ging auf sie zu, sie wich einen Schritt zurück.

»Bitte, Sofia.«

Doch Sofia wich weiter zurück und mir reichte es langsam. Er wusste doch, dass sie nichts mehr von ihm wollte. Warum versuchte er es immer wieder? Ich langte an Jonas vorbei und zerrte Sofia am Ärmel. Doch auch Jonas hielt Sofias Arm fest. »Bitte«, flüsterte er. »Bitte Sofia, lass uns reden.«

Sie wandte ihren Blick und starrte auf seine Hand, die ihren Arm festhielt. Er ließ sofort los.

»Bitte.«

Doch sie schüttelte nur den Kopf.

Sein Blick hatte sich verändert. Traurig, hoffnungslos. Ich fühlte wieder einmal, wie Mitleid in mir aufstieg und er tat mir furchtbar leid. Es war selbst für mich ein Wechselbad der Gefühle und schwierig mitanzusehen, wie sehr beide litten. Sie waren so ein tolles Paar gewesen und jetzt konnten sie nicht mal mehr richtig miteinander reden.

»Komm.« Sofia schaute mich an und schob mich nach hinten. Ich ließ ihren Arm los und sie drängte an mir vorbei, ging um die Ecke und eilte dann den Flur entlang. Ich lief ihr nach. Ich sah noch, dass sie vor einer Tür stehen blieb und hindurchschlüpfte. Zwei Minuten später sprang ich ihr hinterher. Ein lautes Schluchzen durchdrang den Raum. Jetzt erst bemerkte ich, dass Sofia weinte. Ohne mich umzuschauen, wo ich überhaupt war, umarmte ich sie und versuchte sie zu trösten.

»Ähm«, ertönte ein Räuspern und ich blickte auf. Ich schaute auf einen aufgeräumten Schreibtisch. Alles war nebeneinander gelegt, als wäre es mit einem Lineal abgemessen. Dahinter saß ein Mann.

»David«, stieß ich überrascht hervor.

»Hallo, Caro. Was machst du denn hier?«

»Oh, äh, wir haben einen Termin bei Herrn Miller.« Ich blickte zu Sofia. Ihre Tränen waren versiegt. Sie schluchzte nur hin und wieder mal leise auf.

»Da seid ihr richtig. Ich hätte euch aber auch hereingeholt.«

»Du bist D. Miller?« Vom Regen in die Traufe.

»Ja, angenehm«, lächelte er. »Setzt euch.«

Kapitel 18

Nach dem Gespräch mit David ging es mir nicht wirklich besser. Er brauchte Kopien von den Rechnungen, hatte er gesagt. Von allen! Oder noch besser die Originaldokumente, um sich einen richtigen Überblick schaffen zu können. Wie sollte ich das anstellen? Madita fragen? Auf keinen Fall. Die würde mich gleich im hohen Bogen aus dem Laden schmeißen und dann war ich den Job los, ob mit Lösung für ihr Schuldenproblem oder ohne. Ich musste irgendwie herausfinden, wo sie die alten Rechnungen aufbewahrte und ich hoffte inständig, dass sie das tat. Wenn überhaupt, dann sicher in ihrer Wohnung. Im Computer? Besaß sie einen Computer? Ich konnte mich nicht mal daran erinnern, sie überhaupt jemals mit einem technischen Gerät gesehen zu haben. Oder heftete sie alles ab?

Als ich vor dem Laden ankam, war die Tür abgeschlossen. Komisch. War Madita nicht da? Mein Herz machte einen Sprung. Ich wusste nicht, ob vor Freude oder Angst. Sollte ich es direkt versuchen? Je eher, desto besser. Sie hatte gesagt, dass sie in den nächsten Wochen öfter im Laden sein würde. Und ob sich dann noch mal eine Gelegenheit ergab, war fraglich. Also los! Ich erinnerte mich daran, als David den Schlüssel zu Maditas Wohnung genommen hatte, fischte unter der Kasse danach und zog ihn schlussendlich hervor.

Vorsichtig schlich ich die Treppe im hinteren Teil des Ladens hoch, sie knarrte an zwei Stellen und ich zuckte jedes Mal erschrocken zusammen und schaute mich nervös um. Behutsam schob ich den Schlüssel in das Türschloss und bemerkte, dass die Tür gar nicht abgeschlossen war. Ich drückte meine Hand gegen das Holz und die Tür schwang auf. Also war sie nur schnell nach draußen gegangen und würde bald wieder kommen. Ich beeilte mich besser. Mit schlechtem Gewissen trat ich in die Wohnung und blickte direkt auf ein riesiges, mit Unmengen von uralten Büchern gefülltes Regal. Ich ließ meinen Blick durch den Raum schweifen. Eine schöne Couch, altmodische, schwere Eichenmöbel. Überall hingen bunte Tücher, manche mit Glitzersternen bestickt andere mit orientalischen Mustern. Mein Blick blieb an einem beglasten Bilderrahmen hängen. Darin waren Briefe geklemmt. Ich trat neugierig näher. Es waren Dankesbriefe für ihre Vorhersagen. Irgendwie hatte sie ihnen damit geholfen, ihr Leben in die richtige Richtung zu bringen. Ein paar Fotos hingen auch dazwischen mit glücklich lächelnden Menschen. Naja, immerhin brachte die Wahrsagerei manchen Leuten etwas. War ja auch teuer genug. Ich schüttelte den Kopf.

Ein paar seltsame Gegenstände lagen im Zimmer herum, darunter einige Glücksbringer und die Glaskugel, mit der ich schon Bekanntschaft gemacht hatte. Diesmal schwebte nur ein leichter Nebel darin.

Ich schritt zielstrebig auf das Bücherregal zu. Es war riesig und bis zur Decke mit Büchern gefüllt. Aber von Ordnern mit Rechnungen war nichts zu sehen.

Wo würde ich wichtige Dokumente aufbewahren? Sicher nicht im Wohnzimmer, wo es jeder sehen konnte, der die Wohnung betrat. Viel zu geheim für neugierige Nasen.

Ich wandte mich nach rechts und trat durch eine Tür. Dahinter befand sich ein kleines Zimmer, von dem wiederum drei Türen abzweigten. Das erste war die Küche, das zweite das Schlafzimmer, was mein schlechtes Gewissen noch befeuerte. Erst bei der dritten Tür wurde ich fündig.

Eine Art Arbeitszimmer befand sich dahinter. Ein Schreibtisch, ein Sessel und jede Menge Papier. Ich trat ein und schloss die Tür hinter mir. Das Zimmer schien länger nicht mehr gelüftet worden zu sein. Die Luft war so abgestanden und dicht, dass es mir in der Nase juckte. Ich musste niesen und wirbelte dabei eine Menge Staub auf.

Ich suchte auf dem Tisch, in dem Regal, in den Schubladen und schließlich, nach zehn langen Minuten, hatte ich gefunden, was ich suchte. Ganz unten links in einem Regal hinter dem Schreibtisch stand ein dicker, schwerer Ordner, auf dem Rechnungen stand. Ich zerrte ihn heraus, warf einen kurzen Blick hinein, ob auch wirklich drin war, was draufstand und klemmte ihn mir unter den Arm. Jetzt aber schnell.

Doch bevor ich mich bewegen konnte, hielt ich inne und horchte. Mir war so, als hätte ich ein Geräusch gehört. Es kam von unten. Ich musste hier raus! Wenn Madita mich hier erwischte … Ich öffnete die Tür und wollte gerade einen Schritt in den Flur tun, als sich die Wohnzimmertür öffnete. Ich konnte mich gerade noch zurückziehen und stand jetzt wieder in dem verstaubten Büro. Die einzige Möglichkeit, sich hier halbwegs zu verstecken, war hinter dem Schreibtisch und so verkroch ich mich dahinter. Stoßgebete gen Himmel sendend, hoffte ich darauf, dass Madita nicht gerade jetzt auf die Idee kam, dringend die Buchhaltung zu machen. Schließlich sah es nicht so aus, als ob sie besonders oft hier reinschauen würde.

Leider verspürte ich plötzlich wieder dieses leichte Jucken in meiner Nase. In das verstaubte Büro zurückzukehren, war nicht die beste Idee gewesen. Warum ausgerechnet jetzt? Ich hielt die Luft an, hielt mir die Nase zu, aber nichts half. Schweißtropfen bildeten sich auf meiner Stirn. Ich horchte. Stand Madita noch im Flur?

Mit einem lauten Hatschi wirbelte ich so viel Staub auf, dass sogleich ein drittes und viertes Niesen erfolgte. Nach jeder Erleichterung spürte ich ein noch stärkeres Jucken in der Nase und zudem ein fieses Kratzen im Hals, so dass ich jetzt zusätzlich auch noch Husten musste. Madita hätte taub wie ein Stein sein müssen, um den ganzen Krach zu überhören. Die Tür schwang auf und Madita trat ein. Mit einer Bratpfanne in beiden Händen. Sie schaute mich an und obwohl ich nicht sicher war, ob sie mich erkannt hatte, fühlte ich mich ertappt. Ich war in Maditas Reich eingedrungen wie ein Einbrecher.

Madita schaltete das Licht ein. Geblendet musste ich mir die Augen abschirmen. Obwohl mich Maditas drohende Haltung und ihr Blick, der immer noch auf mir lag, abschreckte, hielt ich es kaum mehr in diesem staubigen Raum aus. Ich konnte kaum noch atmen. Meine Augen tränten, als hätte jemand Tränengas versprüht.

Ich machte einen Satz aus meinem Versteck, hechtete an Madita vorbei, die zum Glück vor lauter Schreck erst ein paar Augenblicke zu spät mit der Bratpfanne zuschlug und sauste durch das Wohnzimmer, Richtung Fenster. Den Ordner hatte ich immer noch unterm Arm geklemmt und hielt ihn fest, als wäre er meine einzige Verbindung zum reizfreien Durchatmen. Ich riss das Fenster auf und atmete tief ein.

»Was soll das?« Madita rannte hinter mir hier. »Caroline!«

Ich atmete nochmal tief ein und wandte mich dann Madita zu, konnte ihr aber nicht ins Gesicht schauen, sondern blickte verschämt zu Boden.

»Caroline, was soll das?«, wiederholte Madita.

»Ich ...«, setzte ich an. Konnte aber nur daran denken, dass es jetzt wohl vorbei war. Alles umsonst. Da mir eh keine Ausrede einfallen würde, die gut genug war, um glaubhaft zu sein, beschloss ich, schlussendlich die Wahrheit zu sagen. »Madita, ich weiß, dass du Schulden hast.«

»Du schnüffelst in meinen Sachen? Raus!«, rief sie aufgebracht.

»Ich, bitte Madita, ich will dir helfen.« Ich sah sie bittend an.

»Wie bitte? Ich helfe dir gleich, die Tür zu finde. Du bist entlassen. Fristlos.«

»Madita«, versuchte ich es noch einmal. Doch es war zwecklos. Maditas Miene blieb unerbittlich. Ich gab auf. Vielleicht war es doch besser, wenn ich mich nicht einmischte. Ich verließ das sinkende Schiff, um mich selbst zu retten. Frauen und Kinder zuerst, der Kapitän bleibt bis zum bitteren Ende. Jakob wäre sicher stolz auf mich. Warum fühlte ich mich dann so schrecklich?

Ich drehte mich um, ging aus der Wohnung, die Treppe runter, schnappte meine Tasche und marschierte immer noch mit dem Ordner im Arm aus dem Laden. Fast hätte ich dabei einem Mann die Tür vor den Kopf geschlagen.

»Tschuldigung«, nuschelte ich zwischen den Zähnen. Doch dann wurde mir bewusst, wen ich vor mir hatte.

»Wow, Caro, hast du mich vermisst, dass du mich so stürmisch begrüßt?«

Ich blieb perplex stehen, Dean ging an mir vorbei und trat in den Laden. Er hatte Madita entdeckt, die hinter mir her gerannt war.

»Wie schön, dass ich Sie auch mal antreffe. Sie sind sicher die sagenumwobene Madita.« Er hielt ihr eine Karte entgegen. »Mein Name ist Dean Weber, Immobilienmakler. Ich interessiere mich für dieses Gebäude. Und würde mich gerne hier ein bisschen umschauen.«

»Das Gebäude?«, fragte Madita erstaunt.

»Ja. Mein Kunde würde viel Geld für dieses Objekt bezahlen. Stellen Sie sich vor. Dann wären Sie mit einem Schlag all Ihre Sorgen los.«

»Meine Sorgen? Was wissen Sie denn über meine Sorgen?« Madita wurde immer wütender. Ich dachte, ich hätte sie schon zur Weißglut gebracht, aber das war anscheinend nur der Anfang gewesen.

»Jede Menge, würde ich sagen und ich kann Ihnen helfen.«

»Wieso? Sind Sie Psychiater?«

Jetzt war Dean kurz irritiert. »Nein, wie gesagt, ich kaufe und verkaufe Immobilien.«

»Sie verkaufen Immobilien?« Wie ein Echo wiederholte Madita alles, was Dean sagte. »Mein Haus?«

»Genau. Und mein Kunde bietet einen fairen Preis. Wir würden uns das Objekt jedoch vorher gerne genauer ansehen, deshalb bin ich auch hier. Ich würde gerne einen Termin ausmachen, wann eine Besichtigung mit meinem Kunden möglich ist. Oder soll ich einfach mit ihm vorbeikommen?«

Ich blickte erst ihn, dann Madita an, gespannt, wie sie darauf reagieren würde. Gerade noch im Streit wusste ich nicht, wie ich mich verhalten sollte.

»Andererseits wollen Sie sicher noch ein bisschen abstauben und alles sauber herrichten. Wir wollen ja beide das Gleiche.« Er zwinkerte verschwörerisch. Am liebsten hätte ich mich eingemischt. Schließlich hatte ich hier alles sauber gehalten. Das war die Frechheit des Tages. Aber was sollte ich anderes von Dean erwarten? Doch Madita schien diese Beleidigung auf sich zu beziehen.

»Wie bitte?« Sie starrte ihn an, als wäre er eine andere Spezies. Wenn sie so guckte, bekam sogar ich Angst, dabei war ich schon einiges von ihr gewöhnt.

»Na, wenn es hier richtig schön aussieht und glänzt, kann ich vielleicht noch einen höheren Preis rausschlagen. Es dürfen auf keinen Fall Mängel auftreten.« Mit prüfendem Blick trat er an ein Regal und wischte mit dem Finger über eine der Ablagen. »Hier könnte wirklich nochmal geputzt werden.«

Das brachte das Fass zum Überlaufen. Dean war dabei das Haus zu verkaufen und Madita stand einfach nur da.

»Dean, bist du noch ganz dicht?« Obwohl es mir eigentlich egal sein konnte, fühlte ich mich persönlich angegriffen. Ich wollte nicht, dass der Laden verkauft wurde. Nicht so. »Wir verkaufen nicht.«

»Natürlich nicht«, sagte Dean und wandte sich zu mir um. »Aber ich frage mich, wie du die Schulden bezahlen willst? Aus deiner Haushaltskasse? Du solltest dankbar sein, dass ich das Haus überhaupt verkaufen kann.«

»Verschwinden Sie!«, zischte Madita. »Raus aus meinem Laden. Hier habe immer noch ich das Hausrecht und Sie gehen jetzt.«

Dean grinste. »Dann komme ich einfach im Laufe der Woche rein. Es wird ja kein Problem sein, sich in Ruhe hier umzuschauen. Hier ist ja nie so viel los.« Er drehte um und ging an mir vorbei nach draußen.

Ich schaute Madita aufmerksam an. Ich hielt immer noch den Ordner im Arm und merkte, dass meine Arme langsam zu schwächeln begannen. Er war nicht gerade leicht und je länger ich ihn festhielt, desto schwerer fühlte er sich an. Madita starrte einfach nur geradeaus. Ich konnte in ihrem Gesicht das Wechselbad der Gefühle ablesen, die sie in den letzten Minuten durchlebt hatte. So offen hatte sie sich mir gegenüber noch nie gezeigt. Bisher hatte sie ihre Gefühle immer gut vor mir verborgen, sonst hätte ich das mit den Schulden wahrscheinlich schon viel früher herausbekommen. Am liebsten hätte ich sie in den Arm genommen, aber ich traute mich nicht. Schließlich war ich in ihre Wohnung eingedrungen und sie hatte mich gefeuert.

»Dann gehe ich jetzt auch«, sagte ich leise und wandte mich zur Tür.

»Caroline.« Ich bemerkte erst gar nicht, dass sie mich

angesprochen hatte, so leise war ihre Stimme. »Caroline«, wiederholte Madita etwas lauter.

Ich hielt in meiner Bewegung inne und schaute sie an, achtete dabei aber hochkonzentriert auf jede Regung. Was würde sie jetzt tun? Sie war sicher immer noch sauer auf mich. Vielleicht sollte ich mich beeilen, hier herauszukommen. Doch in ihren Augen war keine Wut mehr zu erkennen. Sie sah plötzlich müde aus und alt, sehr alt. Ich hatte keine Ahnung, wie alt sie eigentlich war. Klar, dass sie nicht mehr die Jüngste war, war mir bewusst. Aber bisher war sie voller Tatendrang, durch die Gegend gesprungen, hatte sich von nichts unterkriegen lassen. In diesem Moment hätte ich sie auf über Hundert geschätzt. Zu den Falten, die sie immer im Gesicht trug, war mindestens nochmal die doppelte Menge hinzugekommen. Ihre Augen hatten allen Glanz verloren und blickten stumpf geradeaus. Ihre Hände hatte sie an der Kante des Verkaufstresen festgekrallt, als bräuchte sie eine Stütze.

»Vielleicht hast du recht.«

Was?

»Vielleicht hätte ich es dir von Anfang an sagen sollen.« Sie blickte resigniert zu Boden. »Können wir das bitte hinten besprechen?«

Erst jetzt wurde mir bewusst, dass ich immer noch in der offenen Tür stand. Ich trat wieder in den Laden und schloss die Tür hinter mir. Langsam und immer noch skeptisch ging ich auf Madita zu.

Sie schloss den Laden ab, ich beobachtete sie dabei. Dann ging sie an mir vorbei nach oben in ihre Wohnung. Zögernd folgte ich ihr. Sie wartete an der Tür auf mich und ließ mich eintreten. Schwerfällig ging sie zu dem alten Sofa, hielt sich dabei an den anderen Möbelstücken fest, als hätte sie Angst, dass ihre Füße sie nicht mehr tragen könnten. Dann setzte sie sich in die eine Ecke und nickte mir zu. Mit einer schwachen Geste hieß sie mir, dass ich mich neben sie setzten sollte. Vorsichtig näherte ich mich ihr und setzte mich auf die andere Seite des Sofas. Was kam jetzt?

Es schien ihr schwer zu fallen, die richtigen Worte zu finden. Es sah immer wieder so aus, als würde sie etwas sagen wollen, doch sie brachte keinen Ton heraus. Kurz bevor mir die Stille richtig unangenehm wurde, begann sie zu reden.

»Caroline, ich weiß nicht genau, wie oder wo ich anfangen soll. Es ist mir sehr unangenehm. Ich hätte es dir sagen sollen, aber du hast es ja selbst herausgefunden.« Sie stockte und ich nickte ihr aufmunternd zu.

»Ich habe Schulden. Die ganzen Briefe, Rechnungen und Mahnungen, es kamen immer mehr. Anfangs habe ich sie noch geöffnet, sortiert und versucht zu bezahlen, aber es hörte einfach nicht auf und irgendwann habe ich sie einfach nur noch in den Schrank gesperrt.«

»Aber wie konnte es denn so weit kommen? Du kannst doch nicht einfach deine Augen davor verschließen. Die Schulden werden doch so nicht weniger und dann kommen auch noch Zinsen hinzu.«

»Ach Kind, das weiß ich doch, aber irgendwann wurde es mir einfach zu viel. Ich kann das alles nicht bezahlen.«

»Weißt du überhaupt, wie hoch deine Ausgaben sind? Und wie niedrig deine Einnahmen?«

»Ich weiß, der Laden wirft nicht so viel ab, deswegen

habe ich ja versucht, die Antiquitäten zu verkaufen. Auf den Jahrmärkten sind die Leute spendabler, aber ganz genau, weiß ich es nicht.«

Innerlich schüttelte ich den Kopf. Die Antiquitäten? Wer sollte die denn kaufen und dann noch zu den Preisen? Da müsste schon ein Wunder geschehen. Die Leute, die hier reinkamen, waren nicht die richtige Zielgruppe für so exquisite Waren. Vorausgesetzt sie waren wirklich so wertvoll, wie Madita behauptete. Andererseits, wenn sie ein paar zu den Preisen davon verkauft hätte, wären die Schulden sicher nicht mehr so hoch gewesen.

»Und die Ausgaben? Vielleicht kannst du die irgendwie senken?«

»Naja, alles kostet Geld und ich weiß nicht, wo ich da etwas weglassen soll.«

»Und jetzt etwas genauer?«

»Naja, das Haus, das Zelt, die Standmiete und die Kräuter …«

Ahja, hatte ich es doch gewusst. Es waren nicht nur die Kräuter, sondern auch Maditas Ausflüge als Wahrsagerin.

»Hast du schon mal überlegt, die Wahrsagerei aufzugeben, wenn sie sich nicht lohnt?«

»Was?«, fragte sie entsetzt und schaute mich mit großen Augen an. »Nein, auf keinen Fall. Das kann ich nicht. Die Leute sind so nett. Ich kann ihnen helfen. Sie kommen zu mir, weil sie meine Hilfe brauchen«, sagte sie mit fester Stimme und warf einen Blick zu den eingerahmten Dankesbriefen an der Wand.

»Aber vielleicht ist das einfach zu teuer.«

»Nein, nein, du verstehst das nicht. Das Zelt und die Miete sind zwar teuer, aber die Leute bezahlen gut.

Das meiste kann ich nur bezahlen, weil ich auf die Jahrmärkte gehe.«

So? Dann war der Laden das Problem? Wäre es dann nicht doch besser, wenn sie den verkaufen würde?

»Ja, Caroline«, nickte sie. »Es ist der Laden, der einfach nicht laufen will.«

»Und warum hast du ihn dann?«

»Sieh mich an, Caroline. Ich bin nicht mehr die Jüngste. Die Reisen von einem Markt zum anderen sind anstrengend. Ich hatte gehofft, dass ich das ein bisschen reduzieren kann, wenn ich meine Kräuter in dem Laden verkaufe«, sagte sie niedergeschlagen.

Es fiel ihr offensichtlich nicht leicht, über ihre Gebrechlichkeit zu reden. Wer machte das schon gerne? Und sie hatte Recht. Was mir vorher nie so bewusst gewesen war, stand ihr jetzt förmlich im Gesicht geschrieben. Sie war alt.

»Deshalb habe ich aus der Wohnung wieder ein Geschäft gemacht. So wie es früher auch schon mal war. Meine Urgroßmutter hat hier schon ihre Waren verkauft. Ich musste nicht viel ändern«, erklärte sie. Wohl weil ich sie ungläubig angestarrt hatte, da ich mich frage, wie sie das Haus ganz alleine umgeräumt hatte. Die Schränke, die Regale. »Und ich hatte Hilfe.«

Weil ich davon ausging, dass sie Giorgio damit meinte, nickte ich.

»Caroline, ich kann das Haus nicht verkaufen. Meine Familie ist hier aufgewachsen und hat hier gelebt.« Es war wieder mehr ein Flüstern. Ich meinte in ihren Augen kurz eine Träne aufblitzen zu sehen, aber da konnte ich mich auch getäuscht haben. Madita weinte doch nicht, oder? Ich überlegte kurz. Herumsitzen und reden würde uns nicht weiterbringen. Wir mussten handeln.

»Weißt du, wie hoch deine Schulden sind?«

Sie schüttelte traurig den Kopf.

»Okay, wir werden uns das jetzt mal gemeinsam anschauen und dann sehen wir weiter. So kann es nicht weitergehen. Uns fällt schon etwas ein. Wir werden den Laden nicht verkaufen«, tröstete ich sie und versuchte mir auch selber einzureden, dass alles gut werden würde.

»Wir?« Sie blickte auf und mir jetzt das erste Mal in die Augen. »Du willst mir immer noch helfen? Obwohl ich dich gerade entlassen habe?«

Ich nickte. »Naja, mir wäre es natürlich lieber, wenn ich noch weiter hier arbeiten könnte, ansonsten hätte ich vielleicht keine Zeit mich darum zu kümmern. Dann müsste ich ja wieder Bewerbungen schreiben.«

»Ja, wenn du weiter hier arbeiten möchtest, nehme ich die Kündigung zurück. Verzeihst du mir?«

»Ja klar, danke. Es war ja auch nicht die feine Art. Ich hätte direkt mit dir reden sollen, anstatt bei dir einzubrechen.« Ich hatte immer noch ein schlechtes Gewissen.

»Wie geht es jetzt weiter?«

»Ach, lass mich nur machen. Ich werde den Ordner jetzt erst mal zu David, äh Herrn Miller bringen.«

»Zu David?« Madita setzte sich erschrocken auf. »Das geht nicht. Wenn alle erfahren, dass ich Schulden habe, dann kann ich gleich zu machen. Schlimm genug, dass du und dieser Immobilienheini das wissen!«

»Keine Sorge, er ist doch Steuerberater, er wird uns helfen. Außerdem fällt das unter die Schweigepflicht«, versuchte ich sie zu überzeugen. Das war das einzig richtige. Da musste ein Profi ran. Wäre der Zeitdruck nicht, hätten wir das sicher irgendwie selbst auseinanderklamüsern können, aber Dean würde uns die Hölle heiß machen. Außerdem war es auch für mich wichtig zu wissen, ob es sich lohnte zu kämpfen oder ob ich mir doch eine andere Stelle suchen musste.

»Vielleicht hast du recht«, stimmte sie mir nach ein paar schweigsamen Sekunden zu.

Ja, wie immer, dachte ich.

»Mir bleibt wohl nichts anderes übrig.«

»Ich glaube auch. Dean Weber meint es ernst, der lässt sich kein Geschäft entgehen. Vor allem nicht, wenn er schon einen Käufer für das Objekt hat«, knurrte ich.

Kapitel 19

Das Wetter wurde merklich schlechter. Es schneite zwar nicht mehr, dafür hatten der für November typische Regen und Sturm eingesetzt. Ich merkte mal wieder mit Verdruss, dass weniger Leute in den Laden kamen. Mir war nie so bewusst gewesen, wie schwierig es war, Neukunden zu gewinnen und sie als Stammkunden zu halten. In der Theorie war das irgendwie alles viel einfacher als in der Praxis. Es reichte nicht aus, einmal ein Radiointerview zu geben. Man musste die Leute immer wieder daran erinnern, dass es den Laden noch gab und sie davon überzeugen, dass es sich selbst bei schlechtem Wetter lohnte, herzukommen und einzukaufen. Was half denn besser gegen den Herbstblues als eine schöne warme Tasse Tee?

Zu allem Überfluss wurde Madita auch noch krank. Obwohl ich mir nicht sicher war, ob es am schlechten Wetter lag oder an dem Damoklesschwert, das über ihr schwebte. Da im Laden im Moment eh nicht besonders viel zu tun war, kümmerte ich mich ein bisschen um sie. An Jahrmarktsbesuche war in ihrem Zustand natürlich nicht zu denken. Vielleicht machte ihr auch das Sorgen.

Inzwischen nahm ich ab und zu mein Notebook mit zur Arbeit und schrieb ein paar kleine Texte über alles, was ich bei Madita gelernt hatte. Lara hatte mich auf die

Idee gebracht, neben der statischen Website noch ein Blog zu eröffnen und die Texte dort zu veröffentlichen.

Immer, wenn ich ein wenig Zeit hatte, was ja nicht selten vorkam, schrieb ich ein bisschen. Mittlerweile war ich soweit, dass ich jede Woche einen Post veröffentlichen konnte. Da Sofia im Gegensatz zu mir inzwischen eine Meisterin in Fotografie und Bildbearbeitung war, hatte ich sie dazu überredet ab und zu ein Foto beizusteuern. Und so waren wir abends und am Wochenende je nach Wetterlage unterwegs, um ein paar schöne Fotos zu machen.

Wir nutzten jede Gelegenheit aus. Sobald die Sonne auftauchte, fuhren wir raus in die Natur. So auch dieses Wochenende. Nach einigen Regentagen begann der Morgen mit strahlendem Sonnenschein. Hoffnungsvoll beobachtete ich die Wetterverhältnisse und freute mich, dass wir nachmittags schöne Bilder mit natürlichem Licht machen konnten.

Sofia kam mich mit ihrem Auto abholen. Wir fuhren über die Autobahn in Richtung Wald, der an der Ausfahrt lag. Hier gab es viele grüne Wiesen, Tiere und Bauernhöfe.

Wir genossen den Nachmittag. Und schossen wie verrückt Fotos von allem, was da kreuchte und fleuchte. Da waren bestimmt ein paar super herbstliche Aufnahmen für die Website dabei. Doch je mehr Zeit verstrich, desto öfter schaute Sofia aufs Handy und war zusehends abgelenkter.

»Was machst du denn die ganze Zeit. Erwartest du einen Anruf?«

»Naja, eigentlich bin ich heute Abend noch mit Dean verabredet. Er wollte mir eine SMS schreiben, da er wohl einen geschäftlichen Termin hier in der Nähe hat. Aber ich habe hier kein Netz.«

»Was denn für einen geschäftlichen Termin? Will er einen Hochsitz verkaufen?«, witzelte ich.

»Er sagte irgendwas von einem Reiter- oder Bauernhof – keine Ahnung.« Sofia hielt ihr Handy am ausgestreckten Arm von sich. »Verdammt, hier ist ein totales Funkloch.«

Nun holte auch ich mein Handy heraus. »Stimmt, ich habe auch kein Netz«, bestätigte ich. »Vielleicht gehen wir etwas höher?«

»Okay.« Wir traten aus dem Wald heraus, an dem Gaswerk vorbei und folgten der Straße den Berg hoch. Dabei schauten wir die ganze Zeit auf das Handy, doch es nützte nichts. Ab und an kam ein Balken zum Vorschein, verschwand aber sofort wieder.

Außerdem hatten sich in der Zwischenzeit dicke, schwarze Wolken vor die Sonne geschoben und nach einigen vereinzelten Tropfen goss es bald wie aus Kübeln. Keiner von uns beiden hatte an einen Schirm gedacht und die dünnen Bäumchen am Straßenrand waren kaum dicht genug, um sich unterzustellen. Bis wir zurück zum Auto gerannt wären, wären wir klatschnass gewesen.

»Komm, vielleicht finden wir dort einen Unterschlupf«, sagte ich, deutete auf einige Gebäude am Füße des Hügels, die nach Stallungen aussahen und lief voraus. Sofia folgte mir.

Ein paar Minuten später standen wir im Trockenen. Keine Sekunde zu spät, denn draußen krachte ein Donnerschlag, ein Blitz folgte sogleich. Wir waren genau im richtigen Moment angekommen.

»Puh, das war knapp«, stieß Sofia zwischen heftigen

Atemstößen vor. Auch ich war außer Puste.

»Und was jetzt?«, fragte sie.

»Abwarten, was sonst?« Ich blickte mich um. Hier gab es nicht viel. Ein paar Boxen, aus denen Pferde heraus schauten, viel Stroh und andere Dinge, die in einen Pferdestall gehören.

Wir schlenderten an den Boxen vorbei. Vielleicht gab es hier ja einen Stuhl oder wenigstens einen Hocker, auf den man sich setzten konnte.

»Blödes Mistwetter«, hörte ich eine männliche Stimme und zuckte erschrocken zusammen, obwohl ich im ersten Moment nicht genau wusste, woher die Stimme kam. Ein Mann trat durch eine Seitentür, die ich jetzt erst bemerkte und mein Herz setzte einen Schlag aus. Herr Klinke! Was machte der denn hier?

Ich packte Sofia am Arm und zog sie hinter mir her in eine leere Box. Da sie die Stimme von Herr Klinke auch erkannt hatte, wehrte sie sich nicht.

»Jennifer, bist du bald fertig!«, brüllte Herr Klinke durch den Stall.

»Ja, ich komme gleich«, kam eine dünne Stimme aus einer der anderen Boxen.

Herr Klinke blieb stehen und redete jetzt leiser. »Irgendwelche Fortschritte?«

»Ich tue mein Bestes!«, sagte ein anderer. Ich hatte gar nicht gemerkt, dass noch ein Mann hereingekommen war. Aber auch diese Stimme kam mir bekannt vor.

»Dean«, flüsterte Sofia. Sie wollte aufstehen, aber ich hielt sie zurück.

»Was hat Dean mit Herrn Klinke zu schaffen? Und vor allem: Was machen sie hier?«

»Keine Ahnung.«

Die Männer sprachen weiter. »Das habe ich nicht gefragt. Irgendwelche Fortschritte?« Wieder die Stimme meines ehemaligen Chefs.

»Der Lieferant hat die Zusammenarbeit beendet. Wenn sie keine Ware mehr …«

»Gut«, fuhr Herr Klinke dazwischen. »Noch was?«

»Im Moment ist da alles ruhig. Die Alte ist krank.«

»Überleg dir was. Sonst wird's nichts mit der Provision.«

»So, wir können«, sagte die Mädchenstimme, diesmal etwas näher. Wahrscheinlich wieder diese Jennifer. Dann ertönten Schritte, die sich entfernten. Ich lugte nach einigen Minuten vorsichtig aus der Box raus. Sie waren weg.

»Hast du das auch gehört oder träume ich?«, fragte Sofia. Ich nickte. »Hat der gerade von Madita geredet?« Das klang ja schon fast nach einer Verschwörung.

»Ich bin mir nicht sicher.«

»Warum redet Dean mit Herrn Klinke darüber? Woher kennen die sich überhaupt?«, überlegte ich.

»Keine Ahnung. Was haben die mit deiner Arbeit zu tun? Verstehe ich nicht.«

»Ich glaube, Dean hat Interesse an Maditas Laden«, sagte ich vorsichtig. »Aber was der Klinke damit zu tun hat, weiß ich nicht.« Dann fiel mir ein, dass ich ihn vor einigen Wochen schon mal in der Straße vor dem Laden hatte herumschleichen sehen.

Inzwischen waren wir aus der Box herausgeklettert und ich zupfte Sofia einen Strohhalm aus den Haaren.

»Wieso sollte Dean Interesse an dem Laden haben?« Sofia rümpfte die Nase.

»Wieso nicht?«, fragte ich, um sie ein bisschen zu ärgern. Mir war selbst schleierhaft, wieso jemand unbedingt das alte Haus kaufen wollte … und dabei zu fiesen Mitteln griff. Es war wie ein Blitz, der durch meine Gedanken schoss. Hatte Dean wirklich etwas mit dem Lieferanten ausgehandelt? Warum musste er Herr Klinke Bericht erstatten? Wer hatte ein solches Interesse an diesem heruntergekommenen Haus? Und wie hatte Dean so tief sinken können?

»Das Haus ist uralt, baufällig, klein. Keine Ahnung. Dean vermittelt doch nur Luxusimmobilien«, erklärte Sofia.

»Oder er bekommt eine hohe Provision«, überlegte ich. »Eine sehr hohe.«

»Vielleicht ist es ja auch ganz anders. Das war bestimmt ein Missverständnis«, nahm Sofia Dean in Schutz.

Ich konnte es kaum glauben. Sie hatte doch dasselbe gehört wie ich? Traurig schüttelte ich den Kopf. Um nicht mit Sofia zu streiten, lenkte ich ein. »Ich hoffe sehr, dass du recht hast.« Ich blickte nach draußen. »Es hat aufgehört zu regnen. Komm wir fahren zurück.«

Sofia nickte. Wir traten nach draußen. Frische Luft strömte uns entgegen. Ich hatte gar nicht gemerkt, wie sehr es in dem Stall nach Pferd und Stroh gerochen hatte und atmete tief ein. Doch anstatt den Geruch nach feuchtem Gras zu genießen, musste ich die ganze Zeit über das unfreiwillig mitgehörte Gespräch nachdenken. Hatte Dean wirklich über Madita geredet? Es passte alles. Der Lieferant, Madita war krank und alt war sie auch, wenn er das so gemeint hatte, wie er es gesagt hatte. Und was hatte er mit Herr Klinke zu schaffen?

Kapitel 20

Eine Viertelstunde später kamen wir wieder vor dem Laden an. Sofia parkte. Ich hatte meinen Laptop im Laden stehen lassen und wollte außerdem noch mal nach Madita sehen, während Sofia im Wagen blieb und auf mich wartete. Ich stieg aus.

»Hi Caro.« Erschrocken fuhr ich herum. In einigen Metern Entfernung kam Jonas auf mich zu. Ich wartete einen Moment bis er neben mir stand und begrüßte ihn.

»Hallo Jonas. Was …« Ich stutzte.

Er sah an mir vorbei. Sein Blick war auf Sofia gerichtet. Doch er nickte nur und wandte seine Aufmerksamkeit wieder mir zu. »Ich wollte dir nur etwas vorbeibringen. David ist den ganzen Tag in einem Meeting, deshalb hat er mich gebeten, dir ein paar Akten zu bringen. Er meinte, du solltest dir das mal anschauen.«

Jonas plapperte die Worte so schnell runter, als ginge es um Leben und Tod. Ich hatte Schwierigkeiten alles zu verstehen. Man konnte meinen, er wäre auf der Flucht. Oder war er doch nicht so abgebrüht, wie er gerade tat?

Ein weiteres Geräusch riss mich aus meinen Gedanken. Ein aufheulender Motor, ein Windstoß, ein erschrockener Aufschrei. Ganz knapp verfehlte mich ein Auto, das an mir vorbeiraste. Erschrocken trat ich zur Seite und schaute mich verwirrt um.

»Was war das denn?« Wir alle starrten auf das Auto, das vor dem von Sofia zum Stehen kam. Ein schwarzer Mercedes, aus dem - eigentlich hätte ich es wissen müssen - Dean ausstieg. Er kam auf Sofia zu, die mittlerweile auch ausgestiegen war. Er umarmte sie und küsste sie besitzergreifend. Ich war versucht, wegzuschauen. Was sollte das denn? Als Dean mit einem überheblichen Grinsen aufblickte und zu Jonas schaute, wurde mir klar, dass das wohl eine kleine Machtdemonstration war. Dean war schließlich nicht blind und nicht blöd. Er wusste offensichtlich auch, dass Jonas Sofia zurück wollte.

Sofia schien genauso überrumpelt wie wir und versuchte sich von ihm zu lösen.

»Hey, lass das«, rief sie und schnappte nach Luft. Doch er ließ nicht locker. Gerade als ich ihr zur Hilfe eilen wollte, ging Jonas an mir vorbei. Ein paar große Schritte und er war um das Auto herum und schlug Dean mit der Faust ins Gesicht. Das löste meine Starre und ich riss die Hände vor Schreck vor den Mund.

»Jonas!«, schrie ich. Abgelenkt von meinem Ruf schaute er zu mir und sah die Faust von Dean nicht kommen. Sie knallte hart gegen seinen Unterkiefer. Es krachte lautstark, Blut spitzte. Ein weiterer Schlag, wieder ein Volltreffer. Ein erneutes Knirschen, das sich noch schlimmer anhörte. Jonas taumelte, fiel, schlug mit dem Kopf gegen das Auto, knickte ein und rutschte zu Boden. Ich hatte immer noch beide Hände über den Mund verschränkt, der in einem lautlosen Schrei verharrt offen stand. Sofia versuchte Dean am Arm festzuhalten, was ihr nicht gelang. Mit einer leichten Bewegung schleuderte Dean sie einfach zur Seite, so dass auch sie sich erst im letzten Augenblick am Wagen abstützen konnte. Ich rannte zu ihr und kniete mich neben sie.

»Sofia! Geht es dir gut?«, flüsterte ich voller Angst. »Sag doch etwas.«

Sie nickte, brachte jedoch kein Wort raus. Tränen vermischten sich mit Blut. Ihre Wange zierte eine Schramme, die schmerzhaft aussah, aber nicht weiter schlimm war. Sie schluchzte. »Oh mein Gott, oh mein Gott«, war das einzige, was sie immer wieder hervorstieß.

Jonas lag ausgeknockt am Boden, doch Dean hatte scheinbar noch nicht genug. Er hatte kurz die Arme gelockert, sich am Kinn gehalten, wo Jonas ihn getroffen hatte und stakste auf den am Boden Liegenden zu.

»Steh auf, du Loser.« Er trat leicht mit dem Fuß gegen Jonas Seite. Doch der rührte sich nicht. Wir starrten Dean an. Mein Kopf war völlig leer. Was konnte ich tun? Mein Handy lag im Auto. Dean trat nochmal zu, diesmal fester. Ich stieß einen erschreckten Schrei aus.

»Das kommt davon, wenn man seine Fäuste nicht bei sich behalten kann. Steh auf, hab ich gesagt!« Den letzten Satz brüllte er und er gab Jonas einen weiteren Stoß, dann holte er weit aus und …

»Nein!«, schrie Sofia und warf sich auf Jonas. Ich hatte gar nicht gemerkt, dass sie nicht mehr neben mir saß. Dean, der entweder nicht mehr abbremsen konnte oder dem es mittlerweile egal war, trat Sofia in die Seite, die laut aufschrie, aber auf Jonas liegenblieb. Jetzt kam auch ich wieder in Bewegung, kreischte, sprang zu Sofia und nahm sie schützend in den Arm.

»Hör auf damit! Verschwinde!«, schrie ich Dean an, der auf uns herunterstarrte. »Siehst du nicht, was du angerichtet hast? Hau ab.«

Meine Schreie vermischten sich mit Sirenengeheul, das immer lauter wurde und näher kam. Sofia wimmerte in meinen Armen. Unter ihr lag Jonas, der sich noch immer nicht rührte.

»Jonas«, schluchzte Sofia. »Jonas, bitte.«

Ich wusste nicht, was ich machen sollte und hielt sie einfach nur tröstend im Arm.

Dann stand plötzlich ein fremder Mann in meinem Sichtfeld, der auf mich einredete, mich sanft von Sofia löste und mich zur Seite begleitete. Ein anderer Mann tat dasselbe mit Sofia.

Wie aus weiter Ferne hörte ich immer wieder jemanden fragen »Sind sie verletzt?«, doch ich schüttelte permanent den Kopf. Ob ich es tat, um die Frage zu verneinen oder weil ich einfach nicht fassen konnte, was gerade geschehen war, wusste ich selbst nicht so genau. Anscheinend glaubten die Männer mir, denn die starken Arme lösten sich und ich spürte stattdessen eine dünne zerbrechliche Hand. Zwischen nicht aufzuhören wollende Tränenströme, erkannte ich Madita neben mir.

Sie wiederholte immer die gleichen Worte »Alles ist gut«, wie ein Mantra, als ob so wirklich alles gut werden würde, wenn man es nur oft genug sagte.

Jonas wurde von zwei Männern auf eine Bahre gehievt und in den Krankenwagen geschoben. Dann halfen die beiden Männer Sofia in den Wagen neben Jonas. Ich sah, wie sie sich mit schmerzverzerrtem Gesicht die Seite hielt, dabei aber tapfer versuchte ihre Tränen zu unterdrücken. Das verlaufene Make-up verriet jedoch, dass das nicht so klappte, wie sie wollte. Immerhin hatte die Schramme im Gesicht bereits aufgehört zu bluten. Einer der Männer stand plötzlich neben uns und erklärte Madita, in welches Krankenhaus sie die beiden bringen würden. Es wäre nichts Schlimmes. Ein gebrochene Nase, Prellungen, aber sie wollten lieber auf Nummer sicher gehen. Er gab ihr einen Zettel mit der Adresse und kurz darauf waren sie wieder verschwunden. Es sah fast alles wieder so aus, wie vor der Prügelei. Nur die kleinen Blutflecken auf dem Boden verrieten, dass etwas passiert war.

Dean hatte ich nicht mehr gesehen, seit ich ihn angeschrien hatte, er solle abhauen. War vielleicht auch besser so. Später erzählt Madita mir, dass sie alles von innen gesehen und als Jonas zu Boden ging, den Krankenwagen gerufen hatte. Dafür war ich ihr unendlich dankbar.

Anschließend fuhr ich ins Krankenhaus, wo ich Sofia direkt wieder mitnehmen konnte. Jonas musste jedoch eine Nacht zur Beobachtung dort bleiben.

Kapitel 21

Einige Tage später kam David in den Laden. Ich war wie immer alleine, er kam direkt zum Tresen.

»Hallo Caro. Wie geht's?«

»Hallo David. Mir geht's gut, danke?«, sagte ich überrascht. Es klang eher wie eine Frage, als eine überzeugende Antwort.

»Ich habe von dem Unfall gehört. Schlimme Sache.«

»Äh ja«, erwiderte ich schüchtern. Unfall? Okaaay.

»Jonas hat es ja schlimm erwischt.«

Seine Mundwinkel zuckten und ich merkte, dass er ein Grinsen zu unterdrücken versuchte, was ihm aber nicht so recht gelingen wollte.

»Ja, der Arme«, sagte ich mitfühlend, aber Davids komische Grimassen ließen mich das Gesagte nicht so rüberbringen, wie ich es vorgehabt hatte.

»Möchtest du eine Teemischung?«, fragte ich schnell, um nicht in Lachen auszubrechen. Ich schaute vorsichtshalber in eine andere Richtung. Schließlich war es ein ernstes Thema. Dabei fiel mein Blick auf den Ordner, den er unterm Arm hielt.

»Er hat den Unfall aber gut überstanden. Seine Krankenschwester kümmert sich rührend um ihn.« Jetzt musste er doch grinsen und ließ es auch zu.

Krankenschwester? Brauchte man so etwas, wenn man sich die Nase gebrochen hatte? Ich war verwirrt, beschloss aber nicht weiter nachzuhaken.

»Nein, heute keinen Tee. Ich bin wegen etwas anderem hier.« Er packte den Ordner mit beiden Händen und legte ihn auf den Tresen ab. »Ich habe alles kopiert und eine Aufstellung der Einnahmen und Ausgaben gemacht. Hast du kurz Zeit?«

»Das ging aber schnell. Klar habe ich Zeit.«

»Es sieht nicht gerade rosig aus für den Laden. Ich würde euch eigentlich raten zu verkaufen, wenn ihr ein gutes Angebot bekommt.«

»Was?«, fragte ich entsetzt. »Ich dachte, du bist auf unserer Seite!«

Ich wusste, dass es ein Fehler gewesen war, ihn zu fragen. Er war und blieb ein Mistkerl. Erst der Kaffee, dann dieses gemeine Ablenkungsmanöver an dem Schneetag.

»Na, ich sage nur, wie ich es als Außenstehender sehe.«
Ja klar …

»Natürlich würde mir das nicht gefallen. Ich komme seit meiner Kindheit hierher und würde ungern auf meinen Tee verzichten. Außerdem ist es eine gute Ausrede, dem Dokumentenwahnsinn zu entkommen und hier in eine ganz andere Welt einzutauchen.«

So hatte ich das noch gar nicht gesehen, aber es war wohl auch das, was mich hier so faszinierte. Dieser Laden war genau das Gegenteil von meinem vorherigen Job. Es war eine andere Welt. Die Antiquitäten, das Durcheinander, der Geruch, alles.

»Sag es einfach, ohne Umschweife. Wie hoch sind die Schulden? Wir schaffen das schon«, sagte ich patzig.

»Okay, wie du meinst. Also im Ganzen sind es ca. 17.000,-€ Schulden.«

Mir fiel die Kinnlade runter. Damit hatte ich nicht gerechnet. »So viel?«

»Naja, am höchsten sind die Posten Bankkredit, Standmiete und Zelt auf den Jahrmärkten und die Heizung. Und das über Jahre hinweg.« Er schaute durch den Raum. »Wenn hier mal ordentlich isoliert würde, könnte ein Posten schon mal reduziert werden.«

Ich hatte mich an den Tresen gekrallt, damit ich nicht umfiel. Obwohl mir ein Stuhl zum Sitzen lieber gewesen wäre. So viel Geld. Wer sollte das bezahlen? Vielleicht hatte David doch recht.

David schaute mich besorgt an. »Geht es dir gut? Du bist ganz blass. Vielleicht setzen wir uns mal in Ruhe zusammen an einem Tag, an dem Madita auch dabei sein kann.«

»Nein, es geht schon«, presste ich durch die Lippen.

»Ich sehe doch, dass es dir nicht gut geht. Ich komm ein anderes Mal wieder.«

»Nein, wirklich. Es geht.« Ich lockerte den Griff und versuchte tief einzuatmen. »Wir kriegen das hin.«

»Naja, eure Einnahmen sind nicht gerade hoch.«

Ich nickte widerstrebend. Ja, viel warf der Laden nicht ab.

»Ihr müsst unbedingt mehr verkaufen, habt aber kein Geld für neue Ware. Das ist ein Teufelskreis.«

Ich nickte wieder und kam mir langsam vor wie ein Wackeldackel.

»Das einzige, was ein bisschen Geld einbringt, ist die Wahrsagerei. Da sind die Einnahmen ganz gut. Das Problem ist der Laden.«

Ich konnte kaum glauben, was er da sagte. Was verdiente Madita denn dort, dass es sich lohnte?

»Aber Madita wohnt hier«, warf ich ein.

»Von dem Geld aus dem Hausverkauf könnte sie sich sicher eine kleinere, günstigere Wohnung kaufen.«

Am liebsten wollte ich mir die Ohren zuhalten. Jetzt verstand ich, warum Madita alles hatte schleifen lassen. Ich wusste nicht mehr, was ich von alldem halten sollte. Ich wusste auch nicht, was ich von David halten sollte. Wie konnte er nur so abgebrüht sein, wenn er doch schon als Kind hierhergekommen war? Mir fiel es schwer, ihn zu durchschauen. Frech, lustig und jetzt so distanziert. Wer war dieser Mensch? Ich hielt inne. Vielleicht steckte er mit Dean unter einer Decke? Reiß dich zusammen, ermahnte ich mich. Du musst den Laden retten!

»Wir können Teemischungen auf den Jahrmärkten verkaufen, Flyer verteilen, Werbung machen …«

»Das wäre eine Möglichkeit.« Davids Blick wurde nachdenklich und fiel auf die Antiquitäten. Er ging näher heran, nahm eine kleine Vase in die Hand und blickte kurz auf das Preisschild. »Was ist denn mit den Sachen?«

»Das kauft keiner«, ich machte eine wegwerfende Handbewegung. »Bei den Preisen.« Und ich konnte es ihnen nicht mal verdenken. Ich dachte daran, wie blöd ich aus der Wäsche geschaut hatte, als Madita mir den Preis für das zerbrochene Glas genannt hatte.

»Und wenn ihr die Preise senkt? Vielleicht kriegt ihr dann das eine oder andere verkauft?«

»Auf keinen Fall«, rief Madita und kam in den Laden rein gestürzt. Sie hatte die letzten Worte wohl mitangehört. Sie nahm David die Vase aus der Hand und stellte sie wieder hin. »Die Sachen sind extrem wertvoll.«

»Aber…«, versuchte ich zu vermitteln.

Doch Madita fuhr dazwischen. »Nein, entweder jemand ist bereit, das zu zahlen oder nicht. Wer die Summe bezahlt, der weiß den Wert zu schätzen und geht auch damit um, wie es sich gehört.« Sie hustete ein paar Mal und schnappte nach Luft. Ihre Miene blieb dabei unerbittlich und ich wusste, es würde nichts bringen, sie umstimmen zu wollen.

Doch David ließ nicht locker. »Ihr solltet sie mal von einem Experten schätzen lassen. Vielleicht ist das einfach nur der falsche Ort. Möglicherweise ist ein Händler oder ein Kunstsammler daran interessiert.«

Ich schaute David an. Keine schlechte Idee. Vielleicht konnten wir ja eine Art Auktion veranstalten. Da Madita jedoch immer noch mit dem Kopf schüttelte, notierte ich mir den Gedanken im Hinterkopf.

***

Trotz Maditas Protest, hatte ich bei einem Kunstexperten einen Termin angefragt. Irgendwie würde ich Madita schon ablenken, dachte ich. Doch das war zum Glück gar nicht nötig. Sie machte gerade Mittagspause, als Gerhard Leiher, ein großer, schwerer Mann mit altmodischen, aber dennoch schicken Klamotten hereinkam, um die Antiquitäten zu inspizieren. Ich war total aufgeregt und konnte mich den ganzen Tag schon auf nichts richtig konzentrieren. Nachdem ich ein paar vorbereitete Kräuterpakete in den Kühlschrank und statt Zucker Salz in unseren Tee gegeben hatte, hatte mich Madita mehrmals kopfschüttelnd angesehen. Ich hatte mich sehr zusammenreißen müssen, um nicht zu riskieren, dass sie mich nach Hause schickte, bevor der Kunstexperte kam.

Schließlich war ich zwischen den Regalen untergetaucht und hatte die Antiquitäten abgestaubt, sie gerade hingestellt, ein bisschen umsortiert und die - meiner Meinung nach - schönsten weiter nach vorne geholt. Madita hatte zwar komisch geguckt und mir weiterhin kritische Blicke zugeworfen, aber nichts gesagt. Ich fragte mich die ganze Zeit, ob sie etwas ahnte. Doch im Großen und Ganzen ließ sie mich in Ruhe. Nur bei wenigen Gegenständen, die ihr wohl besonders am Herzen lagen, hatte sie sich mit zusammengekniffenen Augen neben mich gestellt. Wahrscheinlich glaubte sie, dass sie sie auffangen konnte, wenn ich sie fallen ließ.

In Gedanken hatte ich mich schon hundertmal bei David bedankt, auch wenn ich es ihm gegenüber niemals zugegeben hätte. Das war die beste Idee, die er bisher gehabt hatte. Madita würde uns noch dankbar dafür sein. Ganz sicher. Das war unsere Chance. Mit ein bisschen Glück, konnten wir bald alle Schulden bezahlen und Madita das Haus und ich meinen Job behalten. Ich malte mir in Gedanken schon aus, wie Herr Leiher mir einen Scheck mit vielen Nullstellen übergab.

Ich begrüßte den Mann ehrfürchtig und führte ihn zu den Antiquitäten. Meine Hände zitterten vor Aufregung. Herr Leiher dagegen war ganz ruhig, hatte einen kritischen Gesichtsausdruck aufgesetzt und holte eine kleine Lupe heraus. Dann machte er sich einen groben Überblick, wanderte flink zwischen den Regalen umher - mich wunderte, dass er nirgendwo anstieß - nahm ein paar der Gegenstände in die Hand, murmelte etwas und kam nach einer halben Stunde wieder hervor. Ich hatte ihn die ganze Zeit heimlich von meinem Tresen aus beobachtet. Nebenbei achtete ich auf jedes Geräusch, das von hinten kam und war ein paar Mal erschrocken zusammengezuckt. Nicht, dass Madita plötzlich auftauchte. Voller Spannung sprang ich auf den Mann zu und erwartete gespannt sein Urteil. Vielleicht war ja wirklich das eine oder andere Schätzchen darunter.

»Also, Sie haben da ja interessante Sachen.« Seine Betonung war jedoch gar nicht so, wie ich es erwartet hatte. Kein Freudestrahlen, kein Völlig-aus-dem-Häuschen-sein. Das war sicher nur eine Masche! »Das eine oder andere ist tatsächlich exquisit«, fuhr er in einem gelangweilten Ton fort. Sein Gesichtsausdruck stimmte so gar nicht mit dem überein, was er sagte. Es wirkte eher als wäre er angeekelt. »Dieses Tellerservice und die chinesische Vase sind circa 350€ wert. Die restlichen Sachen würde ich auf etwa 1000,-€ bis 1300,-€ schätzen.«

»1000,-€ bis 1300,-€?«, wiederholte ich. Wow. So viel. Das war ja noch mehr, als was Madita dafür verlangte. »Das sind ja Millionen. Wer würde das denn kaufen?«, überlegte ich laut.

»Gute Frau. 1000,-€ für alles, nicht für eins«, meinte er nüchtern und jetzt wurde mir auch klar, warum er so komisch guckte. Oh Gott, wie peinlich!

»Sind Sie sicher?«, rutschte es mir heraus. Zwischen dem, was der Mann sagte und dem, was Madita dafür verlangte, lagen Welten.

Das war wohl die falsche Frage gewesen, denn plötzlich veränderte sich sein Gesichtsausdruck deutlich. Entsetzt, beleidigt, beinahe wütend. Er bückte sich, klemmte sich seine Aktentasche unter den Arm und stapfte aus dem Laden. Ohne ein weiteres Wort. Ich schaute verblüfft hinterher. Da gingen die Millionen, ach nee, was hatte er gesagt? 1350€? Ich fühlte mich, als hätte er mir Spielgeld angeboten. Kein Wunder, dass keiner den alten Plunder wollte. Die Leute hatten wahrscheinlich besser erkannt als ich, dass der ganze Kram völlig wertlos war. Und ich hatte die ganze Zeit Angst gehabt, dass irgendetwas kaputt ging. Am liebsten wäre ich heulend davongelaufen.

»Was ist dir denn über die Leber gelaufen?«, schreckte mich eine Stimme auf. Ich starrte Madita einfach nur fassungslos an und brachte den ganzen Tag kein Wort mehr heraus. Was hatte sie mir noch verschwiegen, vorenthalten oder vorgelogen?

***

Nachdem ich David das Ergebnis gebeichtet und er Madita wieder beruhigt hatte, die total entrüstet über die geringe Wertschätzung ihrer Antiquitäten gewesen war - »so ein Tu-nicht-gut, ein Heuchler ist das« - setzten Madita, Giorgio, David und ich uns zusammen und besprachen, wie es weiter gehen sollte. Beziehungsweise ich sprach anfangs gar nicht. Ich war so sauer auf Madita, dass ich mich bockig raushielt. Erst als David anfing, mich wegen meiner ›Zickigkeit‹ aufzuziehen, überwand ich mich und diskutierte mit. Es sollte mir keiner nachsagen können, dass ich nicht mitgeholfen hatte, den Laden zu retten. Je öfter wir uns besprachen, desto mehr merkte ich, wie sich meine Meinung über David änderte. Anfangs war ich noch fest überzeugt gewesen, dass er den Laden verkaufen wollte. Aber so, wie er sich für Madita einsetzte und sich Gedanken machte, war er vielleicht doch nicht so abgebrüht, wie ich gedacht hatte? Und auch wie Madita mit ihm umging: So ein schlechter Mensch konnte er doch gar nicht sein, oder?

Wir besprachen mehrere Strategien und verwarfen die meisten gleich wieder. Obwohl Madita eigentlich bereits die Winterpause eingeläutet hatte, kamen wir zu dem Schluss, dass wir jeden Cent brauchen konnten. Und so hatte Madita, die zum Glück wieder einigermaßen gesund war, sich für die letzten Jahrmärkte angemeldet, die noch stattfanden. Ich hatte schon ein schlechtes Gewissen, sie in der Kälte dort sitzen zu lassen, aber sie war jetzt nicht mehr davon abzubringen. Wenigstens konnte ich sie dazu bringen, sich nicht auch noch auf allen Weihnachtsmärkte anzumelden. Das hätte ihre Kräfte womöglich überstiegen.

Entgegen der miserablen Einschätzung des Kunstsammlers boten wir die Antiquitäten verschiedenen Händlern an und auch auf den Märkten versuchten wir, sie zu verkaufen. Da wir trotz Maditas Zähneknirschen die Preise gesenkt hatten, kauften uns ein paar Kunden sogar etwas ab. Jedes Mal, wenn Giorgio mit einem positiven Bericht vom Markt kam, wäre ich am liebsten schreiend in die Luft gesprungen. Madita dagegen war kurz davor in Tränen auszubrechen. Sie tat sich schwer damit, von ihren Waren Abschied zu nehmen. Ich fragte mich manchmal, woher sie sie hatte. Das würde mir vielleicht helfen, ihre Reaktion zu verstehen, aber darüber sprach sie nicht.

Kapitel 22

Leider brachten unsere Bemühungen nicht viel. Zwar kam etwas Geld in die Kasse, jedoch lange nicht genug, um die hohen Schulden loszuwerden. Es deckte die Ausgaben und wir machten einen minimalen Gewinn, aber es würde ewig dauern, bis wir wieder im grünen Bereich waren. Das sah auch David mit Sorgenfalten und er kam immer öfter vorbei, um bei der Lösungsfindung zu helfen.

Obwohl die Situation so ernst war, begann ich unsere Besprechungen zu genießen. Mein Herz machte jedes Mal einen kleinen Sprung, wenn David vorbeikam und mein Bauch fühlte sich an, als wäre ein Bienenschwarm auf Ausflug. Das gleiche passierte auch, wenn er zwischendurch kam, um seinen Teevorrat aufzufüllen. Leider oder besser gesagt zum Glück, war ab und zu auch Lara dabei. Sie ließ mich immer wieder auf den Boden der Tatsachen zurückkehren. David war tabu. Jakob war derjenige, der mir das Herz schneller klopfen lassen sollte. David war mit Lara zusammen und sie waren ein schönes Paar. Das musste ich mir immer wieder sagen, denn trotz meiner Bemühungen, fiel es mir schwer meine Gefühle zu unterdrücken und normal mit David umzugehen. Ich wusste, ich sollte ihm aus dem Weg gehen, aber unser Alltag hatte sich schleichend und unmerklich miteinander verknüpft. Trotz meines schlechten Gewissens genoss ich seine Nähe. Auch wenn er mich manchmal zur Weißglut brachte.

Heute war er wieder mal alleine in den Laden gekommen. Ich wollte gerade die Tür abschließen und meinen Feierabend antreten, als er plötzlich vor mir stand.

»Sind Madita und Giorgio schon zurück?«

»Nein, aber sie kommen sicher gleich. Ist etwas passiert?«

»Nein, ich wollte nur fragen, wie der Markt gelaufen ist. Schließlich sind das die letzten relevanten Einnahmen.«

Da auch ich neugierig und sowieso noch mit Sofia verabredet war, die mich vor dem Laden abholen wollte, ließ ich ihn eintreten und wir warteten gemeinsam.

Ich überlegte krampfhaft, was ich sagen sollte. Das war mir doch vorher nie so schwer gefallen. In Anwesenheit von Giorgio und Madita war das ganz einfach. Aber im Moment hatte ich keine Ahnung, wie ich mit ihm ein unverbindliches Gespräch anfangen konnte und am besten eins, das nicht um die Schulden ging. Mir fiel einfach nichts ein. Und so herrschte ein paar Minuten Stille, bis Madita und Giorgio kamen und mich aus meinem Kampf erlösten.

Ich sprang auf sie zu und half ihnen mit den Taschen. David nahm Madita den Koffer ab. Sie sah entkräftet aus und mir wurde einmal mehr bewusst, wie alt sie war. Sie erklärte auch gleich, dass sie sich sehr müde fühlte und sich zurückziehen wolle. Und so trugen wir gemeinsam mit Giorgio die restlichen Koffer mit den Antiquitäten ins Haus.

»Und?«, fragte ich Giorgio? »Irgendetwas verkauft?«

»Mmh«, brummte der. »Nein, leider nicht. Eine paar der Holunderblütemischungen unde von die Lavendeltee, aber nur weil Madita sie als Schlafemittel und die andere als Potenzmittel verkauft hat.«

Darauf wusste ich nichts zu erwidern. »Naja, Hauptsache verkauft. Vielleicht hat der eine oder andere ja die Werbung gesehen und kommt doch noch in den Laden«, meinte ich ohne viel Hoffnung.

»Hallo!«, Sofia kam herein. »Die Tür ist ja noch offen.«

»Hi«, begrüßte ich sie.

»Was macht ihr denn alle für Sorgengesichter?«, wunderte sie sich und wandte sich dann Giorgio zu. »Ach Giorgio, gut, dass ich Sie treffe. Wenn ihr auf den nächsten Jahrmarkt geht, könnte ich da mal mitkommen? Ich würde so gern mal sehen, wie das ist. Ich habe gerade ein paar Salben fertiggestellt. Meinst du ich könnte die da verkaufen?«

»Ja, eine Fleckchen finde wir sicher noch für dich. Allerdings war diese wie ich weiß die letzte Markt für diese Jahr. Demnächst sinde nur noch Weihnachtsmarkte.«

»Ach schade, ich hatte gehofft, direkt mal was verkaufen zu können. Aber vielleicht versuche ich es mal auf dem Weihnachtsmarkt.«

»Na dann viel Spaß«, mischte ich mich ein. »Ich bring dir dann ab und zu mal was Heißes zu trinken vorbei. Wenn es schneit, wird es sicher eiskalt«, neckte ich sie.

»Ach quatsch, in so einer Bude ist es bestimmt total gemütlich. Außerdem werde ich sicher total im Stress sein, wegen all der Leute, die etwas bei mir kaufen.«

»Möglicherweise hast du recht«, schaltete sich David ein. »Der Dezember ist der beste Verkaufsmonat. Manche Unternehmen gleichen kurz vor Weihnachten die roten Zahlen der anderen Monate aus und machen noch

Gewinn, so dass sie mit schwarzen Zahlen ins nächste Jahr starten.«

»Echt? Krass.«

»Eigentlich schade, dass ihr zu Weihnachten nichts machen wollt. Gerade dann sind Kräuter und heiße Tees sicher gefragt und ein Blick in die Zukunft, wie das nächste Jahr so läuft, kommt bestimmt auch gut an.«

»Stimmt, wenn ich das so bedenke …«, überlegte ich, schüttelte dann aber den Kopf. »Ich kann Madita nicht in die Kälte nach draußen schicken.«

»Und wenn du hier im Laden eine Weihnachtsfeier machst?«, fragte Sofia.

»Eine Weihnachtsfeier?« ich blickte mich um. »Naja, vielleicht ginge das. Wenn wir den Plunder …«, ich fing mir einen bösen Blick von Giorgio ein, »… die Antiquitäten etwas zur Seite räumen, könnten wir ein paar Stehtische reinstellen.«

»Ja, und wir könnten Plätzchen und Tee anbieten.«

In meinem Kopf begann es zu rotieren und es war, als würden sich die Rädchen, die die ganze Zeit nur schwerfällig zusammengearbeitet hatten, neu miteinander verzahnen. »Ja, Zimtplätzchen und Lebkuchen und irgendwo habe ich noch ein Rezept für Kräuterglühwein.«

»Super, dann müssen wir nur noch dafür sorgen, dass auch genug Leute kommen«, meinte Sofia.

»Vielleicht kann ich auch noch ein paar Freunde gewinnen, die mitmachen wollen.« Ich dachte an ein paar meiner Exkolleginnen, die ebenfalls entlassen worden waren. Ich wusste, dass Lissy einen eigenen DaWanda-Shop hatte, über den sie ein paar selbstgemachte Schmuckstücke verkaufte.

»Wow, wir machen unseren eigenen Weihnachtsmarkt. Das ist echt super.«

»Ja, wenn die anderen auch noch etwas Werbung machen, könnte das etwas Großes werden.«

»Ich sehe die Plakate schon vor mir: Erstes Weihnachtsfest mit der weltberühmten Madita«, schwärmte Sofia und ich kicherte. Ja, vielleicht würde das den Laden endlich mal etwas bekannter machen.

»Aber das wirde doch teuer«, meinte Giorgio, dem unsere Idee noch nicht so gefiel. In unserer Euphorie ignorierten wir seine Bedenken.

»Genial!«, rief Sofia dazwischen. »Meinst du ich könnte da auch ein paar meiner Cremes und Seifen verkaufen?«

»Ja klar, je mehr Leute mitmachen umso besser.«

Ein Wort ergab das andere und statt voller Sorgen war ich nun erfüllt von Tatendrang und Vorfreude. Ich konnte es kaum erwarten, mit der Planung anzufangen. Mir war klar, dass eine Menge Arbeit auf mich zukam, aber es war wie die Veranstaltung einer riesigen Party. Zwar hatte ich immer noch Bedenken, ob das alles klappte und ob es wirklich Geld in die Kassen spielen oder den Schuldenberg nur weiter anwachsen lassen würde. Aber ich stürzte mich in die Arbeit und konnte mich von allen Sorgen ablenken.

Wir beschlossen, den Weihnachtsmarkt auf den 15. Dezember zu legen, so dass wir noch genug Zeit hatten, alles zu organisieren. Wir würden die Kräuter verkaufen und mit Kräutern garnierten Glühwein und Gebäck anbieten. Sofia wollte Salben, Cremes und Seifen verkaufen. Lissy würde sicher auch mit machen. Um die anderen

Kontakte kümmerte sich Giorgio. Er kannte viele Händler, die das ganze Jahr über auf Märkten verkauften.

Ich war verantwortlich für die Werbung. Ich freute mich, endlich mal wieder etwas Konkretes tun zu können, statt darauf zu hoffen, dass Kunden kamen oder sich unsere Schulden in Luft auflösten, denn darauf konnte ich lange warten.

Kapitel 23

Am Wochenende machte ich mich daran, Flyer und Plakate zu entwerfen. Außerdem wollte ich eine kleine Facebook-Anzeige schalten und auf unserer Webseite eine Einladung zum Weihnachtsfest posten. Ich arbeitete den ganzen Samstag daran. Jakob verbrachte den Tag bei einem Freund. Sie wollten irgendetwas Tolles aufbauen und ausprobieren.

Gegen neun Uhr abends verspürte ich einen spitzen Schmerz im Nacken und zuckte zusammen. Ich hielt die Hand an die Stelle und schaute das erste Mal seit mindestens einer Stunde vom Bildschirm auf. Meine Augen brannten. Auf dem Computerdisplay war ein einziger Strich zu sehen, an dem ich so lange gearbeitet hatte, bis er perfekt war. Mein Blick fiel auf die Uhr. Mit Schrecken stellte ich fest, wie spät es bereits war. Ich hatte mich in den Details verloren und gar nicht gemerkt, wie die Zeit dahingerannt war.

Mit ein paar Tastenkombinationen ließ ich das Design größer werden und hatte jetzt wieder den ganzen Flyer vor mir. Ich betrachtete ihn mit kritischem Blick und war mir plötzlich nicht mehr so sicher, ob ich den Entwurf wirklich gut fand. Zweifel stiegen in mir hoch und ließen mir keine Ruhe. Jeglicher Versuch etwas zu verbessern, machte es nur noch schlimmer. Kurz bevor ich die ganzen Entwürfe und die Arbeit eines ganzen

Tages wieder löschte, entschied ich mich dazu, Sofia anzurufen und sie nach ihrer Meinung zu fragen.

Es dauerte ein paar Sekunden, bis sie abhob. Sie schien in guter Stimmung zu sein, denn ich hörte, wie sie versuchte, ein aufsteigendes Lachen zu unterdrücken. Im Hintergrund klimperte ein Klavier. War das Mozart? Außerdem vernahm ich leises Gemurmel. Wo war sie?

»Sofia? Bist du das?«

Vielleicht hatte ich mich ja verwählt, was aber eigentlich unmöglich war, schließlich rief ich von meinem Handy an und ihre Nummer war eingespeichert.

»Hi Caro. Was gibt's?«

Flüsterte sie etwa? »Sofia? Wo bist du?«

»Du, es ist gerade etwas ungünstig.«

Endlich fiel auch bei mir der Groschen. »Bist du etwa in einem Restaurant?«

»Ja, wie gesagt. Ich ruf dich später zurück«, sagte sie und legte auf.

Ich war so überrascht, dass ich das Handy noch eine paar Sekunden lang am Ohr hielt, obwohl Sofia längst weg war. Was war das denn? Sie hatte gar nicht gesagt, dass sie ausging. Hatte sie ein Date? Der erste, der mir in den Sinn kam war Dean. Aber das konnte doch nicht sein? Nach all dem, was er getan hatte! Ich dachte, sie hätte ihre Lektion gelernt und würde sich nicht mehr auf diesen Blender einlassen. Ich hatte wieder die Prügelei vor Augen und das ganze Blut. Mir wurde flau im Magen, wenn ich nur daran zurückdachte. Das konnte sie nicht tun! Oder doch? Wut stieg in mir auf. Sie konnte doch nicht wirklich weiter mit Dean zusammen sein! Plötzlich hatte ich das starke Bedürfnis, etwas gegen die Wand zu schleudern.

Und da ich das Handy immer noch in der Hand hielt, war es das erste, was daran glauben musste. Doch bevor ich meiner Wut Ausdruck verleihen konnte, klingelte es und ich ließ es stattdessen vor Schreck einfach fallen. Ich sprang auf, fischte das Telefon vom Boden und schaute auf das Display. Erschrocken, verwirrt, misstrauisch. Unbekannt. Mit zittrigen Händen – ich wusste selber nicht, warum ich plötzlich so reagierte – nahm ich den Anruf an.

»Caro, bist du es?«

Erleichtert stellte ich fest, dass ich die Stimme kannte. David. »Natürlich, das ist meine Nummer«, sagte ich schnippisch. »Woher hast du die?«

»Oh, ich habe so meine Informanten.« Ich spürte sein Grinsen sogar durchs Telefon. Seine angenehme Stimme beruhigte mich. Mir kam ein leiser Verdacht. »Etwa von Ma…«

Doch er fuhr dazwischen. »Nein, nicht von Madita. Ich rufe an, weil Lara mich gebeten hat, dich etwas zu fragen.«

Aha, Lara. War das etwa Enttäuschung, die ich da verspürte? Reiß dich zusammen, sagte ich mir.

»Na, dann schieße los.«

»Sie würde gerne ein paar ihrer Taschen verkaufen. Ich habe ihr von der Weihnachtsfeier erzählt und sie meinte, das wäre eine gute Gelegenheit. Kurz: Hast du noch ein bisschen Platz für Laras Taschen?«

»Äh, ja klar«, sagte ich und wunderte mich gleichzeitig, warum sie mich das nicht selber fragte. »Und warum rufst du mich wirklich an?«, fragte ich bevor ich mich zurückhalten konnte.

»Einen anderen Grund gibt es nicht«, meinte er. »Hast du das Gefühl, dass ich dich belästige?«

»Nein«, fuhr ich direkt dazwischen. »Nein, es wundert mich nur, dass sie mich das nicht selber fragt.« Plötzlich hatte ich eine Idee. »Aber es ist ganz gut, dass du anrufst. Vielleicht kannst du ja mal ein kritisches Auge auf meine Entwürfe werfen. Sei bitte ehrlich und sag genau, was du denkst.«

»Tu ich das nicht immer?«

Doch, das tat er, das wusste ich nur zu gut. Nachdem ich ihm die Designs geschickt und er seine Kritik geäußert hatte, spürte ich, wie eine unbewusste Last von meinen Schultern abfiel. Ich hatte gar nicht gemerkt, wie angespannt ich gewesen war. Wahrscheinlich der Ärger darüber, dass ich einen ganzen Tag verschwendet hatte. Doch da ihm die Designs gefielen, hatte sich die Arbeit doch gelohnt. Wir redeten noch weiter über das Fest, über Werbung und über alles mögliche. Die Minuten flossen nur so dahin.

In einem stillen Moment hörte ich das Türschloss knacken und horchte auf. War Jakob zurückgekommen? Ich blickte auf die Uhr. 22:35. Wow. Wir hatten unglaublicherweise die ganze Zeit geredet.

»Caro? Bist du noch dran?«

»Sorry, war gerade abgelenkt. Jakob, also mein Freund, ist nach Hause gekommen.«

»Sollen wir aufhören?«

Ich gähnte. »Ja, ich glaube, es wird Zeit schlafen zu gehen. Ich bin echt müde. Dann bis morgen.«

Ich dachte kurz über unser Gespräch nach, legte auf und widmete mich grinsend wieder dem Bildschirm, um die letzten Änderungen einzubauen, die ich mit David besprochen hatte. In dem Moment umarmte mich Jakob von hinten. »Was machst du denn da?«

Ich zuckte zusammen und ließ die Maus los, damit sich nichts verschob. Wieso schlich er sich denn so an? »Ich mache ein paar Flyer.«

»Für den Laden?«

»Ja.«

»Du arbeitest auch am Wochenende dafür?«

»Ja.« Was sollte die Fragerei?

»Bekommst du das bezahlt?«

»Nein, das macht mir Spaß.«

Er hatte sich wieder zurückgezogen und schaute jetzt nur noch über meine Schulter auf den Bildschirm. Obwohl es sich anfühlte wie in der Schule, wenn man vom Lehrer kontrolliert wird, versuchte ich es auszublenden und weiterzuarbeiten.

»Kannst du nicht mal etwas anderes machen?« Er beugte sich wieder zu mir runter und küsste mich auf die Wange.

»Mmh«, sagte ich. Meine Müdigkeit war wie weggeblasen. Lag es an dem grellen Licht des Displays oder daran, dass Jakob neben mir stand und mich kritisierte? Ich wusste es nicht.

»Hörst du mir überhaupt zu?«

»Mmh.«

Er griff an meine Schulter und versuchte mich zu sich umzudrehen.

»Was?«, fuhr ich ihn an und wandte kurz meine Augen auf ihn. Dann gleich wieder zurück zum Bildschirm. »Ich muss arbeiten. Lass das.«

»Du hörst mir gar nicht zu.«

»Ja, wie gesagt. Ich muss arbeiten!«

Ich schob ihn entschlossen zur Seite, um genug Freiraum zu haben. Ich ärgerte mich darüber, dass er mich den ganzen Tag alleine gelassen hatte. Und jetzt, wo er wieder da war, sollte ich alles stehen und liegen lassen?

»Caro, ich finde das nicht mehr gut.«

»Was findest du nicht gut? Meinen Flyer?«

»Mensch, unsere Beziehung«, rief er.

»Was ist denn damit?«

Mir gefiel unsere Beziehung auch nicht mehr. Er war so oft arbeiten. Doch mittlerweile hatte ich mich damit arrangiert, steckte meine überflüssige Zeit auch in Arbeit und so fiel mir gar nicht mehr auf, wie oft er unterwegs war. Jetzt wollte ich mal seine Ansicht hören. Was hatte er an unserer Beziehung auszusetzen? Er konnte sich doch nicht etwa darüber beschweren, dass ich jetzt auch mehr arbeitete und länger weg war, oder? Ich war mit meinen Gedanken längst nicht mehr bei der Grafik am Computer, tippte aber trotzdem weiter. Schließlich sollte der Flyer so schnell wie möglich fertig werden. Am liebsten heute Abend noch. Ich tippte den Text in das kleine Feld.

»Du bist nur noch mit diesem Laden beschäftigt, wir sehen uns kaum noch.«

Jetzt sah ich ihn mit hochgezogenen Augenbrauen an. »Und das ist meine Schuld? Wo warst du denn die ganze Zeit? Du warst in den letzten Monaten so selten zu Hause. Wenn ich in die Wohnung gekommen bin, warst du nicht da. Ich habe mich auf gemeinsame Abende gefreut und du warst unterwegs.«

»Ach, wo soll ich denn da gewesen sein?«

»Was weiß denn ich, deine seltsamen Projekte. Du warst immer nur auf Arbeit oder bei deinen Pokerabenden.«

»Jetzt fängt das schon wieder an«, stöhnte er. »Was kann ich denn dafür, dass ich arbeiten muss? Und der Pokerabend ist einmal im Monat, ich bitte dich.«

Ich schaute ihn verletzt an. »Ach, wenn du arbeiten musst, ist das nicht schlimm, aber wenn ich arbeite, dann führst du dich so auf.«

Ich wandte mich wieder dem Bildschirm zu und setzte die letzten Texte ein.

»Hast du nicht gesagt, der Laden sei pleite? Suche dir endlich einen vernünftigen Job. Ich verstehe gar nicht, warum du noch so viel Arbeit da reinsteckst. Ich gehe jetzt schlafen«, sagte er und ging.

Ich tat so, als würde ich mich nicht darüber ärgern, aber in meinem Kopf rotierte es. Noch das Datum und dann abspeichern. Wie konnte er nur so etwas sagen? Er war doch nie da, war immer arbeiten. Jetzt noch zur Druckerei schicken und der Flyer war abgehakt.

In dieser Nacht schlief ich auf dem Sofa.

Kapitel 24

In den nächsten Tagen stürzte ich mich voll und ganz in die Vorbereitungen der Weihnachtsfeier. Wenn sie auch klein war, so sollte sie doch perfekt werden. Außerdem gab mir das eine wunderbare Möglichkeit, mich von dem Streit mit Jakob abzulenken. Denn auch er hatte seine Gewohnheiten nicht geändert und war abends meist noch länger unterwegs gewesen als ich. Oft war ich längst entweder auf dem Sofa oder im Bett eingeschlafen, sodass ich jedes Mal erschrocken hochfuhr, weil ich das Türschloss knacken oder Schritte in der Wohnung hörte.

Die Vorbereitungen forderten zum Glück meine ganze Aufmerksamkeit. Ich hätte niemals gedacht, dass es so anstrengend und nervenaufreibend sein konnte, so ein kleines Fest auf die Beine zu stellen. Ich konnte an nichts anderes mehr denken. Mich überkam in regelmäßigen Abständen die Sorge, etwas vergessen zu haben. Eventorganisation war noch nie meine Stärke gewesen. Selbst das Organisieren von kleinen Tagesausflügen überforderte mich. Deshalb hatte ich diese Dinge immer den anderen überlassen, was jetzt natürlich auf mich zurückfiel. Zudem musste ich stets im Hinterkopf behalten, dass wir ja nichts ausgeben, sondern Einnahmen generieren wollten. Nachdem ich die sechzehnte Liste erstellt und wieder zerrissen hatte, stellte ich frustriert fest, dass es bereits nach sieben Uhr und ich zu nichts mehr fähig war. Ich machte die Schotten dicht und fuhr nach Hause.

Dort angekommen, stibitzte ich mir eine Tiefkühlpizza aus Jakobs Vorrat und schob sie in den Ofen. Anschließend machte ich es mir damit und mit einer Dose Cola auf dem Sofa gemütlich und ließ mich nur noch berieseln. Ich hatte nicht mal die Kraft, bei »Wer wird Millionär« mitzuraten, sondern schaute einfach zu, wie der Kandidat bei manchen Fragen zögerte, bei anderen direkt antwortete. Irgendwann stellte ich überrascht fest, dass bereits ein anderer auf dem heißen Stuhl saß.

Irgendwann kam Jakob nach Hause. Nachdem er eine halbe Stunde lang in der Küche herum gewerkelt hatte, gesellte er sich zu mir ins Wohnzimmer und setzte sich neben mich. Ich schaute ihn lächelnd an. Als ich jedoch merkte, wie ernst er guckte, setzte ich mich besorgt auf.

»Ist etwas passiert?« Mir kamen direkt schreckliche Szenarien in den Sinn.

Er zögerte kurz, doch dann gab er sich einen Ruck. »Ich habe hier etwas für dich«, sagte er und wedelte mit ein paar Papieren, die ich erst jetzt bemerkte. »Ich habe mit Markus gesprochen. Und er meinte, bei ihm in der Firma würde zurzeit eine Buchhalterin gesucht. Er hat mir ein paar Informationen zugeschickt.«

Es dauerte ein paar Sekunden, bis ich verstand, was er mir damit sagen wollte. Ich wollte etwas erwidern, brachte aber keinen Ton raus, sondern starrte einfach nur auf die Blätter in seiner Hand. Hatte er das gerade wirklich gesagt oder war ich schon so müde, dass ich kurz weggedämmert war und nur geträumt hatte?

»Er hat sich bereit erklärt, ein gutes Wort für dich einzulegen, wenn du dich dort bewirbst. Das ist die Chance.«

Mein Blick wanderte von den Papieren zu ihm und ich verkrampfte mich. »Das meinst du nicht ernst.«

»Doch, ist das nicht toll?«

Wie bitte? Er hatte den Satz wohl falsch gedeutet.

»Nein«, stieß ich hervor.

Jetzt schaute er mich an und sah an meinem Gesichtsausdruck, dass ich es anders meinte, als er glaubte. Denn auch seine Miene veränderte sich. Er runzelte die Stirn. »Bitte Caro. Das ist die Gelegenheit auf einen richtigen Job.«

»Ich habe einen richtigen Job.«

Von einem Moment auf den anderen schwankte seine Stimmung und er wurde sauer. »Darüber haben wir gesprochen. Das ist doch kein Job. Dieser Laden ist ein Witz, dein Gehalt ist ein Witz. Ich weiß gar nicht, was du da willst. Du bist Buchhalterin. Wenn der Laden pleite ist, hast du nichts mehr.«

»Und ist das dein Problem? Nein, das ist meine Sache«, rief ich trotzig und sprang auf. Wütend konnte ich auch! »Selbst Dean sagt, der Laden ist bald weg«, spielte er seinen vermeintlichen Triumph aus.

»Dean! Der Mistkerl soll sich um seinen eigenen Kram kümmern.« Naja, tat er in dem Sinne ja auch, dachte ich, was mich noch wütender machte.

»Hör dir mal zu! Wie sprichst du über meine Freunde?«

»Bitte? Deine Freunde? Wenn du wüsstest, was dein Freund so tut, er hat …« Ich hielt in letzter Sekunde inne. Fast wäre mir rausgerutscht, wie er mich beim

Speed-Dating angebaggert hatte, obwohl er genau wusste, dass ich vergeben war. Aber davon wusste Jakob ja nichts und ich hatte auch nicht wirklich vor, ihm davon zu erzählen. Ich musste Dean zugutehalten, dass er Jakob anscheinend – hoffentlich – noch nichts von dem Treffen ausgeplaudert hatte. Obwohl dies wohl auch eher darauf zurückzuführen war, dass er dann selbst in die Bredouille geraten könnte. Denn ich würde mich dann sicher nicht zurückhalten, von seiner unverschämten Baggerei zu erzählen. Eigentlich wollte ich keine Geheimnisse vor Jakob haben, doch war es ein Geheimnis? Nein, ich hatte Sofia nur einen Gefallen getan, beziehungsweise hatte sie mich dazu genötigt.

Jakob hob die Augenbrauen. Er wartete darauf, dass ich den Satz beendete. »Er ist auch nicht so toll, wie du denkst.«

Doch Jakob ging gar nicht darauf ein. Ich hatte schon oft genug gesagt, dass ich Dean nicht mochte. Wahrscheinlich würde er mir gar nicht glauben, wenn ich ihm die Wahrheit erzählte.

»Bewirb dich bei ALG. Da hast du eine gute Chance auf einen guten Job.« Er war auch aufgestanden und hielt mir die Papiere hin. Doch ich weigerte mich, sie zu nehmen.

»Nein.« Ich wusste, dass ich wie ein bockiges Kind klang, konnte aber in diesem Moment nicht anders. Mir ging es total gegen den Strich, dass Jakob sich einmischte und mich dazu drängte einen Job anzunehmen, den ich nicht wollte. Gerade jetzt, wo ich mich so reinhängte, um den Laden zu retten. Ich wollte in dem Laden bleiben. Dort war ich glücklich.

»Dann mach doch, was du willst. Du bekommst eine Megachance und wirfst sie einfach weg.«

»Was? Nein. Wieso verstehst du das nicht?« Seine Abneigung gegen den Laden und, dass ihm egal zu sein schien, was ich wollte, kränkte mich.

Er knallte die Papiere auf den Tisch. »Was soll ich verstehen? Du wirst schon sehen, was du davon hast.«

Er ging raus und ließ mich wieder stehen. Doch dieses Mal war ich froh, dass er ging. Dieses Mal wollte ich nicht zu Ende diskutieren wie sonst. Ich ließ mich wieder auf das Sofa fallen und stützte meinen Kopf entkräftet in beide Hände. Langsam verstand ich, dass ich so viel reden konnte, wie ich wollte, er merkte nicht mal, dass ich glücklich in dem Laden war. Das erste Mal glücklich. Nicht, wie in der Firma als Buchhalterin. Ich hatte meinen Job gemacht, weil es mein Job war, hatte Spaß mit meinen Kolleginnen, aber richtig glücklich war ich dort nicht gewesen – auch wenn ich mir das gerne eingeredet hatte. Nein, nicht so wie jetzt. Es war immer das gleiche gewesen, die gleichen Leute, die gleichen Kunden, die gleiche Arbeit. Nie hatte sich etwas verändert und es gab auch keinen Grund oder die Möglichkeit mal auszubrechen, zum Beispiel durch eine Weiterbildung. Nein, das war das Privileg der anderen Abteilungen gewesen. Aber jetzt, täglich andere Leute, ich hatte immer etwas zu lernen, die verschiedenen Kräuter und Wirkungen, ja, selbst das Recherchieren nach Möglichkeiten, um den Laden wieder voranzubringen, machte mir Spaß. Ich hätte anfangs niemals gedacht, dass es so kommen würde. Schließlich war ich nur eingestellt worden, weil ich eine von Maditas Antiquitäten zertrümmert hatte.

Ein Geräusch riss mich aus meinen Gedanken. Jakob stand wieder im Raum. Hatte er noch etwas zu sagen oder wollte er sich entschuldigen? Vielleicht wollte er auch einfach nur die Bewerbungspapiere zurückhaben? Warum hatte er einen Koffer in der Hand?

»Jakob, was?«, flüsterte ich ängstlich und starrte auf das riesige Gepäckstück. Plötzlich war meine Wut verflogen. Angst gewann die Oberhand.

»Ich muss jetzt los. Schade, dass ich so gehen muss. Ich hatte einen anderen Abschied erwartet.«

»Wohin gehst du?«, fragte ich.

»Das habe ich dir doch erzählt. Die Geschäftsreise in die USA.«

»Was?« Stimmt, er hatte so etwas gesagt, aber das war schon eine gefühlte Ewigkeit her. Ich dachte, das wäre … ausgefallen. »Heute?«

»Ja, heute. Im Grunde genommen jetzt.« Er schaute auf die Uhr.

Ich war wie festgefroren und traute mich nicht, auf ihn zuzugehen und ihn zu umarmen, wie ich es sonst immer tat.

»Willst du dich nicht von mir verabschieden?«, fragte er ungeduldig.

»Ich, ich«, stotterte ich. »Ja, klar.« Ich ging vorsichtig auf ihn zu. Ein Schritt vor den anderen, dabei ließ ich ihn nicht aus den Augen. Irgendwie hatte ich Angst, wie er auf diese Geste reagieren würde. Das hatten wir uns beide anders vorgestellt. Es war nicht nur ein Abschied, es war ein Abschied nach einem Streit. Wir würden uns jetzt länger nicht mehr sehen und gingen zerstritten auseinander. Doch Jakob ließ sich nichts anmerken. Konnte er wirklich so schnell umschalten? Streit, Abschied, Reise.

Schüchtern umarmte ich ihn und er nahm mich in die Arme. Es fühlte sich an, wie immer. Ich spürte wieder die Geborgenheit, die er mir vermittelte. Er roch so gut und für einen Moment wollte ich unseren Streit einfach nur vergessen und in seinen Armen versinken. Durch den Abschied fiel es mir leichter als sonst, den Streit in eine Ecke in meinem Kopf zu schieben.

»Gute Reise.« Wir küssten uns. Schließlich war er jetzt mehrere Wochen unterwegs.

»So, ich muss jetzt«, sagte er schließlich und löste sich von mir.

»Hab Spaß«, lächelte ich ihn an.

»Dafür fahre ich nicht. Das ist Arbeit.« Er nahm den Koffer in die Hand und wandte sich zum Gehen. »Und ich hoffe, du hast dich auf die Stelle beworben, wenn ich zurück bin.«

Bäm. Ein Schlag ins Gesicht. Er hatte unsere Diskussion doch nicht verdrängt, aber scheinbar meinen Willen. Er schloss die Tür hinter sich und ich starrte ihm sekundenlang hinterher.

***

In den nächsten Wochen ging mein Leben weiter, auch ohne Jakob. Was mich dennoch nicht davon abhielt, wieder und wieder darüber nachzudenken, wie es so weit hatte kommen können. Wir sahen uns kaum und wenn doch, dann stritten wir meistens miteinander. Was war nur los gewesen in letzter Zeit? War es wirklich nur mein neuer Job? Ich wusste, wie ehrgeizig Jakob war, er wollte die Karriereleiter aufsteigen, befördert werden, Verantwortung übernehmen. Passte ich etwa nicht mehr in sein Konzept? Und auch sonst: Hatten wir überhaupt noch etwas gemeinsam? Früher waren wir abends viel miteinander ausgegangen, wir hatten sogar einen gemeinsamen Tag, an dem wir etwas Besonderes gemacht hatten. Kino, Essen gehen, Theater … Ich musste beim Gedanken daran lächeln. Aber das letzte Mal war mittlerweile schon einige Zeit her. Wieso hatten wir das eigentlich fallen gelassen? Wir hatten es irgendwann einfach vergessen, keine Zeit mehr gehabt.

Ein beklemmendes Gefühl machte sich in mir breit und umschlang mein Herz mit eisiger Hand. Einsamkeit. Selbst im Laden oder wenn ich mit David, Madita und Giorgio unser Planungsgespräch abhielt, spürte ich es immer öfter. Wie konnten wir uns nur so weit voneinander entfernen? Wie konnten wir das zulassen? Ein furchtbarer Gedanke kam in mir hoch. Liebte ich Jakob überhaupt noch? Und wollte ich die Antwort auf diese Frage wirklich wissen? Ich versuchte, in mich hinein zu horchen. Klar, die Schmetterlinge im Bauch waren weniger geworden. Aber ich wusste ja, dass diese Tierchen nur eine erste Verliebtheit ankündigten, die kam und auch wieder verging. Bei Jakob hatte sich bereits dieses tiefe Gefühl eingebürgert. Ich fühlte mich gut in seiner Nähe, geborgen, in Sicherheit und egal, was er tat, ich konnte ihm nicht lange böse sein. Wenn er unterwegs war, vermisste ich ihn. An meinen Gefühlen für ihn hatte sich nichts verändert. Selbst nachdem wir uns gestritten hatten, hatte ich mich in seinen Armen wohlgefühlt. Er hatte mich immer unterstützt. Nein, halt. In einer Sache hatte er mich nicht unterstützt. Als ich noch als Buchhalterin gearbeitet hatte, war unser beruflicher Alltag miteinander verknüpft gewesen. Wir hatten viel über Bilanzen gesprochen und über Abschlüsse, Anlagemöglichkeiten und so weiter. Das war jetzt vorbei. Der Laden war wie ein rotes Tuch für ihn. Wahrscheinlich hatte er nur darauf gewartet, dass ich diesen Abschnitt schnell hinter mir ließ und wieder als Buchhalterin arbeitete. Aber, dass der Laden plötzlich viel mehr war als nur eine Zwischenstation, damit hatten weder ich noch er gerechnet. Und ehrlich gesagt, hatte ich mich auch nicht getraut, offen mit ihm darüber zu reden. Wahrscheinlich, weil der Laden objektiv betrachtet, mehr von einer museumsreifen Bruchbude hatte als von einer Goldgrube.

***

Wir hatten beschlossen, den Laden ein bisschen zu renovieren und das Haus zu isolieren. Ein bisschen mehr Platz und Licht und vor allem weniger Heizkosten konnten nicht schaden. Zudem hatte Sofia die Idee, die Antiquitäten und die Teemischungen schön ausgeleuchtet zu fotografieren und sie übers Internet zu verkaufen, so wie sie es mit ihren Salben und Seifen tat. Der Laden wurde für ein paar Tage geschlossen und wir verpackten alle Gegenstände in dickes Zeitungspapier. Sofia richtete sich in der Küche ein provisorisches Fotostudio ein und kümmerte sich um die Fotos. Zu meiner Überraschung kamen David und Jonas vorbei - beide sehr lässig in Karohemd und Jeans, was man bei den beiden ja eher selten sah – und boten ihre Hilfe an. Jonas' Nase war immer noch grün und blau und ich musste ein Grinsen unterdrücken. Ich freute mich natürlich total über die Hilfe, hatte aber immer ein Auge auf Sofia. Sie zeigte jedoch keinerlei negative Reaktion, null. Nein, sie lächelte sogar freundschaftlich. Und schien auch überhaupt nicht überrascht über Jonas Aussehen. Klar, sie wusste auch, dass er eine gebrochene Nase hatte und, dass das nicht von einem Tag auf den anderen Tag verheilt war. Für einen Moment hatte ich sogar das Gefühl, als wäre ihr sein Anblick vertraut. Jonas nickte ihr lächelnd zu und sie nickte zurück.

David zog die Ärmel hoch, fragte, wo er anfangen solle, und der seltsame Moment war verflogen. Jonas und Sofia verhielten sich einfach nur wie zerstrittene Freunde, die sich langsam wieder annäherten.

Durch die tatkräftige Unterstützung brachten wir die Renovierung schnell über die Bühne. Wir hatten ein bisschen Geld zusamengelegt, um Farbe und Lack zu kaufen. Um die Isolierung kümmerte sich ein Freund von David, der ihm noch einen Gefallen schuldete, wie er behauptete. David tat eine Menge für Madita, wie ich immer wieder feststellte. Wir strichen die Wände, rückten die Möbel hin und her, schliffen sie ab und lackierten sie neu. Außerdem sortierten wir ein bisschen aus. Ein paar der Antiquitäten wurden als unverkäuflich deklariert, die restlichen umsortiert und wir konnten uns zwei Regale sparen, was sich wiederum positiv auf den Platz auswirkte. Die restlichen Regale wurden näher an die Wand gerückt, so dass man nicht mehr dagegen lief, wenn man die Ladentür öffnete.

Es sah richtig schick und aufgeräumt aus.

Abends lud uns Giorgio noch zu einem Glas Wein ein und er erzählte uns von seiner Kindheit in Italien, von der Leichtigkeit und natürlich von den Spaghetti seiner »Mamma«. Als der Abend schon etwas weiter fortgeschritten war, begann er dann auch von der »Amore« zu reden und ich musste an Jakob denken. Ich hatte schon kräftig beim Wein zugelangt und wegen Giorgios Spendierfreudigkeit auch den einen oder anderen Grappa dazwischengeschoben. Und leider nicht genug gegessen, um den ganzen Alkohol vertragen – Liebeskummer ließ grüßen. Ich hatte schon einen leichten Schwips und musste immerzu kichern.

»Die Liebe, i miei amici, die Liebe isse das Wichtigste auf der Welt und ich sage euch, Madita siehte die Zukunft, aber ich, ich sehe die Liebe.« Er lächelte und dabei sah er zuerst Sofia und Jonas an und dann schaute er mir tief in die Augen, um dann weiter zu David zu schwenken. Ich kicherte und wartete auf die Reaktion der anderen. Doch als die nicht kam, - keiner lachte über Giorgios Scherz - schaute ich zu ihnen herüber und staunte nicht schlecht. Jonas guckte peinlich berührt, Sofia ertappt und David eher erstaunt. Ich schüttelte den Kopf. Ich war nicht nur angeschwipst, ich musste völlig betrunken sein. Was man nicht alles in ein paar Blicke hineininterpretieren konnte …

Kapitel 25

Als ich am Montag in den Laden kam, stand das lang erwartete Paket schon da. Es war wohl heute Morgen angekommen und Madita hatte es entgegengenommen. Der Karton sah unscheinbar aus, nur die Werbung der Druckerei prangte mit großen Lettern auf der Außenseite und zog meine Aufmerksamkeit auf sich. Mich überkam ein unbändiges Gefühl, wissen zu wollen, was darin war. Gespannt nahm ich den Karton, stellte ihn auf die Theke und betrachtete ihn unschlüssig. Was, wenn die Flyer nicht gut aussahen? Vorsichtig öffnete ich das Paket und blickte hinein. Oh mein Gott, da lagen sie. Meine Entwürfe. Ich holte die obersten Flyer raus und schaute beeindruckt auf die Vorder- und Rückseite. David hatte Recht gehabt, es sah gar nicht so schlecht aus. Die Farben leuchteten regelrecht. Mich überkam sofort ein Wintergefühl. Schnee, Glühwein, Weihnachten. Toll.

Die Türglocke ertönte und ich fuhr erschrocken zusammen. Für einige Sekunden war ich an einem anderen Ort gewesen und hatte daran gedacht, dass der Weihnachtsmarkt richtig toll werden würde - werden musste. Jetzt erwachte ich wie aus einem Traum und realisierte, dass ich immer noch im Laden stand, mit dem Flyer in der Hand.

»Hallo.«

»Hi Lara.« Ich legte das bunte Papier schnell wieder zurück zu den anderen und schob den Karton halb verschlossen zur Seite. »Was kann ich für dich tun?«

»Ich wollte nur kurz ein paar Teekräuter für David besorgen. Er mag sie so gerne.«

»Ja, ich weiß«, murmelte ich und nickte.

»Bitte was?« Sie hatte in ihrer Tasche gewühlt, hielt jetzt aber erstarrt inne und schaute mich misstrauisch an.

»Nichts«, wehrte ich ab und sprach dann schnell weiter. »Welche willst du denn? Weißt du, was er gerne mag?«

»Nein. Aber vielleicht etwas, das er immer kauft?«

Ich zog die Augenbrauen hoch, sagte aber nichts. Sie wusste nicht, welchen Tee er mochte? Aus irgendeinem seltsamen Grund fühlte es sich gut an, etwas über David zu wissen, das sie nicht wusste. Gleichzeitig hatte ich Jakob gegenüber ein schlechtes Gewissen, weil ich diesen Triumph empfand, der einem anderen Mann galt. Ich öffnete die Schublade, holte die Kräutermischung Spezial heraus und schaute Lara fragend an.

»Ich glaube, er mag diese hier ganz gerne.«

»Okay, super«, sagte sie triumphierend. »Gut, dass er hier so etwas, wie ein Stammkunde ist.«

»Ja«, erwiderte ich kurz angebunden. Eigentlich wollte ich gar nicht so unfreundlich sein. Sie war schließlich eine Kundin, aber wenn es um David ging ... Ich versuchte mich zur Ordnung zu ermahnen.

»Oh, was ist das denn?« Lara hatte das Paket auf dem Tresen entdeckt. Bevor ich etwas erwidern konnte – und mich zwischen einem lässigen »Das ist nur uralter Kram, gar nicht wichtig« oder im Befehlston »Schau da nicht rein!« entschieden hatte – war sie bereits dabei das

Paket zu öffnen. Mein erster Impuls war, den Karton zuzuschlagen und ihn zu verstecken. Doch dann fiel mir ein, wie bescheuert das war. Schließlich wollte ich die Flyer ja sowieso überall verteilen und wenn Lara noch ein bisschen in meiner alten Firma dafür warb, konnte das dem Laden doch nur gut tun, oder?

»Wir machen am 15. Dezember eine Weihnachtsfeier«, sagte ich stolz. »Du bist hiermit herzlich eingeladen.«

Ihre Hand zuckte zurück. »15. Dezember? Sorry, da ist die Weihnachtsfeier in der Firma. Da muss ich dabei sein. Ich organisiere sie schließlich.« Sie lachte.

In dem Moment war ich ihr irgendwie dankbar, dass sie ›in der Firma‹ gesagt hatte und nicht ›in meiner Firma‹ oder so. Ich dachte an die berüchtigten Firmenfeiern. Eine gruselige Erinnerung. Wir hatten nur gelangweilt herumgestanden, hier und da ein bisschen Smalltalk gehalten – nur nicht über den Chef lästern! – darauf gewartet, dass das Buffet eröffnet wurde und, dass das Saufgelage begann. Spätestens dann hatte ich mich verabschiedet und war froh gewesen, dass Jakob auch nichts von solchen Festen hielt.

»Ach so.«

Sie nahm einen Flyer und überflog ihn. »Sieht gut aus. Aber hier steht am 5. Dezember. Da könnte ich.«

Ich schaute sie irritiert an und merkte förmlich, wie alle Farbe aus meinem Gesicht wich.

»Wie da steht 5. Dezember? Lass mal sehen.« Ich riss ihr den Flyer aus der Hand und blickte darauf. Schockiert musste ich feststellen, dass sie recht hatte. Da stand 5. Dezember. Weiß auf Rot. Da fehlte eine eins!

»Das, das kann nicht sein ...«, stotterte ich. Das war sicher nur ein Fehldruck. Ich riss den Karton weit auf und schaute über die anderen Flyer, doch überall stand 5. Dezember. Das, wovor ich am meisten Angst gehabt hatte, war eingetroffen. Ich hatte doch total gut aufgepasst und selbst David hatte sein Okay gegeben. Warum war ihm das nicht aufgefallen? Möglicherweise, weil er das gar nicht gesehen hatte, fiel mir ein. Das Datum hatte ich erst später eingetragen. Wieder durchzuckte mich eine fiese Erinnerung. Beim Streit mit Jakob. Erschüttert schüttelte ich den Kopf und jammerte. »Das kann nicht sein. Das kann nicht sein. Was machen wir denn jetzt? Jetzt können wir alle wegwerfen, das ganze schöne Geld.«

»Neudrucken?«, schlug Lara vor.

Ich schüttelte wieder den Kopf. »Bis zum 15. Dezember schaffen wir das nicht mehr. Druck und Lieferung dauern mindestens zwei Wochen.«

»Na dann, mach es doch am fünften.«

»Wie soll das klappen? Dann müssen wir alles umorganisieren. Die Kräuter, die Leute ...«, rief ich hysterisch und begann hin- und herzulaufen. Ich wusste nicht mehr, was ich sagen sollte, wo ich anfangen sollte. Meine Gedanken schwirrten wie tausend Mücken durch meinen Kopf und wollten einfach nicht stillhalten oder sich ordnen. Sie wechselten von David zur Weihnachtsfeier, zu Jakob, zu den Händlern, die an unserer Feier teilnehmen wollten. Ich ärgerte mich über mich selbst und musste daran denken, wie viel Hoffnung wir in das Fest gesteckt hatten und jetzt ging alles schief.

»Ja, genau«, bestätigte Lara trocken.

Sie verstand es einfach nicht. »Das klappt nie. So

schnell geht das alles nicht.« Ich raufte mir die Haare. »Wir müssten die Flyer und Plakate so schnell wie möglich verteilen. Ich habe nicht mal ein Auto.« Das hatte ich nämlich Sofia überlassen, die ihres in die Werkstatt gegeben hatte. Und jetzt war sie mit meinem für eine fünftägige Weiterbildung in München. So lange konnte ich nicht warten. Und mit dem Bus fahren? Nee, da wäre ich ja ewig unterwegs und so lange konnte ich den Laden nicht schließen und dann auch noch den Karton mit mir schleppen.

»Du hast recht. Ich auch nicht. Dann schreibe doch eine Eins vor die Fünf.«

Ich schaute sie ungläubig an. »Du hast kein Auto? Aber einen Führerschein?«

»Nee, auch nicht. Hat sich einfach nicht ergeben.«

»Aber …«

»Na, bisher haben Bus und Bahn immer gereicht.« Sie lachte entwaffnend.

Das war mir nie aufgefallen. Aber recht hatte sie. Ich brauchte mein Auto ja inzwischen auch nur noch wenig. Mich durchzuckte eine Gedanke. Deswegen der Leihwagen als sie mich abgeholt hatte.

Ich zuckte mit den Schultern und erinnerte mich wieder an das eigentliche Problem.

»Selber schreiben sieht so unprofessionel aus. Was soll ich jetzt nur machen?«, fragte ich Lara. Ausgerechnet Lara, die das ja eigentlich nicht betraf.

»Ich könnte David fragen.«

Das hatte mir gerade noch gefehlt. Vor ihm meinen Fehler zugeben? »Der hat sicher keine Zeit und leihen wird er mir sein Auto sicher auch nicht«, sagte ich schnell.

»Ach was, wenn ich lieb frage.«

Das gab mir jetzt doch wieder einen Stich. Du hast Jakob, ermahnte ich mich. Lara war meganett zu mir und ich dankte es ihr mit meiner bescheuerten Eifersucht. Sie hatte bereits ihr Handy gezückt und die gespeicherte Nummer gewählt. Worunter sie ihn wohl gespeichert hatte? David Miller oder Schatzi, Liebster, Hasi?

»Hi Schatz, ja, du ...«

Ich hörte weg und versuchte an etwas anderes zu denken. Doch da waren nur Jakob und mein schlechtes Gewissen.

»Er kommt gleich«, sagte Lara schließlich.

Wir warteten. Ich war immer noch skeptisch. Was würde er von mir denken? Dass ich zu blöd war, ein paar Zahlen in ein Textfeld einzugeben? Warum war mir das so wichtig? Da ich die Warterei nicht mehr aushielt und meine eigenen Gedanken nicht mehr ertragen konnte, versuchte ich mich abzulenken. Ich holte eine Liste hervor und rief die Leute an, die bei unserem Weihnachtsfest mitmachen wollten. Es waren eine ganze Menge zusammengekommen und ich fragte mich, wie wir die alle in den Laden reinkriegen sollten. Giorgio hatte ganze Arbeit geleistet.

Doch je mehr ich anrief, desto tiefer rutschte mein Herz. Einer nach dem anderen sagte ab. Niemand konnte am 5. Dezember. Das war ja noch schlimmer, als ich gedacht hatte. Am Ende würde gar keiner mehr mitmachen!

Bevor ich in Hysterie verfallen konnte, klingelte es und David trat ein. Sofort machte mein Gemütszustand eine 180° Wendung und mein Herz hüpfte wie ein verfluchtes Kaninchen. Als ich auch noch mitansehen musste, wie er Lara einen Begrüßungskuss gab, stieg wieder dieses dämliche Gefühl von Eifersucht in mir hoch. Er sah wie immer perfekt aus. Nur ein paar Haare standen etwas quer, was ihn aber noch attraktiver machte. Die beiden passten einfach perfekt zusammen.

Er warf mir ein kurzes Hallo zu. »Hi. Was ist denn los?«

»Hallo David. Danke, dass du … ääh … Zeit hast.« Ich schluckte und zögerte kurz. Doch dann überwand ich mich und hielt ihm den Flyer hin.

Mit fragender Miene nahm er ihn entgegen, verstand aber nicht direkt, was er damit machen sollte.

»Sieht toll aus. Was ist damit?«

»Lies.«

Er schaute sich den Flyer genauer an und es dauerte einige Sekunden, bis er verstand. »5. Dezember? Hatten wir uns nicht auf den 15. Dezember geeinigt?«

»Doch«, stieß ich verzweifelt hervor und riss theatralisch die Arme in die Höhe. »Das ist es ja gerade.«

Und vor den Augen lief wieder der Film ab, wie das ganze Weihnachtsfest in die Hose ging.

»Okay, und jetzt?«, fragte David. Es war wie ein Schlag in die Magengrube. Wenn selbst David keine Idee hatte …

»Jetzt fahrt ihr beide herum und verteilt die Flyer und fragt, wer noch mitmachen kann«, nahm Lara die Führung in die Hand und erklärte sich bereit, ein paar Stunden auf den Laden aufzupassen.

»Okay?« David schaute mich fragend an. Er machte wirklich mit?

»Ja.« Ich nahm den Karton und ging Richtung Tür, musste jedoch davor stehen bleiben. David kam mir zur Hilfe und öffnete die Tür. Ein schwarzes Auto blinkte auf und verriet mir, wohin ich gehen musste. David öffnete den Kofferraum und nahm mir den Karton ab. Wir stiegen ein. Ein Gefühl der Beklemmung überkam mich. Der Raum war plötzlich viel zu eng und ich hatte das Gefühl, dass ich keine Luft mehr bekam. Wir saßen so dicht nebeneinander.

David räusperte sich. »Wo müssen wir als erstes hin?«

Ich knibbelte die Liste mit Adressen aus meiner Hosentasche und faltete sie auf. »Am besten erstmal auf die Hauptstraße.«

Er fuhr los. Wir fuhren von einem Laden zum anderen. An einigen Stellen ließ ich ein paar Flyer liegen oder hängte Plakate auf, an anderen Stellen musste ich die Verschiebung der Weihnachtsfeier rechtfertigen und die Ladenbesitzer überzeugen, trotzdem mitzumachen. Und – oh Wunder – den meisten machte die Terminänderung nicht so viel aus, wie ich gedacht hatte und sie sagten zu. Ein Stein nach dem anderen fiel mir vom Herzen. Und so verging die Zeit. Außer, dass ich David erklärte, wohin wir als nächstes fahren mussten, redeten wir nicht viel miteinander. Ich war viel zu befangen und schämte mich immer noch ein bisschen. Schließlich musste er mir schon wieder aus der Patsche helfen. Am liebsten hätte ich ihm gesagt, wie dankbar ich ihm war, was er für mich tat. Ich startete mehrere Anläufe, fand jedoch einfach nicht die richtigen Worte. Als er dann das Radio anschaltete, merkte ich, dass es zu spät war. Ich gab ihm weiterhin Adressen durch und schaute ansonsten durch das Fenster nach draußen, wo die Welt einfach so an mir vorbei zog. Wenn er anhielt, stieg ich aus, er wartete und fuhr wieder los, sobald ich zurück war.

Kapitel 26

Irgendwann hielt er vor einem kleinen Café an. Ich wollte schon aussteigen, hielt dann aber inne. Das war nicht die Adresse, die ich ihm genannt hatte. Ich schaute ihn verwundert an. »Hier sind wir falsch.«

»Nein, ich finde wir sind genau richtig.« Er grinste.

»Aber was …?«

»Ich brauche jetzt dringend einen Kaffee und zu einem Stück Kuchen würde ich auch nicht Nein sagen.« Er hatte sich bereits abgeschnallt und stieg aus. Ich schaute ihm verständnislos hinterher. Dann drehte er sich doch noch mal zu mir um und schaute auf mich herab.

»Komm, oder willst du im Auto bleiben? Es ist schon halb zwei. Du musst doch Hunger haben.«

Und als hätte er auf das Stichwort gewartet, begann mein Magen zu knurren. Ich konnte auch einen kleinen Energieschub vertragen. Ich stieg aus und folgte ihm in das kleine Café. Ein leckerer Kaffeegeruch lockte mich und ich vergaß, dass ich anfangs noch gezögert hatte. Das Haus war schon gut gefüllt und Teller und Tassen klapperten monoton. Die Menschen unterhielten sich leise miteinander und die Stimmen vermischten sich mit dem Geschirrgeklapper zu einer angenehmen Hintergrundmusik. David steuerte auf einen freien Tisch zu, der ein bisschen versteckt lag.

Sobald wir uns gesetzt hatten, kam eine Mitarbeiterin und wir bestellten.

Ich ergriff direkt die Gelegenheit und sprach sie auf meine Flyer an, die ich geistesgegenwärtig in meine Tasche gepackt hatte, bevor ich aus dem Auto gestiegen war.

»Hi, wir veranstalten eine Weihnachtsfeier und würden gerne ein bisschen Werbung machen. Gibt es die Möglichkeit ein paar Flyer hier auszulegen?«

Die Bedienung schaute mich erst mit großen Augen an. Dann murmelte sie etwas von »Muss ich den Chef fragen«. Sie ging weg. Ich sprang auf und folgte ihr einfach.

Nach fünf Minuten hatte ich meine Flyer verteilt und war wieder zurück am Tisch. Der Kaffee stand bereits da und die Kuchenstücke wurden gerade serviert. David starrte gierig auf sein Schokosahnetortenstück und, sobald die Bedienung weg war, nahm er die Gabel in die Hand und hatte in Nullkommanix bereits die Hälfte verschlungen.

»Gott, das war in letzter Sekunde. Sonst wäre ich verhungert«, scherzte er.

»Na, dann habe ich ja Glück gehabt, dass wir rechtzeitig hier angehalten haben. Ich habe noch ein paar weitere Stellen auf der Liste«, meinte ich und probierte auch ein Stück von meinem Gebäck.

»Ja, da hast du recht«, sagte David, bevor er sich das letzte Stück Torte in den Mund schob.

»Gott, ist das lecker!«, stieß ich überrascht hervor. Kein Wunder, dass Davids Teller nach zwei Bissen leer war. Er winkte der Bedienung und ich schaute auf. »Ich brauche noch ein Stück.«

»Mach nur.« Ich wollte mich gerade wieder meiner Süßspeise zuwenden, als ich im Augenwinkel eine Person erblickte, die ich nur zu gut kannte. Erschrocken ließ ich die Gabel fallen und rutschte unter den Tisch.

»Caro, was ist los?«, fragte David verdutzt und hatte seine Bestellung bereits vergessen.

»Nichts, alles gut«, winkte ich ab. Ich wusste nicht, wie ich ihm das erklären sollte.

»Suchst du etwas? Kann ich dir helfen?«

»Nein. Doch, nimm meinen Teller«, zischte ich ihm zu.

»Deinen Teller? Magst du den Kuchen nicht? Aber dafür brauchst du doch nicht unter den Tisch ...«

»Nimm ihn einfach!«

»Und deinen Kaffee? Willst du den unterm Tisch trinken?«

Mist, daran hatte ich nicht gedacht.

»Caro, was ist los?«

Was musste David von mir halten? Doch ich konnte nicht antworten. Die Person, vor der ich geflüchtet war, lief gerade an uns vorbei. Zum Glück schaute er nicht in meine Richtung. Trotzdem duckte ich mich reflexartig weg und beobachtete ihn. Er ging zur Theke und redete mit der Bedienung.

Was machte Dean hier? Ausgerechnet hier und jetzt, wo ich da war? Und auch noch mit David. Ich dachte an das Speed-Dating. Ich lieferte ihm scheinbar immer wieder einen Grund für eine Verschwörungstheorie gegen mich. Die Bedienung lachte auf – ja, so charmant war Dean – und ging dann zur Kuchentheke. Dean schaute sich um. Er ließ seinen Blick langsam – zu langsam für meinen Geschmack – durch den Raum schweifen.

Ich kreuzte die Finger. Mich überkam der unbändige Drang, meine Augen zu schließen, als könnte ich mich so unsichtbar machen. Hoffentlich schaute er nicht zu uns. Hoffentlich tat David gerade nichts Auffälliges. Doch ich hatte Glück. Dean fand anscheinend nichts Interessantes in dem Café. Denn nachdem sein Blick über die Menge hinweg geschweift war, war er an einem Punkt neben sich hängen geblieben. Er schien erstaunt, nahm ein Papier in die Hand, las es sich interessiert durch und grinste. Er zerknüllte den Zettel und ließ ihn in seine Hosentasche gleiten. Dann stand plötzlich die Bedienung wieder neben ihm und schob ihm ein Päckchen rüber. Er bezahlte und ging.

Ich duckte mich ein weiteres Mal erschrocken weg.

Deans Blick fiel genau auf unseren Tisch. Er schaute David eine Sekunde zu lange an und ich bekam mal wieder einen Panikschub. Hatte er ihn erkannt? Hatte er mich gesehen? Nein. Er ging vorbei. Oder?

Erst nachdem Dean gegangen und auch nach fünf Minuten nicht mehr zurückgekommen war, tauchte ich unter dem Tisch hervor und setzte mich wieder auf den Stuhl. Mein Kaffee war mittlerweile natürlich kalt. David schob mir mit einem fragenden Blick meinen Kuchen zu, wobei ich nicht wusste, ob dieser Blick nicht eher damit zusammenhing, dass ich unter den Tisch gekrochen war. Ich lehnte ab, denn nach Deans Auftritt war mir der Appetit vergangen. David opferte sich selbstlos und stürzte sich auf den Apfelkuchen. Die ganze Zeit sprach er kein Wort. Er wartete wohl darauf, dass ich anfing zu erzählen. Aber Deans Anblick hatte mich verstört. Er tauchte immer dort auf, wo ich war.

Ich fühlte mich verfolgt und begann mich umzugucken, ob er nicht doch wieder zurückgekommen war oder mich sonst irgendwie beobachtete. Mir lief ein Schauer über den Rücken.

Eine Viertelstunde später saßen wir wieder im Auto und fuhren weiter. David schaute immer wieder zu mir rüber, was mich ziemlich nervös machte. Als ich es nicht mehr aushielt, sprach ich ihn darauf an.

»Was ist?«

»Was ist eigentlich mit dir los, Caro?«, stellte er eine Gegenfrage.

»Wieso?«

»Wieso? Gerade eben hast du dich unterm Tisch versteckt und dann dieser Flyer. Du hattest doch schon alles fertig. Du brauchtest doch nur noch den Text einzufügen. Wie kann es sein, dass das schiefgelaufen ist? War etwas mit deinem Freund?«

Er hatte es nicht vergessen. »Wie? Nein, mit Jakob ist alles gut«, log ich.

»Bist du sicher?«

»Na klar«, fuhr ich ihn an. Hatte er gemerkt, dass ich ihn angelogen hatte?

»Ist ja gut. Und was war das gerade im Café? Was wolltest du bitte unter dem Tisch?«

Oh Gott, so wie er es sagte, konnte man auch auf andere Gedanken kommen. Was mussten die Leute in dem Café nur von uns gedacht haben? Mein Gesicht wurde heiß. Ich musste es ihm erklären, bevor er auch noch die falschen Schlüsse zog. Doch ich hatte Angst, dass er mich auslachen würde, wenn ich ihm die Wahrheit sagen würde. Wie klang das denn? Ich habe mich vor Dean versteckt, weil er eine Verschwörung gegen Madita plant. Die Erinnerung an das geheime Gespräch ploppte wieder auf. Dean und mein alter Chef hatten irgendetwas vor.

»David?«

»Ja?«

»Bist du glücklich?« Nein, nein, nein, hatte ich die Frage gerade echt gestellt? Wie kam ich denn darauf?

»Ich meine, bist du glücklich in deinem Job?«, stellte ich schnell richtig, was ich meinte.

»Ja, ich denke schon. Ich habe ihn mir ja selber ausgesucht. Einige Sachen mag ich zwar nicht sonderlich, aber meistens macht mir die Arbeit Spaß. Also denke ich, ich bin glücklich. Und du?«, fragte er und warf mir einen kurzen, aber durchdringenden Blick zu.

Dieses Gespräch wurde plötzlich immer ernster. Ich schluckte. Wollte ich wirklich mein Leben vor ihm ausbreiten? Aber da er mir auf meine Frage geantwortet hatte, war es nur fair, wenn auch ich ehrlich auf seine Gegenfrage antwortete. Und da ich nicht genau wusste, wo ich anfangen sollte, um ihm meine Situation verständlich zu machen, begann ich einfach ganz von vorne.

Ich holte aus. »In meinem vorigen Job war ich Buchhalterin in einer kleinen Firma. Ich mochte meinen Job und meine Kollegen. Ja, ich bin gerne zur Arbeit gegangen.« Ich erinnerte mich daran, wie ich mir vor ein paar Monaten ein Großraumbüro mit vier Mitarbeitern geteilt und eigentlich täglich das gleiche gemacht hatte. Aber ich hatte es gerne gemacht. An manchen Tagen hatten wir gefeiert, zum Beispiel, wenn wir einen neuen Kunden gewinnen konnten oder nach einer überstandenen

Jahresabschlussprüfung. Andere Tage dagegen waren so stressig und fordernd gewesen, dass ich abends ohne essen tot ins Bett gefallen war. »Und jetzt, wo ich bei Madita arbeite, merke ich, dass mir immer etwas gefehlt hat. Ich liebe es, in dem kleinen Laden zu stehen und Kräuter zu verkaufen. Es fühlt sich richtig an und es macht mir unglaublich viel Spaß, neue Dinge zu lernen, neue Menschen kennen zu lernen, mit ihnen zu reden, sie vielleicht auch ein bisschen zu analysieren, um herauszufinden, welcher Tee der richtige für sie ist.«

Ich merkte selbst, wie ich ins Schwärmen geriet. Je mehr ich erzählte, desto begeisterter wurde ich. Ich hielt abrupt inne.

»Du hast etwas gefunden, das dich glücklich macht und jetzt droht es zu zerbrechen?«, fragte David und brachte es auf den Punkt. »Und warum genau hast du dich jetzt versteckt?«

Mist, mein Ablenkungsmanöver hatte nichts gebracht. »Der Immobilienmakler kam herein und ich hatte nicht das Gefühl, dass ich ihm begegnen wollte«, gab ich zu.

»Vielleicht hättest du mit ihm sprechen können. Gerade in dem Café, in einer neutralen Umgebung. Weißt du denn, wer das Haus von Madita kaufen möchte?«

Ich hätte beinahe laut losgelacht. Mit Dean ein normales Gespräch führen? Selbst an einem neutralen Ort war das einfach unmöglich. Aber die Idee herauszufinden, wer der Interessent war, war gar nicht so schlecht. Wieso war ich nicht selber darauf gekommen? Vielleicht, weil ich da schon so eine dunkle Vorahnung hatte?

»Mit Dean kann man nicht sprechen«, fuhr ich ihn an.
»Dean? Du kennst ihn?«

»Ja, ich kenne ihn«, gab ich zu. »Und das auch schon sehr lange. Er ist ein Freund von Jakob.«

»Und was ist, wenn dein Jakob mit ihm reden würde? So unter Freunden? Hast du dir das schon mal überlegt?«

»Wohl kaum. Jakob wäre froh, wenn der Laden weg wäre. Dean tut ihm in dem Sinne ja sogar einen Gefallen«, sagte ich und ich merkte, wie das Gefühl tiefer Enttäuschung wieder in mir hochstieg. War das das Problem? Ich hatte mir Unterstützung erhofft und nur Ablehnung erfahren.

David blieb einige Minuten still. Was sollte er auch sagen? Was wollte ich von ihm hören?

Er schien tief in Gedanken. Denn als ich ihm die nächste Adresse durchgab, schaute er mich erst erstaunt an, doch dann schien er begriffen zu haben. Und wir klapperten noch die letzten Läden ab, bis wir wieder zurückfuhren und Lara ablösten.

Als wir in den Laden traten, fanden wir sie mit Madita zusammen in der Küche sitzen, einen Tee trinken und sich unterhalten. Als sie uns sahen, sprang Lara auf, fragte, wie es gelaufen war und verabschiedete sich zügig. Ich bedankte mich bei ihr und fühlte mich ihr gegenüber direkt schuldig, weil ich mit David noch ein Stück Kuchen essen war, anstatt zurück zum Laden zu fahren. David musste auch los und ich blieb allein mit Madita zurück.

Kapitel 27

Als ich am Donnerstagmorgen in die Straße zum Laden einbog, konnte ich schon von Weitem sehen, dass sich mindestens zehn Personen vor der Tür drängelten. Oh wow, Kundschaft. Endlich!, dachte ich. Doch als ich näher kam, erkannte ich, dass die Leute nicht zum Einkaufen hergekommen waren, sondern wirkten – im Gegenteil - als würden sie den Laden kurz und klein schlagen, sobald ich sie einließe. Sie unterhielten sich lautstark und riefen irgendwelche Parolen. Ich konnte ihre Gesichter nicht erkennen, aber ihre Gesten waren umso deutlicher und verhießen nichts Gutes. Ich blieb in einiger Entfernung stehen und beobachtete die Szenerie misstrauisch. Sollte ich einfach hingehen, aufschließen, die Leute reinlassen und auf ihre Vernunft hoffen oder durch die Tür schlüpfen und die Polizei rufen? Doch je mehr ich darüber nachdachte, desto absurder schien meine Idee. Wahrscheinlich würde ich gar nicht erst so weit kommen. Spätestens, wenn ich den Schlüssel zückte, um den Laden aufzuschließen, würden sie kapieren, wen sie da vor sich hatten. Je länger ich die Sachlage beobachtete, desto unheimlicher wurde es mir. Es waren fast nur Männer und sie sahen nicht aus, als würden sie mit sich reden lassen.

Ein Fenster in dem Haus gegenüber öffnete sich und eine schlechtgelaunte Frau schaute heraus. Sie hatte ein Netz über den Kopf gespannt und eine bunte Schlafmaske darüber gezogen. »Ruhe da draußen! Hier sind Leute, die noch schlafen wollen«, brüllte sie.

Augenblicklich war alles mucksmäuschenstill und alle Köpfe drehten sich in ihre Richtung. Ich überlegte kurz, ob das meine Chance war und ging los. Vorsichtshalber duckte ich mich trotzdem hinter ein paar Autos, die am Bürgersteigrand standen.

Doch sobald die Frau das Fenster wieder verschlossen hatte, ging der Lärm noch lauter weiter. »Ich lass mir doch nicht den Mund verbieten! Ich will mein Geld!«

Abrupt blieb ich stehen, trat zur Seite und versteckte mich hinter einem Mauervorsprung. Ich war unschlüssig, was ich tun sollte. Die Uhr tickte unweigerlich weiter und ich wollte den Laden öffnen. Schließlich war es schon neun Uhr. Aber wie sollte ich das anstellen? Eigentlich hatte ich keine Wahl. Ich musste wohl oder übel dadurch und den Leuten klar machen, dass das so nicht ging. Sie vertrieben uns noch die wenigen Kunden, die kamen. Doch bevor ich mich dazu durchringen konnte, hatte mich einer der Männer entdeckt und rief: »Da ist die Verkäuferin!« Ich erstarrte. Das konnten die doch nicht ernst meinen! Anscheinend wohl, denn die Meute kam auf mich zugestürmt. Wahrscheinlich hatten sie es satt vor verschlossener Tür zu warten und nun ein Opfer gefunden. Ich stand einfach nur da und beobachtete, wie sie immer näher kamen. Es war wie in einem schlechten Film. Ich konnte mich einfach nicht mehr bewegen. Je näher sie kamen, desto panischer wurde ich. Ganz ruhig, sagte ich mir, tief durchatmen. Vor meinem inneren Auge sah ich die Meute bereits über mich herfallen.

Konzentriere dich auf etwas anderes, befahl ich mir. Doch es klappte einfach nicht. Nur mein Herz schlug immer schneller und ich starrte immer noch auf die unweigerlich näher rückenden Männer und zwei Frauen, wie ich jetzt erkennen konnte. Plötzlich erhaschte mein Blick etwas, das sie in den Händen hielten. Was war das? Ein Zeitungsausschnitt? War das wichtig? Stand heute etwas Besonderes drin? Endlich hatte ich eine Ablenkung gefunden. Meine Rettung. Ich konzentrierte mich so sehr auf die Zeitung, dass ich meine Panik vergaß und mich aus der Starre lösen konnte.

Kurz bevor die ersten mich erreicht hatten, schaffte ich es, mich umzudrehen. Keine Sekunde zu spät. Ich spürte, dass etwas meinen Arm streifte. Jemand versuchte, mich zu ergreifen. Doch ich war ihm im letzten Augenblick entwischt. Ich stürzte die Straße herauf, die ich eben herunter gekommen war und traute mich kaum nach hinten zu schauen. Durch die nahenden Schritte hörte ich jedoch, dass ich es nicht schaffte, sie abzuhängen. So musste sich ein gehetzter Fuchs fühlen, ging es mir durch den Kopf. Ein Glück, dass ich mich hier in den Straßen mittlerweile ganz gut auskannte. Ich sprang nach rechts und schlug einen Haken, schlängelte mich durch eine schmale Gasse, die durch zwei eng nebeneinander stehenden Häusern entstanden war, wich einigen Kartons aus, die dort herumstanden und sprang über dreckige Pfützen. Doch als ich mehrere Meter gelaufen war, musste ich feststellen, dass es eine Sackgasse war, und stand einige Sekunden später vor einer Mauer. Mist, war ich vor lauter Panik doch in die falsche Gasse eingebogen. Was sollte ich jetzt machen?

Ich war gefangen. Da ich immer noch Schritte hinter mir hörte, wusste ich, dass ich nicht alle abgehängt hatte.

»Bleib stehen. Jetzt sitzt du in der Falle.«

Ich drehte mich zu ihnen um. Aus irgendeinem Grunde wollte ich ihre Gesichter sehen.

»Was wollen Sie von mir?«, fragte ich trotzig.

»Hast du das gehört?«, fragte der eine Mann den anderen und lachte. Dann wandte er sich wieder mir zu. »Wir wollen unser Geld.«

»Ich kann Ihnen nicht helfen. Ich habe Ihr Geld nicht«, rief ich hilflos.

»Aber Sie arbeiten in dem Laden. Und das sicher nicht umsonst, oder?«

»Nein.«

»Was nein?«

»Ich ...« Das war die Chance. Ich konnte jetzt einfach sagen, dass ich gar nicht in dem Laden arbeitete. Dann würden sie mich in Ruhe lassen.

Doch dann trat einer der beiden näher und ich erkannte ihn im Schein eines Lichtstrahls, der durch ein Fenster nach außen drang. Das war der Mann, den Madita beiseite genommen und dem sie erklärt hatte, dass ich eine Mitarbeiterin wäre und nicht alles mitbekommen müsste. Er wusste also ganz genau, dass ich für Madita arbeitete. Ich war in jedem Sinne in der Falle. Und die Männer schienen mich nicht laufen zu lassen, egal, was ich sagte. Sie kamen Schritt für Schritt näher. Ich wurde in die Ecke gedrängt. Obwohl mir immer noch nicht ganz klar war, was genau sie von mir wollten. Schließlich hatte ich nichts mit Maditas Schulden zu tun. Bevor sie mir zu nahe kommen konnten, fasste ich einen Entschluss. Es war völlig irre, allein schon, wenn ich an meine sportlichen Fähigkeiten dachte, aber es war der einzige Ausweg. Ich drehte mich der Mauer zu, nahm ein bisschen Anlauf, sprang nach oben und bekam glücklicherweise einen Ast zu fassen, der von der anderen Seite über die Mauer wuchs. Die letzten vertrockneten Blätter, die noch an dem Baum hingen, raschelten und das eine oder andere kraftlose Blatt segelte auf mich herab. Ich krallte mich verzweifelt an dem Ast fest, spürte jedoch direkt, dass er zu dünn war, um mich daran hochziehen zu können. Aber ich musste es versuchen. Ich tastete mit dem rechten Fuß an der Mauer entlang, fand in einem Loch zwischen den Steinen Halt und stieß mich weiter nach oben ab. Mit dem anderen Fuß trat ich in einen weiteren Hohlraum, der etwas höher gelegen war. Kleine Steinchen bröckelten ab und rieselten unter mir auf den Boden. Plötzlich fühlte ich etwas, das mein rechtes Bein fest umschlang und nach unten zog. Einer der Männer hatte mich erwischt und zerrte an mir. Ich bekam Panik, trat nach hinten aus und hörte gleichzeitig, dass der viel zu dünne Ast, an dem ich mich immer noch festhielt, knackte, zum Glück jedoch nicht ganz abbrach, was aber nur eine Frage der Zeit war. Panisch versuchte ich, mich irgendwo anders festzuhalten. Da aber immer noch der Mann an mir zerrte, kam ich nicht wieder nach oben, um einen anderen Ast zu erreichen. Ich wandte meinen Kopf und schaute nach unten.

»Lassen Sie mich los. Ich kann Ihnen nicht helfen.«

»Warum laufen Sie dann weg? Wir wollen nur unser Geld zurück.«

Ich trat immer wieder nach hinten aus. Endlich fühlte ich einen Widerstand und hörte ein Stöhnen. Ich hatte ihn am Kopf erwischt, weil er kurz durch unser Gespräch abgelenkt war. Er ließ erschrocken los und griff sich an die Stirn. Keine Sekunde zu spät. Im gleichen Moment brach der Ast ganz ab und ich versuchte panisch woanders Halt zu finden. Ich rutschte mit den Handflächen an der unebenen Wand ab, an der überall ein paar scharfkantige Steine hervorstanden. Ein brennender Schmerz durchfuhr mich. Ich hatte mir den Arm aufgekratzt, blutige Striemen zogen sich daran entlang. Reflexartig hielt ich mich an dem hervorstehenden Stein fest, gleichzeitig stieß ich mich mit dem linken Fuß ab, der immer noch in dem Mauerloch steckte und griff wieder nach oben. Zum Glück erwischte ich einen anderen Ast, der dick genug schien und mich halten würde. Wieder segelte ein Schwall trockener Blätter auf mich herab. Gleichzeitig spürte ich mit dem anderen Fuß nach einem weiteren Loch. Langsam schaffte ich es mich nach oben zu arbeiten, bis ich endlich soweit war, dass ich mich auf die Mauer hochziehen konnte.

Die Männer riefen mir immer noch Flüche hinterher und versuchten ebenfalls an der Wand hochzuklettern. Sie fanden jedoch keinen Halt.

Ich stand mittlerweile auf der Mauer und konnte mich gerade noch zurückhalten, ihnen eine lange Nase zu zeigen. Aber die Angst überwog, dass ich dadurch irgendwelche Kräfte mobilisierte und die Männer es doch noch schafften, mir zu folgen. Ich war unglaublich erleichtert, ihnen entkommen zu sein und wollte das auf keinen Fall aufs Spiel setzten. Ich machte, dass ich wegkam und überlegte, wie ich wieder herunterkam. Zum Glück war es auf der anderen Seite einfacher. Der Baum stand so nah, dass ich einfach von Ast zu Ast herunterklettern konnte. Ich rutschte mehr, als dass ich kletterte, da die Baumrinde unglaublich glitschig war und meine Hände nass vom Moos, das auf der Mauer wuchs. Sicher am Boden angekommen, rannte ich zur nächsten Bushaltestelle und setzte mich in den ersten Bus, der kam. Hauptsache weg hier.

Erst jetzt merkte ich, wie sehr ich zitterte. Als das Adrenalin langsam nachließ, spürte ich auch die ganzen Kratzer, die ich mir zugezogen hatte. Mit einem Taschentuch, das ich in meiner Tasche fand, versuchte ich den groben Schmutz abzurubbeln. Es funktionierte nicht so gut, wie ich gehofft hatte, aber wenigstens waren meine Hände jetzt trocken. Mit Schauder dachte ich an das glitschige Moos auf der Mauer. Doch hier im Bus konnte ich eh nichts machen. Ich packte mein Handy raus und rief Madita an.

Sie war zu Hause und ich meldete mich für heute ab. Ich wollte mich nicht noch einmal zwischen die Meute werfen. Jedenfalls nicht, bevor ich erfuhr, was da los war. Die meisten Leute waren abgezogen, erzählte sie mir. Falls die anderen wieder kommen sollten, würde sie die Polizei rufen. Das beruhigte mich ein bisschen.

Kurz nachdem ich aufgelegt hatte, rief Sofia an. »Caro, oh mein Gott, Caro, hast du das gelesen?«, kreischte sie mit hektischer Stimme in mein Ohr. Erschrocken hielt ich das Handy ein bisschen auf Abstand. Doch dann überkam mich die Angst.

»Sofia? Was ist los? Ist was passiert?«, fragte ich. Ich sah sie schon Blut überströmt neben einer Produktionsmaschine liegen, ein Arbeitsunfall, nur noch fähig eine letzte Person mit dem Handy anzurufen. Doch irgendwie passte das nicht mit dem zusammen, was sie gerade gesagt hatte. Was sollte ich gelesen haben?

»Heute in der Zeitung, auf Seite 3, oh mein Gott.«

Was? Zeitung? Ich erinnerte mich. Die Männer hatten Zeitungsausschnitte in der Hand gehabt.

»Was stand da Sofia?«, rief ich jetzt genauso aufgeregt wie sie. »Ich bin gerade schon von ein paar Verrückten verfolgt worden. Was stand da?«

Bei der nächsten Haltestelle würde ich aussteigen und mir einen Kiosk suchen. Wenn Sofia doch nur weiterreden würde.

»Erinnerst du dich an dem Tag, als dieser Kameramann und dieser Journalist bei euch im Laden standen? Ich musste durchs Fenster flüchten, weil Madita unbedingt einen Tee kochen wollte.«

Ja, ich erinnerte mich zu gut. Vor allem an die Angst, die ich um Sofia gehabt hatte und um meinen Job.

»Ja, ich erinnere mich.«

»Ich weiß nicht, was Madita in dem Interview erzählt hat, aber das, was die Journalisten daraus gemacht haben, ist der Horror.«

Jetzt packte mich doch die Panik - und eine schreckliche Vorahnung. Diese Journalisten konnten einem das Wort im Mund umdrehen, wenn man keine Presseerfahrungen oder Rechtsbeistand zur Seite hatte.

Endlich hielt der Bus an und sobald die Türen sich einen Spalt geöffnet hatten, zwängte ich mich hindurch und sprang auf die Straße. Ich hielt Ausschau nach einem Zeitschriftenladen, Kiosk oder irgendetwas, wo man die Tageszeitung kaufen konnte. Sofia hielt ich immer noch am Ohr und sie plapperte immer weiter. Ich hörte nur noch halbherzig zu. Ich wollte unbedingt erfahren, was in dem Artikel stand und bekam daher nur noch Satzfetzen mit.

»… nur zufällig. Mein Kollege … Die kleinen Läden … Die machen wir alle platt … auf Toilette und ich konnte den Artikel lesen.«

Endlich, eine Straße weiter, entdeckte ich ein Lotteriegeschäft. Die hatten doch sicher auch Zeitungen. Ich stürzte darauf zu, als wären es die letzten Zeitungen auf dem Planeten, schnappte mir eine und schlug Seite 3 auf, wie Sofia gesagt hatte.

»Wir sind keine Bibliothek, Miss. Hier wird gekauft«, hörte ich eine kratzige Stimme und schrak zusammen. Eine Bewegung links von mir machte mich auf eine kleine, runzlige Frau aufmerksam, die hinter dem Tresen stand und die Ablage putzte, mich jedoch keines Blickes würdigte. Ich schaute mich das erste Mal richtig in dem Raum um, weil ich mir nicht sicher war, ob es wirklich die Frau gewesen war, die gesprochen hatte. Aber wer sonst? Um mich herum standen nur Zeitschriften und Grußkartenständer, irgendwelche knallbunten Geschenkartikel und riesige Pappaufsteller mit Gewinnversprechen, wenn man Lotto spielte oder Rubbellose kaufte. Die Wände waren mit ähnlichen Plakaten zugepflastert. Auch Zigaretten schienen ein beliebter Artikel zu sein, der hier gerne gekauft wurde, denn die hintere Wand bestand fast ausschließlich aus Zigarettenpäckchen, Tabak und Papierblättchen.

Die Frau schaute auf und ihr Blick traf mich so unvorbereitet, dass ich wieder zusammenzuckte. »Bezahlen Sie das jetzt oder was?«, blaffte sie mich an.

»Äh, ja«, stotterte ich und legte zwei Euro auf den Tresen. »Stimmt so.«

Die Frau nickte und ich packte die Zeitung und verschwand aus dem Laden.

Ein starker Wind war aufgekommen und dunkle Wolken standen am Himmel. Ich ärgerte mich, dass ich wieder keinen Regenschirm dabei hatte. Aber ich hatte auch nicht damit gerechnet, durch irgendwelche Straßen irren zu müssen. Normalerweise würde ich jetzt im beheizten Laden stehen, am besten noch mit einer heißen Tasse Tee in den Händen, und mit meinen Kunden über den besten Kräutertee bei Halsschmerzen sprechen. Ich sehnte mich nach dem Laden, nach meinen gewohnten, unspektakulären Tagen.

Mit diesem Gedanken entfernte ich mich weiter von dem Kiosk. Erst als es zu regnen begann, erinnerte ich mich daran, dass ich mir einen Unterschlupf suchen sollte. Wäre auch besser für die Zeitung, denn die ersten Regentropfen durchnässten bereits das dünne Papier.

Ich war mittlerweile einige Straßen von dem Kiosk entfernt und fand in einem Hauseingang eine trockene Stelle. Auf einer schmalen Treppe ließ ich mich nieder und schlug die Zeitung auf.

Ich begann das Kleingedruckte zu lesen und musste bei jedem zweiten Satz empört nach Luft schnappen. Die Überschrift war noch nicht das schlimmste gewesen. Der Text selber war noch viel alarmierender.

Die Journalisten hatten nicht über die Wahrsagerin Madita geschrieben. Nein, sie hatten über die überschuldete, arme alte Frau geschrieben, die gezwungen war, ihr verfallenes Haus zu verkaufen und nun bettelnd durch die Straßen zog oder auf Jahrmärkten auftrat, um den Leuten durch ein bisschen Hokuspokus das Geld aus den Taschen zu ziehen.

Am liebsten hätte ich laut aufgeschrieben. Ich packte mir stattdessen entsetzt an den Kopf und stöhnte leise auf. Wie hatte es bloß soweit kommen können? Wie hatten die Typen herausgefunden, dass Madita Schulden hatte? Ihr streng gehütetes Geheimnis. Sie war es jedenfalls nicht selber gewesen. Sie hatte sich nicht mal Hilfe holen wollen, so peinlich war es ihr gewesen. Also musste ein anderer seine Finger im Spiel haben. Naja, wenn man die Lieferanten fragte, war es sicher ein Leichtes etwas über ihre Zahlungsschwierigkeiten herauszufinden. War die Erklärung wirklich so einfach? Oder war es doch ganz anders gewesen?

Plötzlich bekam ich einen Gedanken zu fassen, der die ganze Zeit schon unterschwellig durch meinen Kopf schwirrte. Dean! Hatte er seine Finger im Spiel? Wenn ja, dann war er noch hinterhältiger als ich gedacht hatte. Hatte Dean nicht sogar behauptet, etwas mit den Lieferanten zu tun zu haben? Und dass er Madita fertig machen wollte? Mittlerweile traute ich ihm alles zu. Aber woher hätte er wissen können, dass ein Bericht erscheinen würde? Ich schüttelte den Kopf. Eigentlich war es egal, wie die Männer davon erfahren hatten. Sie hatten es in die Zeitung geschrieben und jetzt wusste jeder Bescheid.

Kein Wunder, dass sich die ganzen Leute vor der Tür versammelt hatten. Man sollte die Journalisten wegen Rufmord anklagen, dachte ich. Aber würde das etwas bringen? Würde jetzt noch jemand zu uns kommen? Würde jetzt noch jemand Maditas Dienste als Wahrsagerin beanspruchen? Inzwischen wusste ich ja, dass sie davon lebte. Jeder würde sie für eine Lügnerin halten. Ich dachte an die vielen Menschen, denen sie schon geholfen hatte. Und wenn es nur Motivation oder ein Schubs in die richtige Richtung war. Ich erinnerte mich an die Dankesschreiben, die in Maditas Wohnung an der Wand hingen. Warum hatten die Journalisten überhaupt ein Interview mit ihr führen wollen? Um sie zu verunglimpfen? Ich fühlte, wie mich jegliche Motivation verließ. Es war ein aussichtsloser Kampf. Ein Schlüssel drehte sich hinter mir im Schloss und die Eingangstür öffnete sich. Jemand trat aus dem Haus heraus und ich musste aufstehen, um die Person vorbei zulassen.

Jetzt erst bemerkte ich, wie kalt der Stein war, auf dem ich die ganze Zeit gesessen hatte. Wenigstens hatte es aufgehört zu regnen und ich beschloss weiterzugehen und schlenderte gedankenverloren durch die Straßen.

Heute Morgen war ich der Meute entkommen, aber was war morgen oder übermorgen? Würden die Männer da auch vor der Tür stehen und auf mich oder Madita warten? Das machte mir Angst. Ein kalter Schauer lief mir über den Rücken, wenn ich nur daran dachte, wie ich im letzten Augenblick über die Mauer entkommen war.

Ein durchdringender Piepton erklang. Eine SMS. Ich holte mein Handy aus der Tasche und schaute auf das Display. David.

»Habe gerade die Zeitung gelesen. Ist alles klar bei euch?«

Ich schrieb kurz zurück, dass es mir gut ging und dass der Laden heute geschlossen blieb. Einige Minuten später kam eine weitere Kurzmitteilung. »Wo bist du?«

»Keine Ahnung. Krantzstrasse steht hier. Bin mit dem Bus unterwegs.«

»Ich bin ganz in der Nähe. Soll ich dich abholen?«

Ich überlegte kurz. Eigentlich hatte ich keine Lust, mit dem Bus zu fahren. Vor allem nicht, da ich gar nicht wusste, wo ich mich befand. Ich war an irgendeiner Haltestelle ausgestiegen, um einen Kiosk zu finden. Doch an der Haltestelle war ich längst nicht mehr, sondern durch die Straßen geirrt, ohne wirklich auf meine Umgebung zu achten. Ja, ich wollte, dass er mich abholte. Das schrieb ich ihm.

»Bin in zehn Minuten da.«

Ich schaute mich um. Noch zehn Minuten? Es wehte immer noch ein eisiger Wind und es gab nichts, wo ich mich unterstellen konnte, falls es wieder zu regnen begann. Ich zog meine Jacke enger um mich und trat näher an eine Häuserwand, um ein bisschen Schutz vor dem Wind zu suchen. Neben mir befand sich ein riesiges Fenster, hinter dem kleine Skulpturen und mehrere Gemälde aus verschiedenen Epochen ausgestellt waren. Ich vertrieb mir die Zeit damit, die Kunstwerke zu betrachten. Einige erinnerten mich an die alten Schinken, die ich zwischen Maditas Schätzen gefunden hatte, doch die bekamen nur ein müdes Lächeln. Die anderen, moderneren Werke mit ihren ausgefallenen Farbkombinationen und abstrakten Malereien waren eher mein Geschmack und zogen meine Aufmerksamkeit auf sich. Das eine oder andere konnte ich mir auch ganz gut in meiner Wohnung vorstellen und begann damit gedanklich meine Wände auszuschmücken. Doch als mein Blick auf die Preise fiel, überlegte ich es mir schnell anders. Ein Kunstdruck würde sich bestimmt auch ganz gut machen. Schließlich hielt ein Auto neben mir und riss mich aus meinen Renovierungsträumen. David stieg aus.

Kapitel 28

»Gehen wir einen Kaffee trinken?«

»Gern.«

Zwanzig Minuten später saßen wir in einem kleinen Café. Es tat gut in den warmen Raum zu treten und ich seufzte, als ich spürte, dass ich so langsam wieder auftaute. Ich hatte mich noch nie so sehr auf ein heißes Getränk gefreut. Doch zuerst musste ich kurz verschwinden, um mir endlich gründlich die Hände waschen zu können. Das warme Wasser rann wohltuend über meine zerschundenen Hände und ich versuchte den Schmutz so gut es ging zu entfernen. Zu Hause würde ich ein heißes Bad nehmen und mich entspannen.

Als ich wieder zum Tisch kam, hatte David bereits für uns beide bestellt. Er schien alle Konditoreien im Umkreis von zwanzig Kilometer zu kennen und wahrscheinlich noch darüber hinaus.

»Was hast du in der Gegend gemacht?«, brach ich die Stille, die sich eingestellt hatte.

»Ich hatte einen Kundentermin«, antwortete er. Die Servicekraft kam mit einem riesigen Tablett und servierte unsere Bestellung.

»Sie ist eine Kunstexpertin.«

Ich war irritiert. »Sie?«

»Ja, die Klientin, mit der ich einen Termin hatte. Vielleicht sollte ich sie mal mit in den Laden bringen«, überlegte er.

»Na, die wird sich freuen, wenn sie Maditas Plunder sieht«, sagte ich und verdrehte die Augen.

David grinste. »Vielleicht bringe ich sie wirklich mal mit.«

»Soll das eine Drohung sein?«, fragte ich schmunzelnd. »Dann sag mir bitte vorher Bescheid, dann kann ich die schlimmsten Dinge verstecken.«

»Ach weißt du, manchmal sind die Sachen, die auf den ersten Blick besonders hässlich erscheinen, die wertvolleren.« Er zwinkerte mir zu.

»Vielleicht hast du recht. Ich sollte die schöneren Dinge nach hinten stellen. Stell dir mal vor, sie würde doch noch etwas entdecken, was der andere Kunstexperte übersehen hat.« Er schien es als Witz zu verstehen und lachte. Es dauerte nicht lange, bis er mich angesteckt hatte.

»Das würde mich nicht wundern. Meine Kundin macht aus den unvorstellbarsten Dingen noch einen Gewinn. Sie ist ein echtes Verkaufstalent.«

»Ich habe schon zu oft gehofft, dass uns das passiert. Das wäre ein Wunder«, sagte ich entmutigt. Für mich zählte im Augenblick nur der Weihnachtsmarkt. Das war etwas Konkretes. Da konnte ich selber mit anpacken. Alles andere waren nur Hirngespinste, eine abstrakte Hoffnung, die schlussendlich immer zunichte gemacht wurde.

David schaute mich aufmerksam an. »Mach dir nicht so viele Sorgen. Das klappt schon alles. Ich hatte schon Klienten, die höhere Schulden hatten und deren Ausgangssituation noch weniger erfolgversprechend war. Irgendwie haben wir immer einen Ausweg gefunden. Mit manchen Gläubigern muss man einfach nur reden.

Ich sage immer: Vorbereitung ist alles. Wenn man ein gutes Konzept hat, kann man jeden überzeugen. Die Verhandlungen können lang und zäh sein, aber wenn dir gegenüber nur einer positiv gestimmt ist, kann sich alles ändern.«

»Bist du sicher?«

»Na klar, solche Fälle hatte ich selbst schon. Und meine Kollegen erzählen von nichts anderem, wenn sie ihre Strategien für ihre letzten Kunden ausbreiten«, sagte er.

»Also, ich habe heute Morgen etwas ganz anderes erlebt. Ich glaube nicht, dass man mit denen reden kann«, erinnerte ich ihn.

»Ja, das war sicher nicht gerade schön, was du erlebt hast. Aber ich kann ihre Reaktionen schon ein bisschen verstehen. Sie haben Angst um ihr Geld.«

Ich zögerte. Ja, natürlich. Aber musste man dann gleich solch einen Radau machen und nichts ahnende Leute auf offener Straße verfolgen?

»Ich denke, das war nur eine Kurzschlussreaktion. Aber die sind unwichtig.«

»Unwichtig?«

»Ja, in dem Sinne, dass es sich nur um kleine Summen handelt. Ein paar Leute, die Angst um ihr Geld haben. Denn wenn Madita Konkurs geht, haben sie kaum eine Chance, jemals einen Cent zu sehen. Ich glaube nicht, dass jemand von der Bank vor eurem Laden gestanden und Terror gemacht hat.«

»Egal, wer es war. Sie haben mir Angst eingejagt. Ich weiß nicht, was ich machen soll, wenn sie morgen wieder da stehen.« Ich schüttelte mich. Vor meinen Augen spielten sich die Szenen im Schnelldurchlauf ab und die Gefühle kamen wieder hoch. Die panische Angst von diesen Menschen überwältigt zu werden.

»Keine Sorge, Caro. Da kümmere ich mich drum. Das kann schließlich auf keinen Fall so weitergehen.« Er hob seine Hand, als wollte er meine ergreifen, nahm dann aber nur die Tasse und trank einen Schluck.

Ich strich mir verlegen durch die Haare. Plötzlich grinste David. Ich schaute ihn verwundert an. War etwas? Hatte ich etwas Komisches gemacht oder gesagt?

»Wo warst du denn unterwegs?«, fragte er.

»Wieso? Was meinst du?«

Er kam näher und diesmal streckte er wirklich seine Hand nach mir aus. Reflexartig wich ich zurück. Doch selbst wenn ich es gewollt hätte, er war schneller. Ich fühlte seine Hand kurz in meinen Haaren, dann zog er sie wieder zurück und hielt ein kleines, vertrocknetes Blättchen in der Hand.

»Du hattest ein Blatt im Haar.«

Ich schaute von seiner Hand in seine Augen und wieder zurück.

»Oh«, entfuhr es mir. Peinlich berührt schaute ich nach unten auf den leeren Teller vor mir. Das konnte nur passiert sein, als ich über die Mauer entwischt war. Und dann wurde mir klar, was das bedeutete. Oh mein Gott, war ich etwa die ganze Zeit damit herumgelaufen? Im Bus, bei der Kioskfrau, in den Straßen? Zum Glück war es ziemlich ruhig gewesen und ich war nicht allzu vielen Leuten begegnet. Ich wusste nicht genau, warum es mir so peinlich war.

Selbstbewusstsein vortäuschend schaute ich wieder hoch und hatte Davids Gesicht direkt vor mir. Am liebsten hätte ich gleich wieder schüchtern zu Boden geschaut, aber dieses Mal schaffte ich es, seinem Blick standzuhalten. Er war so nah, dass ich seinen Atem spüren konnte. Sogar die wenigen grünen Sprenkel in seinen sonst blauen Augen konnte ich erkennen. Dann spürte ich seine Hand, die sanft über meine Wange streichelte. Es fühlte sich so gut an. Wenn da nicht diese Stimme gewesen wäre, die sich immer wieder in meine Gedanken schlich: »Du darfst das nicht. Du darfst das nicht tun.«

Doch mit jeder Sekunde, die ich Davids Nähe genoss, wurde sie leiser, bis sie nur noch ein Flüstern war und schließlich ganz verstummte. Jakob war ja nicht hier. Obwohl ich wusste, dass das ein schrecklicher Gedanke war, schob ich ihn zur Seite. Das Kribbeln in meinem Bauch überlagerte alles. Diese einfache Geste machte, dass mein Herz doppelt so schnell schlug und mir extrem heiß wurde, obwohl es in dem Café recht kühl war. Es forderte meine ganze Aufmerksamkeit, still zu halten. Am liebsten hätte ich mich seiner Streicheleinheiten einfach hingegeben. Alleine die Umgebung in dem Café hielt mich davon ab, mich auf ihn zu stürzen.

»Ich mag dich, Caro. Ich mag dich sehr.«

Das war nicht ganz das, was ich hören wollte. Wollte er Freundschaft schließen? Ich legte eine Hand auf seine Schulter. Er sollte noch etwas näher kommen und mich endlich …

»Wir können das nicht tun.«

Was sagte er da? Hatte er meine Geste falsch verstanden?

Er zog sich zurück und seine Nähe fehlte mir augenblicklich. Doch es war, als käme ich durch die plötzliche

Distanz wieder zur Besinnung und ich bekam sofort ein schlechtes Gewissen. Die Geräusche der Umgebung drängten sich unerbittlich in mein Bewusstsein. Als ob ich plötzlich aus einem tiefen Schlaf erwachte. Was hatte ich getan? Was hatte ich mir dabei gedacht? Erschrocken über mich selbst riss ich die Augen auf. Doch nur für einen Moment. Schnell hatte ich eine schützende Maske aufgesetzt. David sollte nicht merken, wie ich fühlte, was ich dachte, dass ich ihn mochte und dass ich kurz davor gewesen war, Jakob zu vergessen. Im ersten Moment glaubte, er fühlte ähnlich, doch anscheinend hatte ich mich geirrt. Ein schrecklicher Gedanke schoss mir durch den Kopf. War das wieder nur eine Art Ablenkungsmanöver gewesen? Wollte er mich testen? Ich erinnerte mich an die Situation, als er mich in die Ecke gedrängt hatte, um an Maditas Wohnungsschlüssel zu kommen. Hatte er wieder so etwas versucht? Ich fragte mich, wie ich nur immer wieder auf ihn reinfallen konnte. Irgendwie hatte ich ihm vertraut. Aber wie blöd konnte man eigentlich sein? Ich schüttelte unbewusst den Kopf. Er hatte eine Freundin. Ich wusste nicht, auf wen ich wütender sein sollte, auf ihn oder auf mich selbst. Gleichzeitig schämte ich mich, dass ich Jakob so etwas antun konnte.

Ich begann nervös mit meiner Serviette zu spielen. Am liebsten wäre ich einfach rausgelaufen. Aber war das nicht kindisch? Außerdem hatte er das Auto und ich wusste nicht, wo genau ich mich befand. Diese blöde Orientierungslosigkeit …

David war verstummt und schaute auf die Bewegungen meiner Hand. Und wieder griff er in meine Richtung.

Ich dachte kurz, er hätte es sich anders überlegt und hatte gleichzeitig das Gefühl, dass alles in mir durcheinander geriet. Doch er packte meine Hand und hielt sie grob fest. Ich ließ das Papier fallen und schaute ihn erschrocken an. Das hatte nichts mehr mit sanft zu tun, wie eben gerade noch. Das tat fast schon weh. Er drehte meine Hand um.

»Was ist das?« Wir beide blickten auf meine Hand, die mit kleinen Schnitten und Schürfwunden überzogen waren.

»Das musst du behandeln. Gib mir die andere Hand.«

Ich zögerte kurz. Was sollte das? Ich wurde aus ihm einfach nicht schlau.

»Sorgst du dich etwa um mich?«, fragte ich ihn herausfordernd.

»Natürlich.« Er schaute mich stirnrunzelnd an. »Gib mir deine Hand.«

Ich wusste nicht, was ich erwidern sollte und reichte sie ihm. Er nahm sie, drehte sie nach außen und betrachtete sie von innen. Auch hier zogen sich Kratzer und kleine Schnitte über die Handfläche.

»Hast du Verbandszeug bei dir in der Wohnung? Dann bringe ich dich nach Hause.«

Ich nickte. Nach Hause. Das war eine gute Idee. Ich merkte, dass ich mich einfach nur noch müde und ausgelaugt fühlte. Die Müdigkeit kam so plötzlich über mich, als hätte mir jemand ein starkes Schlafmittel verpasst.

David fuhr mich nach Hause und verband meine Schrammen. Er entdeckte auch die Wunde am Arm, die ich mir zugezogen hatte, als ich an der Mauer heruntergerutscht war. Am liebsten hätte er mich gleich zum Arzt gefahren, weil die etwas tiefer ausfiel als die harmloseren Kratzer. Doch ich war mittlerweile so müde, dass ich einfach auf dem Sofa einschlief.

Als ich aufwachte, war David nicht mehr da.

***

Am nächsten Tag hatte ich Angst zur Arbeit zu gehen. Deshalb rief ich vorher bei Madita an. Sie versicherte mir, dass alles ruhig war und niemand vor dem Laden stand. Ich fuhr hin und überzeugte mich selbst. Vielleicht hatte David sich wirklich darum gekümmert. Wieso machte er das? Wieso war er manchmal nett, spielte aber andererseits mit mir?

Auch in den folgenden Tagen verfolgten mich vor allem die Szenen, in denen ich mich nachträglich schuldig gegenüber Jakob fühlte. Bald hielt ich es nicht mehr aus. Ich musste ihn sehen. Wir schrieben uns zwar täglich SMS und redeten kurz übers Telefon miteinander, aber es war einfach nicht dasselbe. Ich wollte nicht nur kurz seine Stimme hören, ich musste ihn sehen. Und vielleicht konnte ich ihn ja sogar dazu bringen, dass er einige Tage früher zurückkam.

Und so rief ich ihn abends über Skype an. Durch die Zeitverschiebung war es bei ihm erst morgens. Ich hoffte dennoch, dass er nicht gerade in einem Meeting steckte und sich über meinen Anruf freuen würde.

Und wirklich, einige Minuten später, als sich endlich eine mehr oder weniger stabile Internetverbindung aufgebaut hatte, konnte ich ihm wieder in die Augen blicken – trotz meiner Angst, dass es mir aufgrund meines schlechten Gewissens eher schwer fallen würde.

Doch der Bildschirm zwischen uns machte es mir leichter, als ich gedacht hätte. Ich schaute in seine wachen Augen. Im Gegensatz zu mir war er frisch und munter. Er lächelte. Oh mein Gott, wie ich sein Lächeln vermisst hatte. Ich hatte es schon so lange nicht mehr gesehen. Viel länger als seine Reise dauerte. Schon bevor er in die USA geflogen war, waren solche Momente spärlich gesät gewesen und ich genoss diesen Augenblick jetzt umso mehr. Seine grünen Augen leuchteten, daneben hatten sich kleine Lachfältchen gebildet. Seine weißen Zähne strahlten wie immer.

»Siehst du, wie sehr er dich liebt? Und du vergnügst dich mit einem anderen«, meldete sich mal wieder meine innere Stimme zu Wort. Schüchtern begrüßte ich ihn. Er gab sich ganz normal, als hätten wir vor seinem Abflug keinen Streit gehabt. Auch ich versuchte all diese seltsamen, bösen Gedanken zur Seite zu schieben. Ich wollte ihn einfach nur sehen und mit ihm reden. Ich war nicht gerade stolz auf mich und hatte mir in den letzten Tagen oft genug gewünscht, die Zeit zurückdrehen zu können. Jedenfalls unsere Beziehung. Alles wieder auf Anfang. Als hätte ich David nie kennengelernt.

In den ersten Momenten fiel mir jedes Wort schwer, aber dann war es wirklich wieder wie früher. Wir redeten miteinander, ich erzählte, was ich erlebt hatte, er sprach voller Enthusiasmus von seinen Verhandlungen und irgendwann merkte ich, dass ich nicht mehr an die vergangenen Dinge denken musste, sondern mich auf das Hier und Jetzt konzentrieren konnte. Jetzt, wo Jakob vor mir saß, wo wir miteinander redeten und sogar zusammen lachten. Ich mit einem Schluck Wein, den ich mir ausnahmsweise mal genehmigte und er mit einer Tasse Kaffee.

Wir redeten über eine halbe Stunde miteinander. Jetzt war ich doch froh, ihn sehen zu können. Die Zeit verging wie im Flug. Es kam mir nur wie wenige Minuten vor. Doch dann hörte ich wie jemand zu ihm ins Zimmer trat.

Er war kurz abgelenkt und wandte sich dann wieder zu mir.

»Caro, ich muss jetzt.«

Ich nickte. »Okay.«

Doch bevor er sich richtig verabschieden und die Verbindung kappen konnte, platzte ich mit der Frage raus, die mir eigentlich schon die ganze Zeit in den Fingern gebrannt hatte.

»Schaffst du es zur Weihnachtsfeier?« Ich hoffte so sehr, dass er ja sagen würde, dass er mit mir gemeinsam feiern oder mich wenigstens diesmal, bei dem für mich so wichtigem Fest, unterstützen wollte. Es stand nicht nur die Frage im Raum, ob ich es schaffen konnte, Maditas Schulden zu reduzieren, nein, schlussendlich war es auch eine riesige Herausforderung, das alles zu organisieren. In den letzten Tagen hatten sich mehr Leute angemeldet, als wir jemals gedacht hätten. Und wir hatten unsere Planung über den Haufen geworfen, weil diese Masse an Menschen niemals in Maditas Laden gepasst hätten, geschweige denn ihre Waren. Jetzt würde es eine Art Weihnachtsstraßenfest werden. Wenn Jakob mit dabei war, konnte er mir sicher noch den einen oder anderen Tipp geben, schließlich war er große Events gewöhnt.

Und er würde mich von David ablenken. Ich schluckte und schob den Gedanken schnell wieder zur Seite.

»Sorry«, sagte Jakob und machte mit diesem einen Wort all meine Hoffnungen zunichte. »Ich habe so viele Termine, das schaffe ich einfach nicht. Wahrscheinlich muss ich den Aufenthalt hier sogar verlängern und zwischendurch hin- und herzufliegen wäre ein riesiger Zeitverlust. Das verstehst du doch, oder? Das ist hier eine Riesenchance für mich«, sagte er und schaute mich forschend an. Er musste gemerkt haben, dass mir diese Antwort nicht gefiel. Für einen schwachen Moment waren mir die Gesichtszüge entglitten und ich hatte ihn geschockt und tief verletzt angestarrt. Zeitverlust? Das war ich also für ihn? Doch schnell hatte ich meinen Fehler bemerkt und meine Gesichtsmuskeln wieder zu einem Lächeln angespannt. Ich hoffte, dass es nicht zu gequält aussah.

»Naja, ich hatte einfach gehofft.«

»Du verstehst doch, dass ich nicht stundenlang von hier zu deinem Weihnachtsfest fliegen kann, um einen Tag mit dir zu feiern und dann wieder zurückfliegen? Das würde mir die Firma wahrscheinlich auch gar nicht bezahlen.«

Ich nickte. Natürlich verstand ich das. Aber er wusste doch, dass diese Feier auch für mich wichtig war. Auch dass sich das Datum verschoben hatte, wusste er. Aber er wollte ja eh lieber, dass ich wieder als Buchhalterin in einer Firma arbeitete.

»Komm du doch zu mir«, sagte er plötzlich und ich schaute ihn irritiert an. »Ja, komm zu mir und wir machen uns einen schönen Urlaub in Amerika. Du wolltest doch immer schon mal hierher.«

Ich dachte, ich höre nicht richtig. Na klar wollte ich immer schon mal in die USA. Aber doch nicht jetzt. Nicht, wo so viel für mich auf dem Spiel stand. Wie konnte er nur so etwas sagen? Außerdem kannte ich ihn besser als er vielleicht glaubte. Ich ließ sicher nicht hier alles stehen und liegen, um schnell mal über den großen Teich zu hüpfen und dort alleine durch die Straßen zu irren, während er Termine wahrnehmen musste, die er auf keinen Fall ablehnen konnte. Ich erinnerte mich an einen Urlaub in England. Da waren auch aus fünf Terminen plötzlich fünfzehn geworden und ich hatte die Museen, Burgen und andere Sehenswürdigkeiten alleine erkundet. Das wollte ich auf keinen Fall noch mal erleben. Ich hatte mir da schon geschworen, nie mehr Arbeit mit Urlaub zu verbinden. Urlaub sollte von Anfang bis Ende Urlaub sein. Ich schüttelte traurig den Kopf. Das war nicht der Jakob, den ich früher mal gekannt hatte. Früher hatte er auch mal mich gefragt, was ich für Pläne hatte und wir hatten unsere Zukunft gemeinsam geschmiedet. Im Moment hörte ich immer nur, was für tolle Chancen er bekam und wie ich mich zu verhalten hatte.

Ich hörte, wie jemand hinter ihn trat und mit ihm sprach. Eine melodische Frauenstimme, die mit warmen Worten auf ihn einredete. War er etwa mit einer Frau auf Reisen? Ich schob diesen Anflug von Eifersucht schnell wieder zur Seite. Nicht er war derjenige, der betrog. Zwar hatte er mir noch nie von einer Kollegin erzählt, aber dann war es sicher auch nicht so wichtig. Im Moment wollte ich sowieso über nichts mehr nachdenken. Ich fühlte mich ausgelaugt und müde. Jakob und ich hatten gerade so ein tolles Gespräch geführt und nun war ich schon wieder sauer auf ihn.

Ich wünschte ihm viel Erfolg für die nächsten Wochen und hauchte ihm zum Abschied noch einen Gutenachtkuss zu, der ja für ihn eher ein Gutenmorgenkuss war. Die Verbindung wurde getrennt und ich klappte den Laptop zu. Er würde also nicht kommen.

Kapitel 29

Am Tag des Weihnachtsmarktes wachte ich bereits mit schnell schlagendem Herzen auf. Ich hatte davon geträumt, dass alles schiefgehen würde. Schlechtes Wetter, keine Leute, ungenießbarer Glühwein, verkohlte Plätzchen. Und zu allem Überfluss schrie Madita mich an, dass alles meine Schuld sei.

Erst nach einer Tasse Kaffee und einem Anruf bei Sofia beruhigte ich mich ein wenig. Trotzdem, eine leichte Nervosität blieb und auch die Gedanken hörten nicht auf durch meinen Kopf zu schwirren.

Hoffentlich ging alles glatt. Und ganz wichtig: Hoffentlich kamen genug Leute. Schließlich hatten wir alle viel Arbeit in die Vorbereitungen gesteckt. Die Renovierung war ein Spiel mit der Zeit gewesen. Sofia hatte die ganze Zeit geklagt, dass ihre Salben und Seifen nicht rechtzeitig fertig würden und auch von Lissy hatte ich nicht mehr viel gehört, seitdem ich ihr die Terminänderung per E-Mail geschickt hatte. Sie hatte nur kurz geantwortet, dass sie das schon schaffe, aber ich war trotzdem nicht hundertprozentig beruhigt. Obwohl die meisten Bekannten von Giorgio zugesagt hatten und auch noch weitere Händler plötzlich mitmachen wollten, hatte ich ein komisches Gefühl in der Magengegend.

Wir hatten bereits gestern Tische, Stühle ein paar Heizkörper und weitere Utensilien anliefern lassen.

Heute Morgen mussten wir nur noch alles aufbauen. Deshalb stand ich um sieben Uhr vor der Tür und begrüßte Lissy und Sofia erleichtert, die gerade mit dem Auto angefahren kamen. Die Tür des Ladens war schon offen und als wir eintraten, kam uns der Duft von Kräuterglühwein entgegen, der sich mit einem süßlichen Plätzchengeruch mischte. Madita war scheinbar schon fleißig. Wann war sie aufgestanden?

Wir begannen die Tische aufzustellen und abzuwischen und auch schon ein paar Waren auszupacken. Irgendwann trafen weitere Leute ein und halfen beim Aufbau. Zwischendurch kam Madita immer wieder mit einem Glas Glühwein oder ein paar Plätzchen vorbei. »Zum Probieren!«

Anfangs hatte ich noch fröhlich zugelangt, doch nach dem dritten Becher Glühwein, merkte ich langsam, dass ich doch besser auf Wasser oder Tee umsteigen sollte. Schließlich wollte ich den Leuten nicht lallend gegenüberstehen, um ihnen die Kräuter zu verkaufen. Auch die anderen Verkäufer hatten sich bereits nach einer Alternative umgesehen, mussten Madita jedoch hoch und heilig versprechen, später noch ein Schlückchen zu probieren, schließlich war es ein Geheimrezept. So etwas Gutes bekam man nicht alle Tage.

Nachdem im Laden alles soweit aufgebaut und weihnachtlich geschmückt war, trat ich mit einer Kiste voll Kräutertütchen im Arm nach draußen und staunte nicht schlecht. Durch unsere Straße zog sich eine Reihe von Tischen mit Schirmen, manche hatten sogar kleine Büdchen aufgebaut. Hier und da standen ein paar Heizpilze, die die durchdringende Kälte ein wenig verdrängten und die Leute so hoffentlich zum Verweilen einlud. Man merkte, dass es langsam Winter wurde. Ich spürte Vorfreude in mir aufsteigen. Es freute mich mitanzusehen, wie alle Leute beschäftigt waren, alles schön weihnachtlich zu schmücken.

Da Madita den Tresen für den Ausschank der Getränke in Beschlag genommen hatte und sich das Wetter zu halten schien - der Himmel war zwar bedeckt und nur hier und da durchdrang ein Sonnenstrahl die Wolkendecke, aber wenigstens regnete oder schneite es nicht – beschloss ich meinen Verkaufstisch draußen vor dem Laden aufzubauen. So konnte ich die Leute ansprechen, die nur durch die Straße schlenderten. Ich drapierte die vorbereiteten Kräutertütchen nebeneinander auf dem Tisch. Auf den Boden neben mir stellte ich weitere Kisten mit verschiedenen losen Kräutern. So konnte ich schnell auf spezielle Wunschmischungen eingehen. Daneben hatte Sofia ihre Sachen aufgestellt. Cremes und Seifen, schön sah das aus. Vor allem weil die Seifen teilweise stark an Kuchenstückchen erinnerten. Da bekam man richtig Lust auf etwas Süßes.

Während ich aufgebaut hatte, war Sofia verschwunden. Kurz bevor es losging wurde ich nervös, weil sie immer noch nicht zurück war. Sie würde doch nicht zu spät kommen? Ich hielt immer wieder Ausschau nach ihr. Doch der einzige, den ich sah, war Jonas, der mit einem Karton unterm Arm die Straße runterkam.

»Hi Jonas!«, rief ich und winkte ihm zu. Er kam auf mich zu und stellte den Karton auf Sofias Tisch ab.

»Hi Caro, alles klar? Ich glaube, hier bin ich richtig?«

»Ich weiß nicht. Das ist Sofias Tisch«, sagte ich

zögernd. Was suchte er denn und was wollte er mit dem Karton?

»Ja. Ist kaum zu übersehen«, erwiderte er lächelnd. Doch da war noch etwas anderes in seinem Blick. War das Stolz? Ich schüttelte den Kopf. Bestimmt hatte ich zu viel Glühwein getrunken.

»Sprecht ihr über mich?« Sofia tauchte plötzlich lachend hinter Jonas auf, umarmte ihn und gab ihm vor mir einen Kuss. Mir klappte der Mund auf. Sofia und Jonas waren wieder zusammen? Sofia grinste mich an. Ich zog die Augenbrauen hoch.

»Ich glaube du hast vergessen, mir etwas mitzuteilen.«

»Stimmt. Wir sind wieder zusammen.« Und wie zur Bestätigung küsste sie ihn nochmal und lächelte ihn verliebt an. Jonas schaute überglücklich zurück.

»Oh mein Gott! Das ist so toll!« Ich freute mich wirklich für die beiden.

Langsam kamen die ersten Leute die Straße heruntergespaziert. Vor allem die Leute, die hier in der Umgebung wohnten, waren neugierig und schlenderten von einem Tisch zum nächsten. Mit warmen Jacken gekleidet und mit tief in die Stirn gezogenen Mützen. Doch es waren nicht die Massen, die ich mir gewünscht hatte.

»Ich hoffe, da kommen noch ein paar mehr Leute. Wenn das den ganzen Tag so weitergeht, dann war die ganze Arbeit umsonst«, sagte ich und beobachtete die wenigen Personen, die von einem Stand zum nächsten gingen und immer wieder einen Zwischenstopp bei den Heizpilzen machten. Nach zwei Stunden hatten wir erst zwei Tütchen mit Plätzchen, zehn Tassen Glühwein und drei Kräutermischungen verkauft. Auch Sofia hatte nicht viel mehr umgesetzt, obwohl alle total begeistert von ihren Seifentörtchen waren.

Ich rieb mir die Finger. Wenn man hier draußen länger stehen blieb, konnte die Kälte richtig schmerzhaft werden, trotz der Handschuhe.

»Ja, irgendwie hatte ich mir das anders vorgestellt. Online ist doch besser«, sagte Sofia. Ich hörte bei ihr schon einen leichten Anflug von Heiserkeit. Sie hatte zwei Stunden lang lauthals ihre Waren angepriesen und es hatte doch nicht viel gebracht. Anscheinend saß das Geld noch nicht so locker, wie wir uns das erhofft hatten.

»Nur Mut«, sagte Jonas, der gerade mit drei Tassen Glühwein nach draußen kam und sie an uns verteilte. Wir nahmen sie nur zu gerne entgegen und wärmten uns an den heißen Tassen die Hände. »Es ist erst halb zwei. Es kommen sicher noch ein paar Leute. Das wird schon.«

»Oder auch nicht«, sagte ich zweifelnd. Denn ich hatte jemanden entdeckt, den ich heute eigentlich nicht sehen wollte. Dean kam die Straße herunter. Ich verschwand lieber, bevor er mit mir einen lautstarken Streit vor allen Leuten losbrechen konnte.

»Kannst du mal übernehmen?«, fragte ich Sofia und flüchtete in den Laden. Ich atmete tief ein. Hoffentlich hatte er mich noch nicht gesehen. Ich fragte mich, was er hier wollte. Es musste ihm doch gegen den Strich gehen, dass wir hier eine Weihnachtsfeier veranstalteten.

Die Tür öffnete sich hinter mir und ich zuckte zusammen. Doch es war nur Sofia. Das konnte ja heiter werden, wenn ich jedes Mal erschrak, sobald jemand eintrat. Ich schaute sie fragend an. Doch sie meinte nur lächelnd, dass Jonas unsere beiden Stände beaufsichtigte.

»Ich glaube, da kommt jemand Ärger machen. Dean ist im Anmarsch«, warnte sie mich. Ich wunderte mich mal wieder, wie schnell sie ihn überwunden hatte und fragte mich, wann genau das passiert war. Nach der Prügelei? Oder noch später? Wann hatte sie sich wieder mit Jonas vertragen? Doch ich konnte nicht allzu lange darüber nachdenken. Die Tür öffnete sich bereits ein weiteres Mal und Dean trat ein. Er hatte mich wohl doch im Laden verschwinden sehen.

»Hallo Caro, Sofia.« Er nickte ihr fast unmerklich zu.

Dann wandte er sich wieder an mich. »Was ist denn hier los?«

Sofia funkelte ihn angriffslustig an, aber er ließ sich ihr gegenüber nichts anmerken. Stattdessen nahm er ein Glöckchen in die Hand und klingelte.

»Was willst du Dean?«, fragte ich.

»Ich suche denjenigen, der diesen Markt organisiert hat und ich habe gehört, dass du das bist«, grinste er und hielt einen zerknüllten Flyer hoch.

»Ja, genau. Wo ist das Problem?« Am liebsten hätte ich ihm die Glocke aus der Hand genommen. Er stellte sie eine Etage höher wieder ab. Dann drehte er sich zu mir um.

»Du hast dann ja auch bestimmt eine Genehmigung.« Sein Grinsen wurde noch etwas breiter.

Ich starrte ihn entsetzt an. Genehmigung? An alles Mögliche hatte ich gedacht, aber mich über so etwas zu informieren, war total an mir vorbeigegangen. Ich war gar nicht auf die Idee gekommen, dass ich für so etwas eine Genehmigung brauchte. Anfangs war ich ja auch nicht davon ausgegangen, dass wir unsere Verkaufsstände in der Straße aufstellen würden. Ich starrte Sofia an, doch die schüttelte nur den Kopf, selber fassungslos.

»Keine Genehmigung? Das ist schlecht«, sagte Dean und zückte sein Handy.

»Was machst du da?«, fragte ich und ahnte Böses.

»Na, wonach sieht es denn aus? Das interessiert das Ordnungsamt bestimmt. Eine unangemeldete Veranstaltung.«

»Du Mistkerl«, entfuhr es mir und ich erschrak über meine eigene Ausdrucksweise. Doch es war genau das, was ich über ihn dachte. Ich trat einen Schritt vor und wollte ihm das Handy abnehmen. Aber er hatte offensichtlich damit gerechnet, trat zur Seite und drehte sich von mir weg. »Du willst doch nicht auch noch eine Anzeige wegen Körperverletzung?«, zog er mich auf.

Sofia trat auf mich zu, legte eine Hand auf meine Schulter und hielt mich zurück. »Er ist es nicht wert«, sagte sie und ich wunderte mich, diesen Satz gerade aus ihrem Mund zu hören. Doch als ich merkte, dass sie ihn immer noch böse anfunkelte, wurde mir klar, dass sie den Satz extra laut gesagt hatte, um sicher zu gehen, dass Dean es hörte. Sie war immer noch sauer auf ihn.

»Was ist mit David?«, dieses Mal flüsterte sie. »Vielleicht hat er sich gekümmert? Oder Giorgio?«, überlegte sie.

Ich ließ mich von ihr zurückhalten und nickte. Sie wählte Davids Nummer, schüttelte dann aber resignierend den Kopf.

»Hi David, Sofia hier. Wir haben hier ein Problem. Jemand fragt nach der Genehmigung für den Markt. Kannst du sie mitbringen?«

Sie legte auf. Ich schaute sie erstaunt an und sie zwinkerte mir verschwörerisch zu.

»Er kommt gleich«, sagte sie laut und fügte leise, so dass Dean es nicht hören konnte, hinzu: »Ich konnte ihn nicht erreichen. Nur Mailbox.«

Mist. Wir waren geliefert. Wir hatten zwar ein bisschen Zeit gewonnen, aber wenn David nicht kam, würde Dean skeptisch werden.

Doch meine Angst war überflüssig, denn Dean glaubte uns anscheinend sowieso kein Wort.

»Ihr blufft. Aber kein Problem, würde ich auch so machen. Selbst wenn euer David hier auftaucht mit der Genehmigung in der Hand, ich werde mit Sicherheit etwas finden, was nicht rechtens ist, und dann werde ich das Ordnungsamt neben mir stehen haben«, sagte er.

Er nahm sein Handy, wählte eine Nummer und trat hinaus.

Ich starrte ihm sprachlos hinterher. Was sollten wir jetzt machen? Wir konnten die Leute doch nicht alle wieder nach Hause schicken, nur weil ich vergessen hatte, eine Genehmigung anzufragen. Wie blöd konnte man eigentlich sein? Es war anscheinend doch ein bisschen viel gewesen in letzter Zeit. Dennoch, hatten wir etwa alles umsonst gemacht? Den Aufbau, die Werbung? Aber was blieb mir anderes übrig? Das Ordnungsamt würde gleich hier auftauchen und alles schließen. Sicher war es besser, wenn der eine oder andere weg war, bevor die Behörde kam. Wer wusste denn, ob die nicht noch allen eine Geldstrafe aufbrummen würden? Obwohl ich ja schon einige Male miterlebt hatte, wie unberechenbar und hinterhältig Dean war, überraschte es mich doch immer wieder, wie gut er Bescheid wusste und wie gemein er sein konnte.

»Komm«, sagte ich zu Sofia. »Wir müssen die anderen Händler warnen. Wenn wir schon wegen meiner Dummheit eine Strafe aufgebrummt bekommen, brauchen die anderen da nicht mit reingezogen zu werden.«

Ich stand schon an der Tür und wartete darauf, dass Sofia mir folgte. Aber die war noch nicht überzeugt.

»Sollten wir nicht wenigstens auf David warten?«

»Nein. Er kann uns auch nicht mehr retten, was er übrigens schon oft genug getan hat«, ich schüttelte traurig den Kopf. »Wir sollten jetzt schnell sein.«

Immer noch nicht ganz überzeugt, folgte mir Sofia jetzt doch zur Tür und wir traten nach draußen. Es hatte zu schneien begonnen und Jonas war dabei unsere Ware zur retten. Unsere Tische waren nur spärlich durch den ausgefahrenen Sonnenschutz über den Ladeneingang geschützt und es hatte sich bereits eine dünne Schneeschicht über die ungeschützten Stellen gelegt. Bevor noch mehr in Mitleidenschaft gezogen wurde, packten wir mit an und verstauten die Waren in Plastiktüten Anschließend trugen wir sie sicher ins Innere des Ladens. Das ging ganz klar vor. Von weitem sah ich, dass auch einige Händler, jedenfalls die, die genau wie wir ungeschützt unter dem Schneehimmel standen, bereits dabei waren ihre Ware einzupacken.

Wir rannten zu den Händlern und halfen ihnen. Und bevor wir uns versahen, war bereits eine halbe Stunde um und wir hatten niemanden vor dem Ordnungsamt gewarnt. Nun war es zu spät, denn die Beamten kamen bereits die Straße herunter, gefolgt von Dean.

Kapitel 30

Ich wäre am liebsten in einer der Buden abgetaucht. Aber ich war diejenige, die einen Fehler gemacht hatte und musste jetzt die Verantwortung dafür übernehmen.

Entschlossen trat ich auf die Männer zu und lud sie in Maditas Laden ein. Die neugierigen Blicke der Leute um mich herum machten mich noch nervöser als ich sowieso schon war. Ich hoffte, dass ich mich in meiner gewohnten Umgebung besser fühlen würde, wie bei einem Heimspiel, bekanntes Territorium, auch wenn mir das gegen die Beamten nicht viel nützen würde.

»Guten Tag, Frau Mertens. Sie sind die Veranstalterin dieses Weihnachtsfestes?«, sprach einer der Männer mich an.

Jetzt, wo er direkt vor mir stand, merkte ich erst, wie groß er war. Er hatte breite Schultern und ein kantiges Gesicht. Er erinnerte mich eher an einen Türsteher als an einen Beamten. Der andere entsprach da schon eher meinem Bild eines Staatsmitarbeiters – er war genau das Gegenteil. Ein blasses, schmächtiges Männlein. Er war der Typ, der sich auf seine Brille berief, wenn jemand ihn verprügeln wollte. Selbst die Uniform, die den Eindruck des anderen als Respektsperson noch verstärkte, ließ ihn schwach aussehen. Sie war ihm zu groß und schlabberte an seinem Körper herab. Doch eines musste man ihm lassen. Er wusste, wie er rüberkam und überließ dem stärkeren das Wort.

»Äh, ja«, stotterte ich, da dieser seine einschüchternde Wirkung auf mich nicht verfehlte.

»Wie bitte? Ja oder nein?« Anscheinend hatte ich so leise gesprochen, dass er mich nicht verstanden hatte. Ich drückte meinen Rücken durch und sagte laut und deutlich.

»Ja, das bin ich. Gibt es ein Problem?«

»Wir würden gerne die Genehmigung sehen.«

»Ja, also.« Ich hielt kurz inne, ich wollte nicht schon wieder ins Stottern geraten. »Wollen Sie ein Plätzchen?« Mir fiel einfach nichts Besseres ein. Mir war klar, dass ich damit zwar etwas Zeit schinden, aber das wahre Problem nicht lösen konnte. Ich sträubte mich jedoch davor, ihnen die Wahrheit zu sagen. Vor allem weil Dean daneben stand. Sein gehässiges Grinsen konnte ich kaum mehr ertragen. Ich fühlte mich so schlecht, als hätte ich gerade drei Wochen Magen-Darm Grippe hinter mir.

»Im Moment würden wir eigentlich lieber die Genehmigung sehen, sonst müssen wir hier alles dichtmachen«, drohte der Mann und guckte mich böse an.

»Man kann doch über alles reden«, versuchte Sofia mir zur Hilfe zu eilen, was mir jedoch nicht wirklich nützte.

»Sie haben also keine Genehmigung?«

»Äh, also.« Ich kam einfach nicht über das Stottern hinaus.

Der Mann gab dem anderen einen Wink und der stiefelte los. Wohin wollte der hin? Panik stieg in mir hoch. Das wäre die peinlichste Aktion ever. Dann konnte ich keinem der Händler mehr in die Augen blicken. Womöglich würde mir das eh erspart bleiben, weil keiner mehr mit mir Geschäfte machen wollte.

»Halt«, rief ich. Die Männer starrten mich an. Doch als nichts weiter folgte – was hätte ich auch sonst noch sagen können? – machten sie einfach weiter. Der schmächtige Mann trat zur Tür und öffnete sie. Doch bevor er nach draußen gehen konnte, trat ihm eine Gestalt entgegen und er hielt inne, um sie vorbeizulassen. David. Er trat ein und der Beamte huschte nach draußen. Hinter ihm schloss sich die Tür.

»Was ist denn hier los?«, fragte David mich verwundert. Er hatte den Schnee ein bisschen abgeklopft und war auf mich zugekommen. Er schaute von mir zu dem Beamten. Dann fiel sein Blick auf Dean und schließlich zurück auf mich. Hatte er ihn wiedererkannt? Es sah nicht so aus.

»Warum bist du nicht ans Telefon gegangen? Ich hätte ein bisschen Unterstützung gebraucht«, sagte ich vorwurfsvoll, obwohl mir nicht ganz klar war, wie er mich hätte unterstützen sollen.

»Ich hatte einen Termin. Das ist übrigens Frau Seifert, die Kunstexpertin von der ich dir erzählt habe«, sagte er und zeigte auf eine Frau, die ich erst jetzt bemerkte. Sie war wohl mit ihm zusammen in den Laden gekommen. Nur mir war im Moment gar nicht danach, jemanden kennenzulernen. Am liebsten wäre ich nach Hause gerannt und hätte mich unter einer Decke verkrochen. Dass der Beamte mich immer noch böse anguckte und aufmerksam beobachtete, ließ mich jedoch vor der Umsetzung zurückschrecken. An dem kam ich niemals vorbei.

»Du siehst aus, als hättest du ein Gespenst gesehen. Geht es dir gut?«

»Mensch, David. Hier bricht gerade die Hölle los und du machst auf sieben Tage Sonnenschein und ziehst alles ins Lächerliche«, fauchte ich ihn an und schlug mir gleichzeitig die Hand über den Mund. Ich hatte mich selbst nicht mehr unter Kontrolle. So wollte ich es nicht gesagt haben. Er konnte schließlich nichts dafür. Doch bevor ich mich noch entschuldigen konnte, trat der Beamte einen Schritt vor. Reflexartig trat ich einen Schritt zurück und fühlte den Tresen hinter mir.

»Es tut mir leid, ihr Privatgespräch zu stören, aber wir würden gerne weitermachen«, sagte der Mann.

»Was ist denn hier los?«, fragte David und schaute erst zu dem Mann, dann zu mir.

»Hast du deine Mailbox nicht abgehört?«, fragte Sofia.

Ich blickte sie böse an. Hoffentlich hörte der Typ vom Ordnungsamt sie nicht. Sie verstand meinen Wink und begann zu flüstern. »Wir haben keine Genehmigung.«

Ich schaute ängstlich zu dem Beamten. Aber der schien nichts mitbekommen zu haben.

»Ich wusste das nicht. Ich wusste doch nicht, dass das so groß werden würde.« Ich verfiel schon wieder in Panik. »Jetzt müssen wir sicher auch noch Strafe zahlen.«

So langsam wurde mir das alles zu anstrengend. Am liebsten würde ich mich entkräftet auf einen Stuhl fallen lassen.

Und dann machte David etwas, wofür ich ihm ab jetzt ewig dankbar sein musste. Er öffnete seine Jacke und holte ein in Folie gehülltes Papier heraus.

»Deshalb bin ich gekommen. Ich hatte ganz vergessen, die Genehmigung vorbeizubringen, die ich natürlich beantragt und auch ausgestellt bekommen habe.«

Ich starrte ihn an. »Was? Und damit kommst du erst jetzt?«

Doch David ließ sich nicht beirren. Er übergab dem Beamten die Genehmigung und dieser ließ sich extra lange Zeit, um alles genau zu kontrollieren. Es dauerte eine gefühlte Ewigkeit, bis er endlich überzeugt war und sein Handy rausholte, um seinen Kollegen zurückzurufen.

In mir brach ein Gefühlschaos los. Ich wusste nicht, ob ich sauer auf David sein sollte, weil er mich so lange im Ungewissen gelassen hatte oder sollte ich ihm dankbar sein? Schließlich hatte er an die Genehmigung gedacht und damit alles gerettet. Ich blinzelte zu Madita. Die umarmte David, was ich vorher auch noch nicht erlebt hatte. David war im ersten Moment wohl auch überrumpelt, aber dann lächelte er und murmelte etwas von wegen, das wäre doch alles selbstverständlich.

Ich stand einfach nur da und wusste nicht, was ich als nächstes tun sollte. Madita ergriff die Gelegenheit ein paar ihrer Plätzchen loszuwerden. Sie ließ David los und nahm die Beamten in Augenschein. Der andere war mittlerweile zum Glück wieder zurückgekommen.

Draußen schneite es immer noch. Jetzt, da ich mich von dem Stress und den Ängsten der letzten Stunde erholen konnte, schaute ich mir die Leute im Laden an. Da waren David, Madita, die mich jedes Mal wieder überraschte, Sofia, Jonas, der gerade hereingekommen war, die zwei Beamten, die gerade Maditas Backkünste genossen und darauf warteten, dass es aufhörte zu schneien, Dean, der sich bis zur Weißglut ärgerte, und Frau Seifert, die Frau die David mitgebracht und als Kunstexpertin vorgestellt hatte. Er hatte sie also wirklich mitgebracht, einfach so, ohne mich zu warnen. Sie schaute sich im Laden um. Ich war mir aber nicht sicher, ob sie zwischen dem Gerümpel etwas für sich entdecken konnte. Dann trat sie auf mich zu.

»Schön haben Sie es hier, so klein und gemütlich.«

Ich schaute sie an, überrascht, dass sie mit mir sprach.

»Naja, etwas eng, aber es geht gerade noch«, meinte ich.

»Darf ich mich ein bisschen umsehen?«

Tat sie das nicht schon? »Nur zu.« Ich wusste selber nicht, warum ich so kratzbürstig war. Irgendwie hatten mich die letzten Minuten total überfordert. Ich nahm mir vor, freundlicher zu sein. Die Frau machte eigentlich einen ganz netten Eindruck und hatte meine schlechte Laune nicht verdient.

»Wofür interessieren Sie sich?«

»Als Kunstexpertin eigentlich für fast alles«, lachte sie. »Aber ich habe gehört, Sie verkaufen diesen Tee. Herr Miller hat mir empfohlen hier mal danach zu fragen.«

»Oh ja. Möchten Sie eine Tasse?« Endlich konnte ich etwas tun, mich ablenken.

»Gerne. Aber viel lieber zwei Mischungen zum Mitnehmen.« Wieder lachte sie. Die Frau wurde mir immer sympathischer. Ihr Lachen war irgendwie ansteckend. »Alles klar.« Ich trat an den Tresen und holte zwei der bereits vorbereiteten Tütchen hervor.

»Wofür interessieren Sie sich denn genau? Vielleicht für die Antiquitäten?«, fragte ich hoffnungsvoll.

»Auch«, bestätigte Frau Seifert. »Aber ich kann mich eher für Gemälde begeistern.«

»Ach ja? Haben Sie da ein Beispiel, welche Richtung Sie da am meisten interessiert?« Ich war nicht großer Hoffnung. Unter Maditas Antiquitäten waren zwar auch ein paar Bilder gewesen, aber keine besonders hübschen.

»Zum Beispiel so eins, wie sie da aufgehängt haben.«

Ich schaute sie irritiert an und folgte ihrem Blick, der an dem Bild über dem Tresen hängen geblieben war.

Das Papier? Das hatte ich bisher gar nicht als Kunstgegenstand wahrgenommen. Vielleicht auch, weil es für mich wie eine gewöhnliche, etwas vergilbte Buchseite hinter Glas aussah. Ich erinnerte mich daran, dass ich es aufgehängt hatte und musste lächeln.

»Darf ich das mal sehen?«

Ich nickte. »Ja, wenn Sie möchten.« Ich nahm es von der Wand und überreichte es ihr vorsichtig.

Sie ging ganz nah an das Gemälde heran und schaute es sich in allen Blickwinkeln an. »Sie wissen, von wem das ist?«

»Nein, ich glaube, da steht aber an der Seite eine Signatur.«

»Das ist von Johann Wilhelm Weinmann«, sagte sie eindringlich, als wollte sie mir etwas extrem Tolles und gleichzeitig Unfassbares erzählen.

»Aha.« Ich verstand nicht, worauf sie hinauswollte.

»Verstehen Sie nicht? Das war ein Apotheker und Botaniker, der um 1700 lebte.«

»Äh, wie schön.« Ich wusste echt nicht, was ich dazu sagen sollte.

»Verkaufen Sie das Bild?«

Ich überlegte kurz. Eigentlich fand ich ganz schön, dass es über dem Tresen hing. Es passte einfach toll hier in den Laden rein.

»Ich würde Ihnen, sagen wir … 18.000,- € dafür geben.«

»Wie bitte?« Ich dachte, ich hätte mich verhört. So viel Geld für eine vergilbte Buchseite?

»Okay, was ist mit 20.000,- €? Das ist aber wirklich mein letztes Angebot.«

»Nein, nein, also, doch, doch«, stotterte ich. Mein Herz schlug schneller. 20.000,- €? Damit konnten wir die Schulden mit einem Schlag bezahlen und hatten auch noch Geld übrig. Oh mein Gott.

»Ja. Ja!«, rief ich. Natürlich würde Madita schlussendlich darüber entscheiden müssen. Aber ich konnte mir kaum vorstellen, dass sie etwas dagegen hatte. Ich grinste. Endlich die Schulden los!

Plötzlich wurde es hell im Raum und kleine Funken begannen, auf dem Boden zu tanzen. Die Sonne war rausgekommen und strahlte doppelt so stark wie in den letzten Tagen, als hätte sie mitbekommen, was gerade hier passiert war und wollte ihre Freude darüber zum Ausdruck bringen. Sofia und Jonas begannen die Sachen, die sie vorher in den Laden geräumt hatten, wieder herauszubringen. Madita war wieder in der Küche verschwunden, da sie alle Plätzchen an die Beamten verteilt hatte. Die Beamten hatten sich verabschiedet und waren verschwunden. Und da gerade kein anderer in der Nähe war, denn Dean war dafür definitiv nicht geeignet, umarmte ich kurzerhand David. So als letzte Notlösung. Er war es schließlich auch, der Frau Seifert mit in den Laden gebracht hatte.

Im ersten Augenblick starrte er mich total verdutzt an, als ich überschwänglich auf ihn losgestürmt war. Aber jetzt, wo ich meine Arme um seinen Oberkörper geschlungen hatte und glücklich jauchzte, lächelte er mich an und seine Augen leuchteten mit meinen um die Wette. Mir lief ein warmer Schauer über den Rücken. Hatte er immer schon so süß ausgesehen, wenn er lächelte? Warum hatte ich das vorher noch nie so bewusst wahrgenommen? Jetzt durchstach es mein Herz, wie ein Schwert. Doch es war kein Schmerz, den ich spürte. Es war ein wohliges Gefühl.

Die Ladentür öffnete sich, aber ich beachtete es nicht. Meine Augen und Gedanken waren nur auf David gerichtet.

»Was ist los? Du bist plötzlich so ausgelassen?«, fragte er.

Klar, er hatte gar nicht mitbekommen, was gerade geschehen war. Wir konnten endlich alle Gläubiger bezahlen, dank seiner Hilfe.

»Danke, dass du Frau Seifert mitgebracht hast.«

Ich nickte in ihre Richtung und er folgte meinem Wink mit hochgezogenen Augenbrauen. Selbst jetzt, mit diesem fragenden Blick, sah er noch so gut aus, dachte ich und schaute schnell wieder weg. Frau Seifert war immer noch damit beschäftigt, sich das Bild von allen Seiten anzusehen, sie schien aber sehr glücklich. Ich hatte zwar ein bisschen Angst, dass sie ihr Angebot wieder zurückziehen könnte, aber wenn ich nach ihrem Gesichtsausdruck ging, würde sie das nicht tun. Und mir war nicht aufgefallen, dass sie nach dem einen Glas Glühwein schon so betrunken war, dass sie nicht mehr wusste, was sie tat.

Plötzlich drängte sich eine Person in meinen Blick, mit der ich absolut nicht gerechnet hatte. Wie war er hier hereingekommen und wann? Ich zuckte zusammen und ließ David, den ich immer noch im Arm hielt, erschrocken los. Ich war wohl hier diejenige, die zu viel Glühwein getrunken hatte. Mir wurde bewusst, was ich gerade getan hatte. Nein, wie es für einen Außenstehenden ausgesehen haben musste. Ich spürte Davids Blick auf mir. Doch ich hatte nur Augen für Jakob. Der stand einfach nur da und starrte mich an.

»Jakob«, sagte ich leise und hob eine Hand, die ich ihm entgegenstreckte. Ich trat einen Schritt auf ihn zu und sagte den einzigen Satz, der in meinem Kopf aufploppte und dessen Bedeutung mir irgendwie sinnvoll erschien. »Es ist nicht so, wie es aussieht.« Erst als ich es laut aussprach, wurde mir klar, dass es das Schlimmste und Falscheste war, was ich sagen konnte.

»Ach ja? Wie sieht es denn aus?«, fragte er.

»Es ist, also ich ... also.« Schon wieder brachte ich kein vernünftiges Wort raus. Wieso musste ich in wichtigen Situationen immer anfangen zu stottern? Jetzt hatte ich die Chance, ihm alles zu erklären. Jetzt! Doch bevor ich mir meine Worte so zurechtgelegt hatte, dass sie auch für andere verständlich waren, drehte er sich um und ging.

»Jakob. Warte! Warte doch.« Doch er war bereits durch die Ladentür nach draußen verschwunden.

»Caro«, sagte David und legte vorsichtig einen Arm auf meine Schulter. Er wollte mich beruhigen, bewirkte jedoch genau das Gegenteil.

»Was?«, schrie ich ihn an, wandt mich unter seiner Hand, die von meiner Schulter rutschte. »Ich muss zu

Jakob«, sagte ich mehr zu mir selbst als zu ihm und rannte Jakob nach. Doch ich kam nicht weit, denn jetzt stellte sich mir Sofia in den Weg.

»Was ist los, Caro? Ist etwas passiert?«, fragte sie mich.

»Ich habe Jakob gerade hier vorbeilaufen sehen.«

»Ich muss ihm nach«, sagte ich gehetzt und wollte an ihr vorbei. Doch sie hielt mich fest. Ich wollte mich losreißen, doch dann kam Jonas ihr zur Hilfe. Ich fühlte, wie meine Augen feucht wurden und dumme Tränen mir die Wangen herunterliefen. Sofia nahm mich in die Arme.

»Ist ja gut. Beruhige dich doch«, redete sie mit sanfter Stimme auf mich ein. »Wir gehen jetzt erst mal rein. Sonst holst du dir noch den Tod.«

Jetzt wo sie es sagte, fühlte ich die Kälte um mich herum.

Doch bevor die beiden mich zurück in den Laden schieben konnten, hielt Lara uns zurück. Die hatte ich total vergessen. Hatte sie …?

Sie hob die Hand und im ersten Moment zuckte ich reflexartig zurück. Doch es kam nichts. Sie strich sich nur eine Strähne aus ihrem wutentbrannten Gesicht. Ich hatte mit einer Ohrfeige gerechnet.

»Wie konntest du das tun? Was sollte das?« zischte sie.

»Lara, ich habe nur …«

»Es ist mir egal, was du hast oder wolltest. Das hätte ich niemals von dir gedacht.« Ihre Augen glühten vor Zorn.

Ich hob beruhigend die Arme. »Das ist ein Missverständnis.«

»Ach ja? Ich habe alles mit eigenen Augen gesehen, deinen Blick. Und auch deinen Freund, wie er abgehauen ist!«

»Jakob? Hat er was gesagt?«

Lara wollte gerade noch etwas sagen, doch Sofia ließ sie nicht, wofür ich ihr dankbar war. »Es ist jetzt gut.« Sie schob mich an Lara vorbei durch den Ladeneingang ins Warme.

»Das wird dir noch leidtun!«, hörten wir Lara rufen, bevor sich die Tür hinter uns schloss.

Ich zuckte zusammen und fühlte mich elender als je zuvor. Spätestens jetzt, wo mein Blick auf David und Frau Seifert fiel, die sich miteinander unterhielten. Am liebsten wäre ich gleich wieder rausgelaufen. Ich hatte mich soweit beruhigt, dass ich meine Umgebung wieder wahrnahm. Ich würde mit Jakob reden, dann renkte sich alles wieder ein. Jedenfalls hatten mir Sofia und Jonas das die ganze Zeit eingeredet. Und ich begann es zu glauben. Und auch mit Lara würde sich dann sicher alles wieder einrenken. Jetzt, wo ich im Laden stand, wo auch David und Frau Seifert standen, die die ganze Szene beobachtet hatte, war mir das Ganze furchtbar peinlich. Hoffentlich überlegte sie es sich nicht nochmal anders. Ich spürte ihre Blicke auf mir, konnte jedoch nur stur zu Boden gucken. Hoffentlich merkten sie nicht, dass ich geheult hatte. Ich wischte unter meinen Augen entlang. Doch meine schwarzen Fingerspitzen zeigten mir, dass es zu spät war, um irgendetwas zu leugnen.

»Küche«, brachte ich heraus und Sofia verstand sofort. Beste Freundinnen eben. Madita holte gerade die Plätzchen aus dem Ofen und schaute nur kurz zur Tür, wer sie da störte. Dann wandte sie sich wieder dem Gebäck zu. Ich richtete mich wieder mehr oder weniger her. Wir mussten schließlich den Tag noch durchhalten, jetzt, wo die Genehmigung vorlag. Alles Weitere musste warten.

***

Schlussendlich wurde es doch noch ein richtig schönes Weihnachtsfest. Ich verkaufte alle vorbereiteten Kräuterbeutel, fertigte einige Sonderbestellungen an und hatte am Ende nur noch ein paar Gramm von den Lindenblüten und den Brennnesselblüten übrig. Madita hatte all ihre Plätzchen unters Volk gebracht, selbst ihr eiserner Vorrat, den sie für sich selber aufheben wollte, war am Ende weg. Der Glühwein war bis auf ein paar Gläser geleert, die wir als Abschlussumtrunk noch an die übrigen Händler verteilten. Auch alle anderen schienen ein gutes Geschäft gemacht zu haben, denn sie verabschiedeten sich mit einem »Das machen wir nächstes Jahr wieder« und ich war glücklich, dass alles doch noch so gut ausgegangen war.

Nur die Sache mit Jakob, daran hatte ich noch zu knabbern. Aber ich wollte niemanden mit meinen Problemen belästigen. Und so schob ich die Gedanken an ihn ganz nach hinten in mein Bewusstsein, denn ganz vergessen konnte ich es nicht. Ich fragte mich die ganze Zeit, warum er doch gekommen war. Schließlich hatte er mir klipp und klar gesagt, dass er es nicht schaffen würde und seinen Aufenthalt noch verlängern musste. War ich ihm doch wichtiger, als ich gedacht hatte? Das ließ mein schlechtes Gewissen noch ansteigen.

Nachdem die meisten gegangen waren und nur noch Sofia, Jonas, David, Giorgio und ich im Laden standen, nahm ich Madita zur Seite und erzählte ihr von dem Bild. Schließlich konnte ich nicht über den Verkauf entscheiden. Es war weder mein Bild noch waren es meine Schulden. Auch wenn es sich manchmal so anfühlte. Jakobs Auftritt hatte mich wieder daran erinnert, was er vor seiner Abfahrt zu mir gesagt hatte.

Ich überreichte Madita die Visitenkarte von Frau Seifert und gemeinsam verkündeten wir die frohe Botschaft vor den anderen. Es war irgendwie immer noch wie ein Traum. Alle freuten sich für uns. Doch erst nachdem in den nächsten Wochen und Monaten alles über die Bühne gegangen war - der Verkauf, die Geldsumme auf dem Konto, die Bezahlung der Gläubiger, die Suche nach neuen Lieferanten, das Auffüllen der Vorräte nach dem Weihnachtsmarkt und letztendlich war immer noch Geld übrig – konnte ich es glauben. Frau Seifert sorgte dafür, dass die Presse darüber berichtete. Erst mal der Erfolg des Weihnachtsmarktes und dann noch die Entdeckung einer Buchseite aus La Botanique, einem über 300 Jahre alten Buch. Die Leute rannten uns die Bude ein und ich hatte vor Weihnachten alle Hände voll zu tun, alle glücklich zu machen. Alle wollten sehen, wo ich das Bild gefunden und aufgehängt hatte. Sogar die Geschichte, wie Frau Seifert das Bild entdeckt hatte, musste ich mehrmals am Tag erzählen. Hätte ich das vorher gewusst, hätte ich eine Geschichte erfunden, um die Antiquitäten loszuwerden. Denn in Nullkommanix waren Maditas Schätze weg und wir hatten endlich wieder Platz im Laden.

Jakob war wieder in die USA geflogen. Anscheinend hatte er sich nur für den einen Tag frei genommen, extra für mich. Es fühlte sich furchtbar an. Ich hatte nicht mehr mit ihm reden können, was mich völlig fertig machte. In einer langen E-Mai hatte ich ihm erzählt, was passiert war. Lieber hätte ich mit ihm geskypt, oder wenigstens mit ihm telefoniert. Doch jedes Mal, wenn ich ihn anrufen wollte, drückte er mich weg. Ich wusste nicht mal, ob er meine Mails überhaupt las. Vielleicht hatte er sie einfach nur gelöscht. Die Ungewissheit war ein ständiger Begleiter, der mich völlig fertig machte. Wie ein Virus oder eine Bakterie, die mich krank machte und langsam von innen auffraß. Sobald es ruhig wurde, musste ich an ihn denken. Es war ein Glück, jedenfalls aus meiner Sicht, dass ich so viel zu tun hatte. Die einzige Möglichkeit mich abzulenken.

Ich merkte zwar, wie Madita mir immer mal wieder besorgte Blicke zuwarf und auch die SMS von Sofia, die mich ablenken sollten, versuchte sie jedoch zu ignorieren. Jetzt wusste ich, wie Jonas sich gefühlt haben musste. Und wie schnell dieses Misstrauen auftreten konnte.

Die ganzen Tage, in denen ich nichts von Jakob hörte, zerrten an meinen Nerven. Und langsam aber sicher mischte sich Wut in meine Verzweiflung. Eigentlich hatte ich doch gar nichts gemacht, sondern mich lediglich bei David bedankt. Nicht mehr. Wenn das der Grund war, warum Jakob nicht mehr mit mir sprechen geschweige denn meine Erklärung hören wollte, dann hatte ich auch allen Grund sauer zu sein.

Das würden ja großartige Weihnachtsfeiertage werden.

Fortsetzung folgt …

Danksagung

Zuerst geht mein Dank an meine Eltern, die mir beigebracht haben Geschichten zu lieben.

Mein Dank geht auch an meine Lektorin Nina C. Hasse, die meine Geschichte mit kritischem Auge zu einer besseren gemacht hat.

Dank an alle Freundinnen und Freunde, die mir in guten und in schlechten Tagen beigestanden und immer an mich und mein Projekt geglaubt haben.

es geht weiter ...

und wenn es wirklich Liebe ist

Lasst euch den zweiten Band nicht entgehen!

In Caros Leben herrscht das Chaos. Ihr Job ist unsicher, ihre große Liebe einfach abgehauen und ihre Familie bringt sie an den Rand des Wahnsinns. Sie soll doch tatsächlich auf der Hochzeit ihrer Schwester am Singletisch sitzen, was ihr so gar nicht passt. Aber wie soll sie zwischen dem Baulärm von nebenan, einer übermotivierten Freundin und einer depressiven Wahrsagerin auch noch den Richtigen finden? Und warum überredet der geheimnisvolle David sie immer wieder zu romantischen Ausflügen, wenn er doch gar kein Interesse an ihr zu haben scheint?